U0823110

2021中国年度 散文诗

王剑冰 选编

漓江出版社
·桂林·

图书在版编目（CIP）数据

2021中国年度散文诗 / 王剑冰选编 .-- 桂林：漓江出版社，2022.4
ISBN 978-7-5407-9214-5

Ⅰ.①2… Ⅱ.①王… Ⅲ.①散文诗—诗集—中国—当代 Ⅳ.①I227.6

中国版本图书馆CIP数据核字（2022）第018501号

2021 ZHONGGUO NIANDU SANWENSHI
2021中国年度散文诗
王剑冰 选编

出版人：刘迪才
责任编辑：谢青芸
书籍设计：石绍康
责任监印：张璐

出版发行：漓江出版社有限公司
社址：广西桂林市南环路22号　邮编：541002
发行电话：010-65699511　0773-2583322
传真：010-85891290　0773-2582200
邮购热线：0773-2582200
电子信箱：ljcbs@163.com
微信公众号：lijiangpress
印制：北京中科印刷有限公司
［北京市通州区宋庄工业区1号楼101号　邮编：101118］
开本：690mm×1000mm　1/16
印张：22　字数：300千字
版次：2022年4月第1版
印次：2022年4月第1次印刷
书号：ISBN 978-7-5407-9214-5
定价：50.00元

漓江版图书：版权所有，侵权必究
漓江版图书：如有印装问题，可随时与工厂调换

目 录

contents

第一辑

第二辑

第三辑

第四辑

第五辑

第六辑

第七辑

第八辑

第一辑

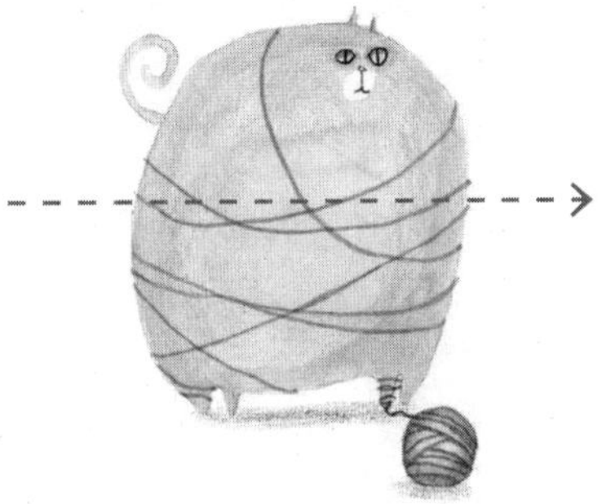

耿林莽散文诗选

耿林莽

诗，穿越死亡——怀念穆旦

树是高空的舞者，旋转，旋转。强劲的阔叶之掌，扫荡着流云。

七月流火，炎热熏炙的亚热带气候，郁闷，蒸烤，潮湿。战争的血的喷洒，疯狂的火的燃焚，来一阵雨吧，来一阵雨浇灌。原始的雨，大颗粒的雨，挟纷纷雷电的轰鸣与咆哮以俱来。

雨的暴怒，血的狂流，战争狂人挥舞着遍野的雾障杀气腾腾，魔鬼的森林如一只被打翻的黑色陶罐，在血泊里呼啦啦挣扎，旋转。

（一个人在雨林中跋涉，奔走。二十四岁的士兵，才气横溢的诗人）

战争，瘟疫，疲劳，饥饿，那是什么样的森林，什么样的河谷；什么样厚重的叶子，愤怒的树林；什么样阴郁的遮蔽，死亡的胁迫？

穿越死亡之海的诗人，面对森林之魅的诗人，你听见灾难岁月的叶子，说了些什么？

诗人写道：

“在一瞬间

我看见了遍野的白骨

旋动。”

诗，穿越死亡，留在了人间。

诗人呢？

穆旦，你今在何处？

四季随想

如果春天是一个少女，是一阵微风，是花朵初放时温情脉脉的笑容，是布谷鸟拍着翅膀发出的初声，那么，珍惜吧，珍惜你生命中最初的早晨，珍惜那莹莹朝露似的一粒天真。

如果夏天是一位袒露胸怀的壮汉，是一叶古铜色的帆，是热情洋溢的拥抱，是大海波涛汹涌时的喧哗与翻腾。那么，燃烧吧，像敞开炉膛的火光那样炫耀，像开锅的酒那样炽热地沸腾。

秋天呢？秋天是静静处子的皮肤，是滴着露水的竹林，是一场狂热后凝眸思考的深沉。也许是踩着铺满落叶的一条小径，紧闭双目迎来多梦的黄昏；也许是攀上高树繁枝的果林，采摘那一点绿，一抹红，一树累累的黄金。

冬天是严肃多思的老人。他伸着颤颤的手，皮肤的皱纹有如大树的年轮。他指给你一条覆披着积雪的斜坡，让你回过头去，检视你一步步留下的脚印，哪行浅，哪行深……

我走在铺满落叶的路上。

这是一条铺满落叶的路，我在上面徒步行走。

它是一条通往终点的路吗？

呵，不。

我听见叶子在向枝条告别；

我听见叶子在和泥土亲吻；

我看见叶子像蝴蝶般翔舞回旋；

它们在寻找土地，寻找哺育它以乳汁的母亲；

它们在寻找自己的根。

我看见树干在默默微笑，枝条在舒坦地欠伸；

我看见一层落叶铺下去，又一层落叶铺下去，越铺越深；

它们是换防的战士，退伍的兵；

它们以瑰丽的晚霞编织一条冬天的地毯，为大地保温……

这条铺满落叶的路不需多久，又将被浓浓的绿荫掩盖。

秋　思

夏日的蝉声渐渐衰微，敛起的薄翼不再颤动。

牵牛花擎起蓝色的杯，将炎热的汗水一饮而尽。

新生的竹叶子，随意地伸开湿润的手指，悠长的一泓水，从她的指尖滑下了清凉的秋。

秋天是身心净化的季候。

一湖静静的秋水，睁开了智者的眼眸。

澄澈、透明、淡雅、宁静。

秋水在沉思：春日的温暖与明媚，夏天的热烈和袒露，冬季的冷冽和严酷。

秋天是成熟的季节。不仅有满坡金黄的稻谷，枝上累累的硕果，墙头珠玉般晶莹的葡萄，而且有对人生世界，以及生活的哲思。

秋天是思想升华的季候。

叶子一点点旋落，树影稀疏，不会再有浓重的黑影，覆盖在秋水上了。

鱼们翩翩地游来，吮吸洁白无瑕的云的投影。

恋者坐于水边，望那菰蒲深处，可有那踽踽而至的倩影？

望穿秋水，伊人终将来到你的侧畔。

秋水是爱情成熟的季候。

野　渡

松柏无言，守护着一湾秋水，黑黝黝的投影。覆盖了无人的渡口。

静静的河，落入阴影。落入梦幻。

河那岸，古铜色山壁屹立着永恒的庄严，山坡下荒凉了的土地，呈现出色彩的饥饿。

人呢？

所有的茅屋，全都熄灭了灯火。

野渡无人，摆渡的船只，依然在摇动着：悠悠，悠悠。

水悠悠，船也悠悠，

夜暗如许，谁还会来坐这摆渡的船？

静静的河面，像一块磨光了的石板：蓝！

蓝是一种凝固的幽暗。

有风掠过。从什么树上吹落的残花，一瓣，两瓣，成为唯一的渡者，会向何处漂泊？

原载《散文诗》2021年第1期

沁源时光［四章］

汤松波

灵空山

空灵，是一种意境。

灵空，是一座山。

在灵空山，风，走到这里就改名叫松风了。阳光，是一群调皮的孩子，它们在油松高高的头顶上，挥舞云朵，荡着秋千。

在灵空山，稠密的时光，用沁河的乳汁，把灵空山的油松喂养成了九杆旗。在那幽静弯曲的山道上，我如一只赴一场清修的蚂蚁，向着九杆旗，不断地行着注目礼。

花　坡

我以为我来到了草原，鞋帮沾满了草香和花香。

在沁源，在太岳深处，在一伸手就可以摸到星星的地方，那是人人心向往之的花坡哦。

一年四季披着锦绣的花坡，从年头到年尾，都以花的姿态花的心情，守望着噌噌拔节的家园，守望着永不褪色的日月星辰。

戴着花帽迎面跑来的小姑娘，脸上漂染着浓浓的春色。

我知道，她会把梦，安放在风雨生情的草甸上。把生活的甜蜜，种在一朵朵绽放的花蕊上。

闫寨的杨树

——瞻仰太岳军区司令部旧址

闫寨无语。

太岳军区司令部无语。

炕上的被褥无语。

耗尽力气的灯盏无语。

我也无语，眼眶里，盈满了一潭水。

在闫寨，时光旧了。墙上的黑白照片旧了。壮士行军的尘土旧了……

但掠夺者撒在杨树伤口上的盐，依旧是新的。

是的，我能够清楚地听到，杨树在一遍一遍地喊痛。

它们喊痛，我的泪珠也痛；它们喊痛，我的心口也痛。尽管它们早已把命运的悲凉，化作了人生无限的希冀。

景凤遇雨

景凤，是沁源一个乡镇的名字。这个名字，是祥和之风，是满目的翠绿。

这个名字，我念着念着，就念来了一场雨。

景凤的雨，是神奇的种子，一粒粒从天空飘忽到大地，就孕育出了西瓜、鸡蛋和小米。而这些西瓜、鸡蛋和小米又孕育出了不折不挠的民族气节。

景凤的雨，让我读到了山岚，读到了太岳的气度。

景凤的雨，让汽车不再是飞鱼。车轮碾出的水道，像新犁的地，像日子剥开了沉重的外衣。

景凤遇雨，身在福中。

我已经越过时间设定的套路，为亲爱的肺，找到了，绿色的呼吸。

原载《贺州文学》2021 年第 5 期

且乘流水去［组章］

金小杰

答　案

有信，自北平来，桃花一夜就开了。

信封薄如月光，皎洁成二十出头的少年，干净成蔚蓝夏日檐下晾晒的衬衣。找不到电话和地址，只有笔迹，似曾相识，像几只怀旧的燕子，在信封上逗留。

拆信，北平春色正好。居庸关、颐和园、八达岭……这些熟识的名字，又在信中被再一次提起。写信的人告诉我，桃花开了。我便知道，有人替我，把北平的春天看了又看。

暮　晚

都过去了，雨不停地落，花不停地谢，并不是所有的春天，都能求得一个结果。

今晚的霞光很美，但你只看到加班后深夜的汽车尾灯，只看到手机中不停推送的短视频，只看到别人取景框中一丁点儿的春色，只纠结多年前离别时的一言不发，终究还是丢盔卸甲、落荒而逃。

我爱过你，如同爱今晚的霞光、当下的夕阳，但明天的蓝天、白云，应该也还不错。走吧，没有一朵花会在春天滞留，它们都要奔向夏天，在秋天集合。你看，窗外的月色正美，你身旁的女孩，也很美。

回　信

找不到地址，但还要回信。

取一点旧时的雪，折几朵二十出头的山桃花，一并寄出。来年，北平的桃花还会盛开，嘉峪关的列车还会劈开花海，颐和园的几枝桃花偶尔还会在风中蘸水，看花的人和一直想要看花的人，都会缺席。离开，哪里需要什么理由。

我早已把想说的话交付给桃花。瞧，离你最近的那枝，开得格外鲜艳。

仪　式

七点十五分，会有列车通过。

每天早晨我都会放慢脚步，等一辆列车劈开平淡的日子。列车上，可能会有宿夜的跋涉和疲惫，可能还有二十出头的少年，揣着勇气，一次次地抵达，一次次地离开。

我驻足观望，每天早晨的这场仪式，像是一场告别，也像是一次召唤。

流　水

来来回回，几个日夜就消磨掉了。树叶落了几回，又绿了几回。日子一天天地奔向前去，睡在日子里的人，或坐或躺，也都被带向前去。

风摇了摇树枝，晃下了几声鸟鸣，摇下了几片花瓣，一些陈旧的事物被掏空，被替代，除却泥土，或许流水是最好的托付。

原载《星星·散文诗》2021年第8期

我不知道那些花儿的名字

黄恩鹏

逃亡的雨是一种记忆

我把屋子打扫干净，然后坐窗前看闪电听雷声。雨水让喧闹安静下来。我变成了一尾鱼。我放弃虫豸般的生活。血液需要疏浚，骨骼需要加固，心灵需要一张铺开的白纸绵延幽深。

不安分守己的树叶，关心一下果实的细小生活。一滴雨，折射了天地的宽敞，容下了世间的万物。灯盏亮着，茶水醒着，花朵开着。我倾听江畔清风，诵读草原月光，抚摸山涧水声。

雨像旷野草色举起大狼，像蜂蝶享受花香，像鸟儿风中荡漾翅膀。灵魂自会分辨枯萎或鲜活。大地苍茫，身影走远。草木一样的生灵啊，你们，一生背负沉重的墓碑，忐忑活着。

傍晚时分，我在花园散步，不小心踩碎了一只蜗牛，那碎裂如锥刺。弱小生命的惨叫，像逃遁了的记忆。我夺去了它的生命！

大海是一道孤独的闪电

黑夜抱着闪电入眠。大海孤独，云朵披挂全身。马匹驰骋，将一场风吹进另一场风。梦境把低沉的海水拔上了高峰。时光的豹子，把骨血全部抽走，只留下斑驳的干枯皮囊，给水穿上衣裳。

焚烧了雨水，成就了果实；凋落了枯萎，打造了黄金。救我于水火的义人啊，你的剑影照亮了谁的白发？火的血肉漂泊，火的骨头呼啸。我的念想，抵达了遥远的天涯。开轩面场圃，我要把家园建在海边；把酒话桑麻，我要把酒席摆在草原。

明亮敞开，灰烬躲藏。生命疼痛了沧桑。每一个身体都是一片大海，潮起潮落，浪涌浪迭。狂奔的马匹在梦里，清澈的水声在天上。但是，除了我的船，你还曾拿走了什么？

黑夜的闪电，独自作战，找回丢失的光芒。

我不知道那些花儿的名字

我并不知道那些花儿的名字。她们在我不知道的山谷或贫瘠的荒野开放。那种带着翅膀的亮光一闪而过，悄无声息。她们被我遗忘或视而不见。我感到了她们就是一个符号，并不被人记住。她们超出了词语的界限与想象。普通。低调。卑微。生死坚强。如一缕月光穿过梦的缝隙，又游离梦境，安详回到它所在的位置，无人能看见她们行走的身影。

她们在时间背面，让心灵拔升坠落的翅膀。风雨失去了重量，给内心留下了难以抚平的悲伤。她们盛开、漂泊，燃烧生命，迅速抹去足迹。来年春天，它们又沿故道继续前行。这些花儿无人知道，它们在一些眼睛中迅速盛开又迅速凋谢。我愧对这些花儿。我无法理解那些纯净的灵魂到底为何被遗忘？或许，只有安静的灵魂，才会听见默默漂泊的花儿。

一棵草躲藏风雪深处

一棵草如此羸弱。我可以毫不犹豫将它连根拔起，或踩踏于脚下，或一把火烧光。但它不折不挠，只要有一点须根、一粒露珠，就会迅速扎入泥土，蔓延、成长。它不躲避风霜雨雪，生命愈猛愈烈，在风中吼声强劲。我不如草，躲藏在狭小的屋檐下。

怀揣大地圣经，一棵草行走世界。大地帝国、王侯将相、士卒卫兵，都以草的姿势前行。时间的快慢、生命的明暗、冷暖的浓淡、意志的薄厚，风雪集于一身。一棵草隐姓埋名，与闪电和雷霆一起缔造天下。因此，若想了解大地，最好先读懂一棵草。

听见了花儿表达的情绪

花朵用盛开庆典生命的尊严，用光彩的一瞬，呈现灵魂的绚美。但花朵从不夸赞自己，也不叹息命运，它循季候的小径行走，按部就班，坦白生命过程。花朵是一面镜子，照映美丑、善恶。证明了，时光可以信赖，精神可以传导，也可以通过陌生的冰冷拒绝的。

不强人所难，不在意褒贬。看花花在，不看花花也在。

我坐湖边。身边的大黄葛榕、小叶香木、仙人掌以及微小的花草，每一朵花都开得美艳。花香没有尽头，光芒照亮了湖水。心怀坦荡，乌云让我无所畏惧。瞬间的想象，燃亮了祭坛。我与大地，彼此命运相连。我听见了花朵所表达的情绪。

而一朵凝聚了时光盛衰的花儿，足以让整个人类羞愧。

月光下找水的豹子

雨雪施洗，大地干净。污浊和灰尘化成泥土。幻美物象，令人晕迷。荒山之脊，一匹豹子，是吹进水影里的云朵，是蛰伏草丛里的旋风，是坠落的宝石。大兽蹀躞，青草划过蹄声的柔软，高山日月，一匹豹子，悄悄地找水。或许，它需要一场大雨来推涌梦境。

云的种子、闪电的果实、雷霆的花。一滴雨，跌入污泥，并不会悲叹，它要轮回成悲悯的草木，洒向林涛的轰鸣，吹向江河的浪花。月光下找水的豹子，也找说话的石头。它带着无尽的伤痛，进入了时光的缝隙，用奔跑的速度，撩开时间深处灿烂而慈悲的涟漪。

原载《诗潮》2021 年第 6 期

喜鹊从芝麻田飞回来［组章］

张道发

霜　晨

当白霜静静来到我的村庄，稻谷已回到暖和的屋顶下，和狸猫一道打起鼾声。

霜是昨夜来的，它涉过松岗河和一道道起伏的丘岗。那时月色正好，狗叫声传遍邻近好几个村庄。

这一场浓霜留下野兔浅浅的脚印，应该是两只野兔吧，它们从村外的石桥下溜出来，沿着稻茬田散步，也许说了些什么做了些什么……但此刻，只有兔粪粒零星散落。

更远的地方，松岗河闪着粼粼亮光，有人牵牛从堤边的棠梨树下走过，抽烟、咳嗽，远村的鸡鸣被喜鹊的欢叫声压低了。

在我家院子里，山芋已堆进墙角，上面覆一层薄薄的泥土。尚未枯干的芋藤叶被山羊慢慢嚼着，母亲蹲在一旁剥棉桃，棉壳散落一地，杨树落下最后几片叶子。

屋顶的黑瓦间，麻雀们在轻声絮叨，霜正准备起身离去，田野在朝阳下冒出丝丝热气。

月光在虫声里漫上来

黄昏的晚些时候，人们从庄稼地里抽身回家。他们跟在一阵汗津津的风后面，脚步迟缓，一脸惯常的沉默。

月光在虫声叫出的寂静里漫上来。最初的夜色中，谁在小声咳嗽，谁在小声叹息，谁的纸烟味搅动清新的夜气。

猛地，狗叫声稠密起来，吠乱了刚被虫声熨平的夜色。

一村的树叶哗啦啦荡漾，这时候的村庄恍如一只停泊的小船，拔锚就走。

霜降第二天

霜降的第二天，在东岗村一间小瓦房里，一只母羊即将分娩。

它疼得直哭，走过这里的人都停下脚步，侧耳听听这哭声。一个妇女小声对自家男人说：羊和人是一样的，这哭声……那沉默的男人有些动容，加快了步子，疾速穿过眼前浓厚的暮色。

母羊分娩的哭声追赶着晚归的每个人，他们在哭声里各有所思，直到几只羊羔咩咩地落在干草上。

这户人家屋顶的晚炊升起来了，灶火焐得羊羔身上暖烘烘的，羊羔跪在母羊身下，吮吸着变软的奶头咩咩叫唤，茸茸的小腿慢慢有了气力。

乳羊投在白粉墙上挨挨挤挤的影子，看上去那么小，小得惹人心疼。

寂静的春天

背阴处的积雪已经化尽，有草芽幽亮的光在泥地里闪烁。

松岗河上的波浪明显变小，画出层层细腻的纹理，从冬天渡过来的小野鸭，背上的羽毛呈麻黄色，偏瘦的小身子又长大了些。

泛青的芦苇里游出来另一只野鸭，翅膀划得飞快，甚至拍出水响。两只野鸭很快游到一起窃窃私语，它们的身后是暂时揉皱的瓦蓝天空。

第一块田地在犁铧下翻出了土浪花，几只灰喜鹊结伴翔过，丢下几粒兴奋的叫唤，低头啃草皮的牯牛看也不看。田野仍是寂静的。

河坡下，荠菜齐刷刷抬起头，叶子染着最初的嫩绿，村子的人很快会提回一篮春光。

那时，河上的野鸭可能正在恋爱，蝌蚪甩掉尾巴，涨潮的蛙声将小河挤窄了许多。野兔皮毛上春色荡漾，远村宁静蔚蓝。

喜鹊从芝麻田飞回来

喜鹊从村外的芝麻田飞回来，喳喳地歇在巷口的槐树上，鸣叫声瞬间煮沸了黄昏。

夕阳将槐树的影子铺满小巷，一溜溜屋影也在猫的叫春声中拖长，母鸡们追逐着瓜叶间的虫蚁，觅食的翅膀扑腾出轻微的声响。

放晚学的孩子摁响自行车铃，肩后的书包哐啷作响，他们故意把阵阵尖叫声悬在暮晚的上空。

第一颗晚星跳出来，与东方的月亮遥相辉映，天空横出一条云朵铺成的河流。河的两岸，仿佛也有热腾腾的人间生活。

松岗河边，有妇人在自家菜地上浇水，水花映出天际的红霞和飞鸟，木勺碰在桶里的响声轻轻的，是那种叫人留意的声音。

那些喝饱了水的瓜叶纷纷抬起头来，打量着近处的庄稼，眼神充满平和。在它们身后，月亮慢慢从河水里浮出来，村庄笼罩在无边的虫声里。

忽然，一阵风

忽然，一阵风吹过来，柿树叶上的鸟鸣就一齐倾斜下来，盖住遍地的落花。

落花上有灰尘和鸡鸭的粪便、清淡的香气以及叶隙漏出的一闪一闪的阳光。

微风过处，细碎的鸟鸣像极了人在低声说话，是那种日常的、温暖的话题，听得人心里软软的。当你凑近来听，这声音又压低了一些。

屋檐下悬挂的竹篮里，韭菜和辣椒各占一半，半张青荷斜盖在上面，不时滴着水珠。

忽然，就闻到邻家菜籽油炸出来的臭豆腐干的香味，晌午麦黄的阳光也变得可口。

有歌声自河边飘过来，是女童稚稚的嗓音，听不清歌词，但听得见其中欢快的心情。

窗台上的积雪在融化

窗台上的积雪在融化，麻雀留下的细小爪印也在阳光下化成温暖的水珠，沿着去年秋天的豆藤滴落。

窗檐下小狗的皮毛泛着柔和的光，它抬头时水滴正好落在眼里，惊得它使劲抖动身子。

所有朝南的房门都晒得热乎乎的，靠在门板上的妇人织着粉红色的绒线衣，面色已经回暖，她们小声说着一些事情，线针不时闪亮，檐滴在缓慢滴答，廊上踩满狗的梅花爪印。

门外的野山桃已然打苞，枝丫间的麻雀互相追逐嬉闹，爱情在它们的叫声和羽毛上闪烁。或许再过几个夜晚，春天就涉水而来，喜滋滋站在村口。

春天会让所有的人忘却了去冬的悲伤。

又一阵麻雀驮着雨回村过夜

夏日黄昏，在东岗村大片低飞的蜻蜓中，我望着天空湿漉漉翻滚的云朵，回想自己的近况，许久回不过神来。头顶上任何一朵云若突然停下来，都会变成大雨，打湿麦草垛上叽喳的麻雀和南瓜花。

此时，飞来飞去的蜻蜓的翅膀，散发一点点润湿的天光。

长着杂树的池塘边，浇地的母亲挑着木桶回家了，桶里装满小鹅菜和青椒黄瓜，隐约的白发上不时飞动一团虫蚁。

又一群麻雀从树林赶回村里过夜，同时驮来一场零星小雨。等蜻蜓散尽，空出来的地方填满轻响的夜色，一只蓝蜻蜓留在屋檐的蛛网上。

这样的夜晚，我或许会给远方的朋友写一封信，或许会因怀旧往事而轻微失眠。

原载《散文诗》2021 年第 1 期

车巴河纪事

王小忠

热　爱

来车巴河边已经很久了——他想在山林里找到龙胆花，在坡地边捡到地耳，也希望在河边碰上一块含玉的石头。

事实上，他更期盼从深沟里刮来的风将他带到那片草原上。那样，他就可以放声歌唱，还可以和他们喝酒、打牌、聊天，诉说这段时日里的欢乐和艰辛。然而，大家都忙着耕种，谁都知道，埋在地里的种子已腐朽，但大家依然等待立春，等待惊蛰，等待雨水……

多么热爱那一切，可载运时间的那辆大车已经走了很远。杨树叶上栖息的飞蛾们只留下空茧壳，它们在余晖下独自仰望空荡荡的蓝天。

你们不曾知道的秘密——

他在车巴河岸边就那么等待着，失落着，希望着。

你们不曾理解的苦衷——

他在车巴河岸边，看着野猪撕扯青稞架，看着雪花一片片从山头飘来。

他知道，接下来需要做的，就是生好那盆火。不再有过多的奢望，他只想听着风的呼啸，静静度过这个寒冬。

他多么热爱眼前的一切，可夏天已经过半。他想，如约而来的秋风定然将他重生。

柳 絮

从高处下落——十分缓慢，优柔寡断。已经是初夏了，过时的柳絮才开始飘落。

它们拥有飞翔的翅膀，却无法久住空中。

它们落在车巴河中，挂在红桦的指尖上，突然间令人心生孤单。它们勾起他小时候的梦，那些黑白的梦，就是雪白的羊群找不见回家的门。

人们依旧沿着阳光转圈，劳动，休息。大地不寂寞，也不拒绝草色的青绿和荣枯。

他走出那个阴冷的小二楼，穿过巷道，踏上那座陈旧的木桥，从柏木林里回来，只带一朵柳絮。柳絮是旧时的记忆，发白而失重。他将它掌在手心，发觉少年时多次梦见的火狐和豹子已渐渐模糊。

他真的感觉到了茫然，他想，当他再次看见春天里的梅朵全部开放，它们也必将从一场盛大的约会赶向死亡。

秋 风

时光里守护河流的勇士，就是那些密密麻麻的青稞架。此时，秋风已来临，它们站在岸边，腹背受敌，但从不放弃。架上的青稞饱满，饱满的青稞在高原蓝天下打盹做梦，青稞的梦充满了明亮和温暖。

鸟雀们从遥远的山林结伴而来，围着青稞架歌唱。更远处的山林里，豹子在生育，水纹的新衣闪着油光。夜深人静的时候，狼也会走出山林，望着小二楼上的灯光，在青稞架边蹭了蹭干瘪的身子，叹息一声，又跌入黑暗之中。

秋风不停地吹刮，田野越来越空，道路越来越长，雪正在空中。空中的雪望见了河岸边的勇士，也望见深林里的搏斗与厮杀、亲昵与拥抱。

雪知道这个世界的秘密，因而它停在虚空里，静静观望。

雪始终没有落下来，而秋风的脚步很快。

太阳躲藏起来，不肯露面，整个村子都显得十分沉重。

等河水冻僵之后，一切就会安稳下来。那个时候，就可以守着火炉，让年轻的梦找到肥沃的土地。也是在这个时候，他仍必须在车巴河边寻找秋风之手没有收尽的颗粒。因为，他需要一个强健的体魄，才能安然度过寒冷的冬季。

大场里堆放着粮食，连枷声惊醒了山林里酣睡的野猪，野猪的梦带着金色的希望。有了希望，就有了更多的精力。但在野猪未来之前，他必须赶到小二楼广播室里，他要将野猪的梦告诉给秋风，告诉给那些路过的、他爱的和爱他的所有人。

它　们

阳光爬满窗台，内心却生出一些空虚，生出失落的温床。

睡莲，吊兰，还有说不上名字的这些来自南方的花朵，它们持有着慵懒与妩媚。

而他同样拥有一片炽热的心灵，他把这些最美丽的植物带进生活，然后，盛放三千世界里的安详与和谐。

谁能给他适意和愉悦?

超然觉悟的时候，那定然是曼珠沙华在盛开。那些虚幻的花语引领着他，走向无穷的精神高地。人间的爱和仇恨，不可预知的死亡和黑暗，都在一起生长。

他视它们为亲人，这样，心怀里太多的污秽，就会在意念的花语里暗自消除。

然而，这是在车巴河，寒冷的风吹皱岁月的容颜，高挂的月照耀孤独的客房。他同样视它们为亲人。薄雪下，挺立的桦木燃着火焰，那是他唯一拥有的一座人间天堂。

红　桦

他在车巴河岸边愉快行走时，内心的惊悸和不安，就消失了。

站在车巴河岸边，站在风口处，突然间，回忆就充满了甜美。

草原斑驳，苍茫，空阔，但他无力返回到年少，也无力抽尽记忆的伤感。他知道，阳光的金箔会在时间里闪耀成巨大的宁静，即使无风的时候，它们也和他的想法一样，在光阴下渐行渐远。

风是他忠实的伴侣。

那些青山绿水下的村子和村子上方徘徊的月亮，它们看不见他在小二楼上摆放着的瓶瓶罐罐，也看不见那些瓶瓶罐罐里的静寂与幸福。一张低矮的桌子，就是他的全部，他多么珍惜阳光的温暖和月光的清凉啊。

艾草和淫羊藿晾晒在窗台上，散发着永久的清香。每次暮色莅临，他会习惯性地打开窗——依然是风，巨大，无形，带着时间的翅膀，慢慢将他空旷的人生填满。

他知道，不是每样东西都能落籽成光芒万丈。但他相信，车巴河激越的流水，不是他唯一的抒情，这唯一的河流，一定会让他在河岸边沉静如晚秋的红桦。

他就等待那一天，他要返回草原，带着清香的礼物，和那些探出地皮的青草融为一体，点亮理想与幸福的灯盏。

冬　雪

雪一直没有停。

牛羊惊慌，衰草瑟缩，去扎古录的路铺满冰凌。

一直到沙冒大庄，才赶上那辆马车。

天地就是一辆马车，载着寒冷和疲惫。

一直到八什卡这个寂静的牧村，没人说话。

他们都在心底盘算着一个令人不安的词——黑夜。

不能让大地荒芜，也不能让家园空寂。

冬雪覆盖着四野，唯有满天飞雪让他们铭记，慈悲一直就在河岸边的红桦林里，它火亮的文身正为我们搭建一座阳光的庙宇。

冬　至

车巴河被冻僵了——

他还是不敢过河，也做不出精准的判断，内心只有“如履薄冰”这个词。

不敢过河，就无法走进柏木林。那么多松柏站在天空下，没有声音，也没有表情。

他只看到它们的冷清和过于高大。

他只喜欢那个小院子。

那个被寒风吹透了的小院子此时也失去了表情，麻木而冷漠。但他不得不热爱，因为，春天有花朵，夏天有蜜蜂，秋天有落叶，冬天也有路灯和星光。

他不得不热爱，因为，路灯和星光照亮了他的命运，也照亮了他的身影。

小院子又灌满了风。那天是冬至，他从车巴河岸边回来，突然便想起夜的漫长。

是呀，漫长的一夜过后，寒冷会加重。

他惧怕的并不是寒冷，而是和那盏灯对视的焦虑，以及无法原谅自己荒废青春的可恨与无助。

早　春

雪下了一天一夜……

中午，太阳只露了一下脸，天又阴沉起来，下起了雪。

已是早春了。

从小二楼遥望远方，依然不见绿意。

一群乌鸦在窗外的青稞地里，它们争抢着他抛出去的一粒红枣、两粒枸杞。

对面的柏木林里，是一群饥饿的野猪，它们抢夺三朵刚探出头的野芍药。

悠闲的是一群山雀，它们停在电线上，用各种俊俏的姿势向春风挑战。

他坐在雪地上，独自冥想——

做只山雀就可以自由飞翔。不过他也担忧，班地亚随时会将猎枪瞄准长空。

一切都无法安稳下来，悸动的时节里，唯有车巴河不动声色，在大雪下静静流向扎古录。

他要离开了，让他留恋的不是河岸边的暴雪与寒风，而是即将来临的春天。

春天已经有了消息。

然而，风雪依旧从沟堖深处刮来，一路吼叫着，翻卷着残枝败叶。

唯有那一片沙棘林，在早春里头顶金黄。

原载《散文诗》2021年第8期

童年镜像［组章］

棠　棣

序

当我说出龙葵，通向秋天的路从村庄背后开始蜿蜒。

无忌的童言，紫色的魅惑。秋天，在流水与烟霭之间分拣村庄的收成。我推开栅栏门，走进狗尾草和涩涩秧的虚拟时空。

秋水的凉沁到骨子里。从院子到田地，时常有天丝飞过。

深红的秸秆枝叶，把熟透的心思写在脸上。

在那个特定的岁月，我就是那个占山为王的人，用童稚的目光和好奇的眼神占据全部的时光。

一

木格窗。小青瓦。一棵老枣树。

土墙圈起的院子，圈起晚秋的荒凉，圈起弯月之夜煤油灯下那些关乎鬼狐精怪的故事。

童年的院子很大，隔着窗纸的灯光幽暗，我的心里装满兴奋与惊悸。

风舔舐窗纸的声音更具魅惑。我总是独自躺在被窝中，闭着眼睛，在脑海中回放狐面祖辈讲述的鬼故事。

或许，寂寞是孤独的影子。要想破除内心的孤独，就必须让屋子里聚起童稚的笑声。

于是，我由狐面祖辈想起了那位早逝的父辈，年纪轻轻，瘫痪在床，用每天都讲不完的故事讲述着自己生命的空洞。

二

月黑风高的夜晚，村庄静得只剩风声和屏息的心跳声。

我推开虚掩的雕花木门。油灯熏黑的墙壁，多处脱落的墙皮。墙与地面之间有蛇鼠的洞穴，比邻而居的还有燕子，就在南屋的房梁上筑巢。

大道至简。老屋在风雨中一站就是三十个年头。泥墙和砖基结合的部位已风化出时光的齑粉。

我会在洒满阳光的午后收藏那绵细的土。而我最喜欢的是祖父的八仙桌与太师椅，以及桌子上那本厚厚的《西游记》。

三

阳光，阳光，楔在砖缝里的阳光，让青灰色的砖墙斑驳成记忆的残片。

风化的灰泥细柔如时光的绵，风一吹，撒落一地沉默。

老屋老了，已经挺不直当年的腰杆。门窗漏风，如晚年牙齿脱落殆尽的祖父，含糊着慈爱与关切。

屋前的老枣树枝干纵横，把院子里的早春冷成阳光下的小篆。

我收集的砖末、泥土末早已丢失，而阳光中的午后正温暖着尘封的旧影。

我就在院子里，读着矮墙的黄昏。咿呀着唐诗的童音，把我带回散学后的傍晚，祖父亲手糊的纸鸢在我的笑声里飞起。

四

亮一盏灯，在往事的门前。

当我写下光，薄嫩的翼翅在眼前闪动。是啊，必须是小的，小到需要呵护与疼爱。

灯影前，篱落边，甚至透着灯光的窗下。生命的短暂灵动成完美，小小的虫儿舞动出浅斟的醉意。

拾级而上。窗子应该在左，门在右。屋子在水声和草色之间。

灯光拉长的影子里，伴着均匀的气息，墙角盛开的蝴蝶花，在微弱的光影下，煽动着粉翅，打捞时光河中的鳞片。

记忆的触角卷曲成蝶的触须，在我进入屋子之前，把水从左手置换到右手。

五

一盏灯，一盏煤油灯，以心形的火焰照亮了童年的身影。

灯是用气门芯和墨水瓶做的，可以随意调整灯焰的大小。

读书的每个夜晚，都是它与我相伴。

记忆中的童年，停留在夜晚。

行走在命运转折的光影间，灯光模糊了年月，却照亮了我前行的道路。

路，一直在。灯光时而明亮时而暗淡。

风已悄悄躲远。星子或有或无。

三月的烟雨已经成为一抹记忆，在油灯的明灭中，我掮着青春的旗帜，走向远方。

六

就像是昨夜，风从墙角掠过，菊花开得恣肆。

我想象着枫叶红透你的两腮。

我就走在通往河滩的路上。

秋日的阳光洒满小径。摇曳的荻和苇让一河流水清浅成云朵。

我在路边遇见一朵格桑，像你的十六岁。

羊群就在午后的河滩，我想象着你怀抱牧鞭凝望流水。

菊花的香在雁鸣声中聚散。当我合上日记本，窗外已是万家灯火和满天繁星。

七

墙上的阳光，外婆的微笑。

流年碎语，尘世的纠葛在断流的河床上迎刃而解。

客居外婆家的童年，是灶屋门口坐在小板凳上看落日西沉的身影。圆滚滚的红日一点一点湮没在对面邻家屋脊的背后，浓浓的炊烟溢满院子。

小米粥的米是外公亲手种的谷子，外婆亲自捣的石臼。黏。香。浓稠。

早些时候，红红的夕阳坐在墙头看我悄悄抹眼泪。啜泣是安慰之后的大恸。

谁把河流的影子拉长？风中，鸟声聒噪，迎向院门的是河边待月的蚌。

浑浊的河水，异常干净，如晚饭后的黄昏，断线的珠子，把心事洒满堤岸。

八

棠棣花开在雪的讶异里，回眸一笑，风中纷扬漫天的白。

花开三月，往事和雪一起映亮记忆中的夜色。

盈盈一掬，花香洗凉月光。

多年以后，小路上消失的身影踅进时光的暗门，纷飞的花瓣舞动悲欢离合的清寂。

黄昏时分，棠棣花开成时光的骊歌。一曲羽调，飘散出蝶的落寞。

从那个黄昏开始，杳渺的流水声在岸边生根，疯长出流连与思念。

一簇簇粉白，挑亮夜色里的灯盏。此刻，从远方赶来的歌者，信手捡起一枚花瓣，微弱的光映出掌心交错的纹路。

花开满树，开出一个人真实的痛感。战栗的白，把多年前的雪事一点点拉近。

九

七月，木槿花在河畔锁紧大地的心结。

我不再是那个放牛娃，在河水的清凉里看牛悠然地用舌头卷起青草。

槐树叶子制成的叶笛嘹亮着七月的傍晚。我在风中走去，踏着莎草，收集晚霞和记忆。

也许，黄昏的唯美需要孤寂，如落日在青草的城垛沦陷。

我曾满载憧憬和笑声，让眼前的河水流动着银碧的期许。当楼房越盖越高，我才发现生活的空间越来越小。

河只作观览，雕栏、回廊、凉亭、石砌的堤岸……而不再有人涉足于水，不再有童稚的戏水打闹声。

童年。旧时光。在河边，在渐浓的夜色里，我永远回不去了，横亘在生命中的是梦与醒的距离。

原载《散文百家》2021年第1期

原州八记

亚　男

古城墙

原州的夕阳，落在古城墙。

一块块砖走到我的面前，风已经很老了。说话的声音尽量小一点。

时间裂开的缝隙正在愈合。我的影子和祖先的影子叠加在一起，就是这墙的生命。

一对年轻情侣触摸到城墙，似乎握住城墙的古老。彼此凝视着，泪光闪烁。宽袍掩饰不住的奔腾，从唇燃烧到指尖。

语言老而白，在每一块砖上，又泛出夕阳的红。

就让他们的凝视再古老一点吧。

嘴角抽动，天光暗下来。

握住雪。我的脚步与城墙是匹配的。请不要责怪尘埃，原州向西，卫青和霍去病在征战。据考证，战马越过了山峦。那一声嘶鸣，喷射出历史的光芒。

这砖，固守着一座城的安宁。

雪夜，月光一定是温柔的。长途奔袭的马，就在城墙边，背负着历史的重任。

雪下到战火里，是一曲悲壮。拼命地保住安定的生活。

我在城墙下，雪在城墙下，雪和雪在厮杀。而我只能望着雪，渐渐老去。

雨水浇灌出的花朵，恰好在城墙下，独自绽放。

不迎合，不献媚。

雪在花瓣上，和我的目光相遇。

祖先走了，我来了，城墙依旧持有决绝。

被推倒，拆掉，便是遗址。

残存的这一段，我来也并非是不愿放弃。城墙，究竟是防范，还是禁锢？

坚守意味着什么——

我不断追问。谁又能回答。

正如雪，下得那么没心没肺，制造的冷，才会有温暖。

城墙是镶嵌在时光里的历史，坚固地守望着。

原州仅存。

萧　关

骨头里，一阵阵雪下得如此凶猛。

张骞的马就拴在雪中，蹄印叩击着雪片，一片盖着另一片。萧关的门楣上，悬挂着张骞的剑。那一道寒光，越过山岭。

陡峭的风，吹着吹着，与西域只有一步之遥。

沙化了。一粒粒雪，在干旱的黄土里生长。

与我不能融为一体。站在墙头，草也不见了踪影。

提着月光来的张骞设下伏笔，在汉字的系统里，高歌猛进。一曲花儿，融合酒的曲调，一杯月光进入到身体里，爱的硝烟四起。

征战千年，萧关留下的爱恨，远比一曲黄沙强悍。

我化作月光，安放灵魂。雪越下越大。

花儿啊，只能在酒桌上更为酣畅淋漓。

萧关保存下来的烈马，溅起雪声滔滔。

古　道

深入原州，古道上——

鸟在头顶上盘旋着。一片片雪，一束束光，在烈马的反刍中，挑起。

把雪下到脚窝里，烽烟笔直。

我用来阻挡匈奴的厮杀。

关口和驿站在烈性的酒里酿造历史。

迁徙的炊烟变幻着姿态，也忘了我的等待。

城墙下拍照的女人，怀里溢出阳光。

我触摸到裂缝深陷，火焰的土地，燃烧着……

酒的远方，一坛水汪汪的窈窕。

马背上的古道，刀枪凛冽。

喝酒的兄弟，把诗歌写在关口。

醉倒在驿站。我的那把剑削掉植物的命。猎猎的风，盛不下细腻的红。只有这一腔热血的旺盛，不可熄灭。

战马，在驿站。

我在古道，望着狼烟升起。

雪　道

我在原州。

红的闪电——

披上宽大的袍子，山脉掩盖不住血性。

狼烟在我的身体里，劈开雪道。厚厚的积雪，孤独而苍茫。我瞭望着，游牧的祖先，拴在驿站，或者关口，马的嘶鸣，久久不能熄灭。

红，颔首。

雪，在雪中。

太阳的舞蹈。红的舞蹈。狼烟下，八百里加急。

裹着的苍茫。红。闪电般。

雪夹杂着。红是辽阔的。

我的马匹是寂寞的。马桩，雪道，与刀剑，不可斩断。

丝绸的夜晚。风吹着……

月光下是我的呼吸。

而此刻。

雪道上，横马而来的女人，是祖先遗落下的种子。

受孕的山脉和风，在进化，在裂变。

守望着马棚，树桩的发芽早已在酒声里燃烧。

驿　站

下到瓦亭的雪——

堆积起来，就是今天我看到的样子。张骞来过。

把马拴在月光里。刀剑闪烁。

而月光的柔和烽火交织在一起。

原州向北，有一道西域的门。

客商和士兵，分居在驿站。

丝绸和马匹相互置换。只有雪一直在下。那么多朝代过去了，匈奴已经消亡。张骞开辟的这条道，停泊在历史里，是一页辉煌。

统一的文字和度量衡，今天已经没有我可以消费的了。

站在墙上，砖的厚度，与天气分割。

下午的太阳落在斜襟的怀里，也规避不了过客的身份。

满满的一个下午，我一言不发。

望着原州的红。

凹凸的山脉，奔驰而来的烈性，我多想一饮而尽。

秦长城

寄居的月光，今天披在原州的身上。

昨晚的酒，在诗歌的砖块里，一步一步登上这土的国度。

还没来得及发芽的柳树，遗忘了草。

匈奴之血，填在长城下的壕沟里，再也没有血的温度。

行至原州。

千里之外的辽北，战马已备好。

我更崇敬江南，鱼米之乡。气候和温差是月光的发情信号。强悍的草啊，在花儿的怀里，早已生根。

大唐的琵琶统领了狼烟。

原州的雪正浓。一场酣畅的战事，从一个烽火台传递到另一个烽火台。

笔直的瞭望，不可逾越。沟壑里的月光，白得透心。

我的酒还在我的体内奔腾。

只有原州是安然的。

山峦上，沿着考古挖掘。

土和土的缝隙，风和风的密度，饱含着凛冽、刺骨和苍茫。

只有雪，在血中。

风吹着秦长城，是凝固的匈奴血。

烽火台

送出的这一缕狼烟，我是认识的。

马匹走远了，我才来到原州。土堆上的几个人，指着西域，与张骞的意识不谋而合。舍掉石头，土有更高远的理想。

云梯上，战鼓响起。

而今，女人在这片土地上生儿育女。

坚实的土，缺少水分的气候，只有雪可以繁衍。

写在烽火台的诗句，原州是一匹烈马，游牧在文字的草原，也渐渐丰沛。

远去的男人把女人留在烽火台，找不到点燃狼烟的火。

裂开的身体灌满了风。日夜呼啸。

烽火台下的土，土豆埋进去，发芽的声音长高之后，男人也看不到。

那么多草也无法遮蔽土的干裂。

烽火台是女人守望的符号，在雪的舞蹈中传送。

须弥山

濒临灭绝的植物，铺天盖地的褐色，盘旋而上。

丝路上，张骞拴住的月光，慈眉善目。云朵和开得正旺的桃花不掺杂一点虚情假意。男左女右，进入到大殿。

须弥山至尊的纯，就是一剂良药。

一个穿蜀锦的女人远嫁原州，身体里的雪决意不回去了。

在须弥山，忍不住担忧原州气候和温差。她的一脸苍白，究竟是爱情给予的恩赐，还是人间多了一个苦行僧。

也许是一场雪掩埋了生命中的红。梦里的桃花凋零得不管不顾，一朵比一朵快。

卫青、霍去病征战千年，花掉了桃花的运势，一病不起。

一粒粒雪崛起的孤独，挑明了驿站不可久留。植物们和鸟的眷顾，举步维艰。我落脚的土，阳光也是冷的。

松果在树上，吐出松子后，有无限的锋芒刺痛我。

我更喜欢雪，目送禅音远去。

原载《诗潮》2021 年第 7 期

脸谱及其他［组章］

阿　垅

春　日

一只猫伸展的哈欠，给这个正午带来了困倦。

窗外修剪果树的人，攀爬的姿势，效仿于墙角漫游的壁虎。

多余的枝条纷纷落下，无声的葬礼，要和花蕾初生的仪式同时举行。

微胖的妇人在浆洗缀有云朵的蓝色桌布。

还有一些不可预知的渴意，像融化的冰块，从杯口慢慢溢出。

朗　读

窗外，一片叶落。

缓缓地，又一片叶落。

风穿上这样的鞋子，会露出寓言的脚趾。

透过时光的缝隙，课桌上斑驳的印迹依稀可辨，齐刷刷翻开的书本深处：

一个人在挖山，一个人在填海，一个人将锃亮的镢头，当作传家之宝。

悟出了些什么？

教鞭在轻敲少年走神的脑壳。

秋渐深，多么美。

思想的原野镶着金边——

一马平川。

哦，这是永远的课堂，一剂苦口婆心的良药。

你我久别的童声，端膝而坐其间，再次整齐地朗读一遍：

“愚公移山，感天动地……”

脸　谱

窄巷子适合擦肩，宽巷子适合回望。

一枚糖人身披铠甲，一段挥鞭远征的时光，晶莹剔透。

有古色，也有古香。

青砖黛瓦的店铺前，上演川剧的变脸之人，甩袖回头，是一张窦尔敦盗马的脸，回头甩袖，又是一张霸王别姬的脸。

她看得那么出神、痴迷。

一旁的我，只是想在众多眼花缭乱的脸谱当中，如何把这张粉里透红、妩媚的脸挑选出来。

酒醒草原

轻敲木窗的手指是一个字。

清扫门前的石阶是一个字。

打开栅栏的吆喝是一个字。

缓慢行进的牛车也是一个字。

早晨的梳妆去繁从简，从一汪泉水隐现出帐房、炊烟、山冈和草地的影子……

只因无法描述，这逍遥和自在，曾与流水交换了身世，与雨雾互赠了过往。

自草叶滚落的露珠，是昨夜点点未干的字迹。

不会再有别的远方，叫你牵挂。

手边阅读的书籍，在抬头凝望的瞬间，幻化为白纸一沓。

格　桑

不说卓玛。只说格桑。

只说草原上美丽的女仆。

一天总以三种方式出现：早晨背水的格桑，中午打奶的格桑，夜晚唱歌的格桑。

朝南的木窗，有漆黑的雨水进去，就有绯红的云朵出来。从昨晚开始的疼，还在肩头紧咬住欢喜的蜜和念想的毒。

春天来得总是那么迟，她是那种贞烈的女子，即使在大风中失去额首和腰肢的花瓣，就是没心没肺了，也要牵肠挂肚，也要坚持着四分五裂的爱。

从春天一直垂下的发辫，那可是燃烧过我整个原野的黑麦穗。现在，该给我们来世的孩子，取一个啼哭的名字。

与一朵格桑相恋，足以让世上掩埋的爱情死灰复燃。

原载《星星·散文诗》2021 年第 6 期

迷在川岛里［组章］

陈惠琼

湿漉漉的海风，携着淡淡的醉人的腥味。倾听古老而又新鲜的海之歌——哗——哗——哗……下川岛将留给我终生的记忆。

二次飞翔在川岛里，迷醉在川岛海上丝路的流淌中。遥想《一千零一夜》《苏莱曼游记》。冥思，古之三桅船，从扶胥启航，走近川岛，走近茫洲岛，又渐渐远了……有些一闪即逝，有些成为不可改的历史。

我像渔民在闪烁的光芒里掌握生命的舵柄，欣然又起行……岛里岛外水的喧响，是固有的召唤！

心目中，上、下川岛是两个美丽的岛屿。众多的小岛在我的记忆中点点滴滴地出现，这更像心海里的小岛。上、下川岛因有了小岛而丰富和饱满。小岛以其原始、自然、神秘的风情，获得鲜明的形象。

蓦地，导游马国华副局长家中，川岛的全景镶嵌在壁图上，这个典型的海岛之家，始终与风浪相连。面前土生土长的川岛之人，竟令我泛出涟漪？像海岛一样有着一层神奇的色彩！

灿烂的上川岛

仅是形象，用光线塑造。和着时令的海岛，大海反射着天空的神色像童话世界。此时，马国华副局长恰似海岛一脸的热情，身上的亚热带海洋季风气候的气息，温暖着我们。而我心间的温度，已经适应川岛大自然的温度。

一瞬，马副局长悦耳的讲解声与哗啦哗啦的涛声叠加一起，追赶川岛的历史，亦追赶川岛的步伐……我才想起，我们伫立的位置是广东沿海最大的岛屿，亦是中国第四大岛屿——上川岛。

上川是主岛，由 12 个小岛相伴。凸现在《川岛旅游》册子上的摄影都是四季如春的作品。

川岛，是南海一颗璀璨的明珠。

早在 600 年前，明朝洪武年间川岛上就有人居住，曾一度成为古代海上丝绸之路的重要驿站……

踌躇，脚像不停的轮子，理所当然是往沙滩方向走。一尺一尺比绸布长的沙滩，熠熠生色横在眼前；再看海浪，不费力地点着头涌动着。海岛四周有很多沙滩，仅上川岛就拥有十二处，三十多公里的海滨沙滩。

尽收眼底的是东海岸的飞沙滩，4800 米长。诗人想象的海湾，更似一轮新月，在水中吐出来似的。

我似乎越走越快，跑上诗意盎然的听涛亭。这时，万顷波涛好像纷纷朝我奔来，急忙中伸着长长的颈。霎时，脑子里威海、北海、青海、大东海等等的博大记忆统统都走出来了，我愿意把眼前的海与它们一片一片连起来，连接一个现实的世界。倏然，海的灵魂——太阳，惊慑那引起的惊喜！沉湎于一种“出神入化状态”“自然状态”，返璞归真。心中温存的“真情”当即有了共鸣！“真情”更接近人类当今的意识。

当川岛的景点像渔家窗户一样向我敞开，调皮的风迅速地吹来了一首茶湾山歌，马国华副局长的男高音美声，嘹亮的歌曳着海涛声，撩起了一个山歌之乡的笑颜，亦撩起了众多位百岁老人以歌传情的芬芳。

茶湾最值得欣赏的是怀抱大海的金沙滩。三面环山的金沙滩，是一片未开发的处女地，尚保持着原始自然的状态。远远眺望，天空灿烂，我只好眯起眼睛看金沙滩，金沙滩 5200 米长，有 50 多公顷造型奇特的野生竹柏林。竹柏是珍贵的稀有植物（“植物王国钻石”美誉），为什么奇观会扎根在上川岛呢？

我始终不得其解……复杂的世界尚在远方。

悠然，原汁原味的银沙滩完全裸露在我眼前。银沙滩 800 米长，沙滩两翼，是大自然鬼斧神工造就的千姿百态。沙滩右前方有三个小巧玲珑的岛屿，是难得的垂钓佳境处，沙滩腹地分布着错落有致的农舍。

之后，我又上路，在摇曳的花朵之上，一座很不错的白色西班牙古建筑墓堂，充实了海岛生活的空隙。倾洒的圣光，正融进欧洲天主教传教士方济各·沙勿略的墓园。

蓦地，感觉一种赐予的神奇，俯视墓边的一口小水井，似闪烁着当年做弥撒的“圣水”。井距大海不到 1 米，中国距大海最近的淡水井，称为“中国海边第一井”。涨潮时海水高过井面时，圣井里的水依然甘甜可口，丝毫不受海水影响。

我尽力去捕捉那难以捉摸的川岛传说。历史的光线实虚交织地穿透了川岛的脸庞，奇妙得像电影。

柔媚的下川岛

“如果大海不发怒的话，这里应是一个静谧、闲适的仙境般的世外桃源。”如果说上川岛给人的感觉是阳光，而下川岛给人的感觉便是柔媚。

柔媚美的下川岛，大湾、东湾、挂榜湾、牛塘湾、姐妹湾，柔和起伏的曲线，像一丝不挂的王府洲“浴神”。“浴神”的雕塑在逆光下，仿佛骑在龙脊上，仿佛弃龙潜入海中。尽情享受轻松、悠闲的天体浴。

我在海岛里慢慢地走，像有目的，又像无目的。天空举出椰叶婆娑的绿伞，椰子的馨香牵着我走在南溪湾一条天然的椰林情人路。环抱着大海的椰林，此刻也把我的情感环抱了。也许生活有时也需要遮阳盖光吧！

置身于“王府”之中，追寻“王府洲”这一美名：思绪，这不速之客趁机溜进宋元大战遗迹的 800 年前。

新会崖门，宋军与元军在海上发生一场震撼千古的战争。宋少帝投降，无数战船在海上沉没。

几十海里的两个荒岛（下川岛的王府洲、琼洲岛），果真，在王府洲的山岭上，仍然有点将台、练兵场和当年王族专用的古井……

眺望沧海，在川东大湾对开海面，七座风光秀美的小岛凑成了那可爱活泼的七颗星星，点缀在南海之中。而大湾又像那银色的月亮映照，海里“七星”在海雾中若隐若现。“七星”人踪罕见，显露古朴原始，促使体验者动身走向梦的景象。

去探“海盗”盘踞过的茫洲岛。茫洲岛在下川岛的西部，距离下川岛约一个小时的船程。

此岛，是下川岛以外唯一有人居住的子岛，当翻开《下川岛的传说》，却道出下川岛、茫洲岛一带常有海盗盘踞，打劫过往商船，这条海上丝路却是历劫不衰。雄踞海边的茫洲岛，那个伸延入海的湾角高高的，顶部平阔，岩石嵯峨。当我用相机对准它时，原始渔村马上就雄踞了我的镜头。

夜幕降临，月进入了月儿沙滩，在哗哗哗的热烈中，海水不知累，依然兴致勃勃。白天的阳光亦依然在我心中移动，捧过海水的双手，也像白天微微渗汗了。

在沙滩里迎月踏歌，有幸听一听海水泼在胸口上的声音……我知道，它找到了一个最适当之处。

海岛在我印象里依旧像一只永不停行的船。偶尔在家煲起川岛采购的野生紫菜汤时，海味诱惑我，让我缅怀在海岛的日子，在海、云、风之间徜徉的奇妙感觉。

海岛与我之间似熟还生的幕帘，不时飘动，边角卷翻。曙光揭去雾幔，沾露的海岛，生意盎然着一片奇迹。它是已知中的未知、闲谈中的神话。

涛声澎湃海岛，光影重重。

远远的海面，一点纯光，渐近，竟是海岛那纯洁的“浴神”游弋，找我来了……

我已迷在川岛里。

原载《散文诗世界》2021年第4期

一朵浪花生下无数的天空［组章］

林水文

霜　降

霜渐堆积在稻秸上，光的脚丫软凉的，脚下有霜。霜咬母亲的手，咬穷孩子的脚。

蛇蜕皮卸下的皮，落满清霜。肉身已在山洞里打坐，冥想。天那么高远，适合冥想。而我们更喜欢奔走。

霜降之后，河流的石头闪光，我沿着河流，遵循古老的方法，在有水渍的洞穴寻找螃蟹。

夕阳落到山坡的松针里，松林里一些地方藏起光阴。山上吃草的牛，有灵性的，知道什么时辰该回村。

田野里，稻田一片片收割完，风有些凉，暮色沾着露水。

苍茫的暮色里，牧童和牛，且走且回望。稻草人是人群中最孤独的人。孤独站在危机四伏的田野里。

挥着手顽强对抗着周围的暮色，最初是孤独，下一刻是黑暗。

偶尔遇上一条准备回家过冬的水蛇，它和我谈论起农历的节气。节气亘古不变，人心比天气更善变。

肥美的螃蟹甚少，它们在夜间，顺着月光指点的流水，躲过纠缠的卵石，游向大海。

水里是蜷缩的星辰。

眼前的山河从白霜中滚出，螃蟹在霜降之时游向大海，成就自己的梦想。

而一些落在父亲的鱼笼，落在我们贫穷的胃里。

曾经的河流长满水葫芦，少年远在城市。霜降，螃蟹的洞穴回廊着潮水，季节和风。

暮风中的事物

田野的风，来往中灌满了鸟鸣。孩子们的牛群放牧在天上，他们满田野奔跑。

一阵风走过，不远处的庙宇旁的松涛声一阵又一阵。松针闪着光，有松鼠一跃而过。像有人朝拜，又有人离去。

村庄在落日的背后，飘满烟火的气息。这些高秆的植物生生不息。植物葳蕤，犹如炊烟中重生。这时候村子的声音密集起来了。

回来的牛哞声，在牛栏转来转去。鸡飞狗跳，柴门吠声在风中不定，明灭。草木灰，花香，炊烟混合。烟火中让出一条尘世路，让迷路的人回家。

青梅竹马的小花静静盛开，一只蜘蛛在自己的网上度过一生，一只狗循着自己的便迹找到家园。

我在回望之际。慢风经过的事物闪闪发亮，白天大地中失踪的人从田野里归来，孩子的声音让村子瞬间柔软。忽然，婴儿的哭啼，摇曳着暮晚的光。

最后的炊烟纷纷扬扬，盘龙塘的前面是沱村河，再前面是夜晚。

暮色的诠释

暮色穿过旷野，像奔腾的河流，卷裹着岸上的草木，鸟鸣。一半静默，另一半随波逐流。

暮色像一匹马远道而来，有着它的蹄音，悄无声息踏碎夕阳的梦，踏响归家的钟声。

草木的耳朵张开又合拢。

暮色触摸着晚归男人稍热着的脸膛，女人丰满的胸。蛇虫鼠蚁逐渐爬出来，享受着暮色的清凉。空中飘荡着炊烟和飞翔的昆虫。

一匹马和一头牛相遇。暮色的马，触动了牛的记忆，它站在田埂或回村的路上引颈向天哞上几声，它是呼朋邀友还是对自己苍凉的命运慨叹?

秋虫长吟短唱，像雾霜样散开。道路渐爬高渐远了，青山飘浮在暮霭里。

小城的一角里，半明半暗，我听到了牛哞声，几十年来，它追着我从乡村到城市辗转。

暮色来临时，牛哞是那么清脆和苍凉。

到处都是一张张糊着的窗纸，温馨中有着伤感。灯火亮了又暗了，又亮，人们踏上命中的旅途。

那些涌动的头颅无非想寻找一样东西，灵魂的地址。

炊烟，牛，路灯，汹涌的人影，以及空气中涌动的一些莫名其妙无法说得清的情绪。

它们在徘徊，在交织，附在一张大网，思想着，轮回，寻找着出口。

暮色涌来，我如在幼时的旷野，想起乡下的老母亲，仰天牛哞的牛…

原载《诗潮》2020 年第 1 期

落在诗里的雪［组章］

海　叶

早临的雪

我似乎刚备足了语言，雪就匆匆从天飘落。

白色的群蝶，仿若春天的一个梦幻，让寒风吹了一遍，又吹一遍。

旷野上，遗失的粮食无法归仓。

我在远处，看着雪花一片片将其掩埋。

鸟雀，一直等在那块空地。它们不用耳朵倾听。风乍起，它们偶尔惊叫，把我的自言自语悄然抬高。

后来，我干脆紧闭嘴巴和它们对视。

语言的轮子，在雪地里突然打滑。进入耳里的最后一点声响，仿佛让我置身于一个容器中。

那里透亮，但没有出口。没有任何动静，也听不见心跳。

光阴，仿佛也在那里突然停顿。即使我感到愉悦，也不能贸然说出。

早早来临的雪，是幸福的——

如我宽阔而遥远的乡村，会因恬谧而感到无比满足。

诗里的雪

诗人驻足的地方，也是一场雪飘落的地方。

洁净的文字，在梦里会发芽，会长出薄薄的翅膀。

今年的大雪，飘落在我的耳里。这始料未及的事件，在现实生活里发生了。

我驻足的地方，成了时间脱轨的见证。

在这个寒冬，一个诗人要清空自身，是一件足够奢侈的事情。雪花为了自身的轻盈，纷纷从半空坠落。

离雪最近的一行诗，就是诗人的叹息。而阳光一旦露脸，丑陋的真相就会显露。我将选取哪一条路，以免途中滑倒。

在夜里，我意外查出一朵雪花的下落。这被时间匿藏的秘密，又被时间当作一朵花，在枝头全盘托出。

这一首诗驻足的地方，就是无垠的雪野。躺在皎洁里深眠的风，轻轻吐纳呼吸，请不要吵醒我的耳朵。

我知道你的存在，就是一首诗的存在。就像你手中的那一捧雪，结实而透明、纯净而脆弱。

曾几何时，雪地里的那行足印，成为打开记忆的密码。

那个虚拟的远方，总以神的姿态出现。而一树繁花，又勾起尘世多少涟漪。

大雁的翅膀收拢天空，收拢残存的温柔。唯被大雪延续的故事，放逐一枚失落的音符。

你依旧可看雪。我，侧看时间白首。

爱雪的人

爱雪的人，皆为神灵所爱之人。

你的痴望，已凝成绝句。一只衔着梦的飞鸟，掉落于梦境。

倘若没有朝夕更替，江山也将在世外布局。一条寒江一叶孤舟，重回唐诗的模样。你将遗世的雪当作膏药，送给我疗伤。

一场大雪，也仅是过客。你用它做一只银色的碗，用来盛酒盛月色，用来交杯孤旅与眷顾。

除了未卜的流放，一腔热血，无法掩饰心底的悲愤。

时间的雪啊，染白了一根根黑发。

那盛开的花朵，在异乡，都化作了一只蝶。

借一场雪，说出爱。分离的日子，读一首诗就是慰藉。你用纷扬的雪花，掩盖距离掩盖时空。在虚妄处，顾影弄姿。

染疾的耳朵，警惕无处不在的噪音，可又朝向那流泪的眼睛致敬。

我想你就在，我们所有的地方。

今年的大雪，飘落在我的耳里。它装扮自己，并不粉饰太平。

此时，飘落在午夜的这阕诗兴，敲响睡眠中紧闭的门扉。

细微的伤

就这样慢慢飘吧。天之下，我和某些人一样，注定要隐姓埋名。

这些轻舞的花朵，旋出了冬天的韵致。

趁天色尚早，我要偷偷打开身体里的暗箱，再踮起脚奔着她们而去。

黑夜仰起脸，灯和雪花的影子，瞬时模糊。她们不说话，我也不说。这样，大地就静了。

雪花，飘落下来。落在你的眼里，那么多。落在我的手里，那么少。

不想说这是虚幻的。她们一朵挨着一朵，美丽，神秘，让我暂时忘却人间的丑陋。我一直在揣想，在暗夜，在凛冽的寒风里，她们是怎样的执拗，在窗玻璃上绽开笑容。

这些薄薄的斑点，仿佛细微的伤。慢慢地，我发现夜色空了，唯一一次，我辗转难眠。

默数完一百只羊，我就可以摸到你的呼吸了。跟窗外的黎明点了点头，其实你已经走远，天空为什么还不平息。

我不再歌唱你的白，你的明亮与纯净。飞翔的快感，让河流吞云吐雾，让灵与肉彻底相融。

这些洁白的小生命，在新鲜的阳光下，会哭泣吗？

从此刻开始，我觉察到了莫名的脆弱。

情柔似雪

下雪了，远方的你在干什么呢？望着窗外被雪花照亮的屋顶，那个烙痕般的影子，从我的脑海飘出。

破茧而出吧，白蝴蝶，灵性的蝶。思与念的折磨，如一条涌动的暗流。

我无处漫溯。那个透亮的雪夜里，花香神秘地飘来。在我的嗅觉里，你的味道盛开着。思念，裹挟着一层神秘而清朗的光辉。

那身姿，那微笑，那嗔怒，就清晰地隐藏在时光的深处。

我是你最温暖的火苗，你是我最柔软的幸福。

只要守着曾经的约定，一起拥抱生活的阳光，就是来世化蝶，我们肯定不会再相隔千里之遥。

今夜，曼舞的雪花里，一种激情在我的血液里奔涌！

冷风席卷着旷野，可我的酒盏，在火焰中燃烧。

此刻，我不醉，也不言说。就做一朵雪花，安静地绽放在枝头，露出笑靥。

就那样烂漫，就那样温暖，看时空逆转。

忘却夜的黑，忘却孤寂的文字里潸然的泪眼。就这样情柔似雪，和你漫天共舞。

下雪了，远方的你在干什么呢？

山川，河流，都不再歌唱你的白。那些明亮与纯净，那些飞翔的快感，让山河吞云吐雾，让灵与肉彻底相融。

雪地续诗

我想用自己的天真，卸下大地的重负。

要腾空右手，我才能接住一朵雪花。没想到手心的温暖，对你却是一场蒙难。流泪的手指，还一直在指着太阳的方向。

我担心那一双黑色的羊皮手套，会卷走这个季节全部的背影……

如果大雪继续下着，我将赤手堆起两个小雪人，再从时光里倒回三十年。

我想用自己的天真，卸下大地的重负。冻僵的手指，还一直在指着那个爱的角落。一场大雪带来的，又会被大雪匆匆带走吗？

我意外发现，在雪地上作诗的那只麻雀，好像多年前曾经与我对视过。

曾经，也下过同样的一场雪。那时候的雪花，就照亮了一双熟悉的眼睛，和眼里独有的坚毅。

许多同类都胆怯着，都把昔日锋利的爪子，藏进自己的羽毛。并且，还瞌合着眼睛。

伴着呼啸的风，雪继续落下来。

旷野里那一行浅浅的诗句，透过晶莹的草叶，再一次，散发出圣婴的气息……

原载《散文诗世界》2021 年第 2 期

与现实书［外两章］

李朝晖

该黑时黑，该白时白。

时光的波澜不惊，日升日落是一种执念，面对现实谁人能守口如瓶。

和一些人相聚后离散不再相聚，和一些人相聚后离散再次相聚，世事总是无常，难以把握。浓的淡的光阴就在草青草黄、草黄草青之间流转。

诸神已是缄默，祭拜后的咒语遗落在龟甲的纹理里等候来者。

一切又将回归最初的平静。

可是，你听，有人在暗夜里独自歌唱。

万物拔节的声音走进风中起舞，该说的话还在酝酿未曾说出，雨水已至，乱了遐想的阵脚。时隐时现的疼痛在文字里有了另外的含义，却是无暇顾及。

时与空的纠缠一再提及往事，想象中添加了暧昧。

在现实的深不可测里，我只是一个卑微的标点，无关命题的主旨。

跟随主流停顿或是行走。

只要能途经一场烟花的灿烂，其他又有多大关系。

烟　云

琴声之外，可以设伏。

借一杯清茶的氤氲，虚构顿悟，节气气度优雅，简约了中年的华发。

时间翻开书页，又该与谁人来秉烛夜谈？

路上的风景已经避实就虚，大道也可随意于醉后之语。

不谈隐居。

红尘依旧诱惑。

情有独钟喧嚣之后的宁静。

曾经的疼痛依旧充满韧性，如影随形在记忆，半杯残酒隐现所有言辞，说出便是多余。

比远更远的是远方。

而近处的烟云，躲藏进童话的生辰八字里默不作声。

假设岁月的留白，秋是功成名就，一场雪却可以掩埋一切。

悲与喜对视。

擦亮隐喻，前言与后记走进哲理。

静看月上西楼。

众生喧哗

众生喧哗，谁人来玄想，谁人来登高论道，谁人来邀约一场菊花酒？

红尘的奇正相生，幻梦的欲语还休。

诱惑无处不在，时光编排的故事已在浮生里风干，姑且燃一支香烛渲染境界。

需要酣畅地醉上一场，以谦卑守护春分冬至。

神佛口吐莲花，放生一场法事。

一些动词正在生动，不想说天人合一，不想谈天命难违，记忆删繁就简。

岁月可以再回首，借留白问路。

一粒尘的欲落未落，顺从风的指向，打破了按部就班的发生，在寂静处是谁人在为生活喊魂？

又是谁人在一串叹词里高举忧伤招摇过市？

古老的皈依古老，现在的还在收集词语探寻答案。

画面的空白处，时间的笔墨埋葬了尘世的遥想，世事无常，一场雪的真相，需要阳光的对白。

终究是心存敬畏，被鬓角白发拉长的背影泄露太多的秘密。

原载《散文诗世界》2021年第6期

闪过的事物［四章］

伍荣祥

一滴蓝

一滴蓝从天空滴下来，滴答一声，呈现诱惑。之后，滴入生活的纸上和子夜的梦中，从此以浅蓝与深蓝的方式经常浸入。

我的心绪与怀想。微风从树丛拂来，一滴蓝在院子的石梯与旷野的田埂之间散开，使我的步履愈加蹒跚，心事愈加凝重，而先前的憧憬和辽阔也愈加弥漫。

一阵风

一阵风不打招呼，说来就来，天一暗就呼啦啦地首先吹飞对面邻居晾衣竿上的衣衫，还用力掀翻了我窗台的花盆。瞬间，满街树叶纷飞，包括纸屑和尘埃，还有房顶上众多惊飞的鸟。狼藉一片，先前静悄的窗户也被吹得咯噔咯噔着响，而我书桌上一沓书稿也从内屋吹向外屋。这时，我伫立窗前，真想开口说句什么，话音刚到唇边却被另一阵风吹散。

一个人

一个人总是在我前方晃动，忽左忽右地阻挡着我朝前的路。有时，居然还转身以马蹄声在我背后不停追逼：当双掌放在胸前，我就感到忐忑不安。谁折腾于我？平淡无为，退却之词是我一生的护身之符。诧异与突兀，如今我依然不明白是谁还在阻挡着我和追逼着我？追逼仍在追逼，阻挡仍在阻挡，今夜我仿佛看到了人间的危险与陷阱。

一轮月

一轮月，相不相见或挂不挂天上已经不重要。我常常将这轮月放入我黑夜的梦中，或者信手涂鸦在我白天的纸上：其实，这是一轮水中之月，一会儿聚合，一会儿离散，仿佛那么近又那么远。真实遮掩真实，虚无遮掩虚无：中秋之夜，我不知道是我在望这轮月，还是这轮月在望我？

原载《星星·散文诗》2021年第6期

第二辑

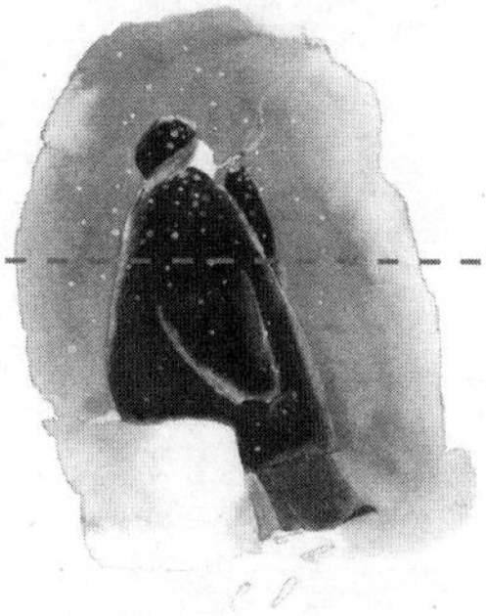

宓月散文诗

宓　月

蝉　鸣

38℃，这是夏天的标配。我躲在26℃的空调房里，听蝉在窗外高歌。

窗外的行道树，经过雨水和烈日的轮番洗晒，长得郁郁葱葱，十分繁茂。有多少蝉群居其中，不可考证。

唯一确定的是，汽车的声音、人的声音、人造音响的声音，在蝉声面前，全都败下阵来。它们此起彼伏，让我的耳畔只剩下蝉声。

长调、短歌，单音节、多音节，仿佛在演奏交响乐。听久了，倒也不觉得单调乏味。

我曾经捉住过一只蝉，看着它小小的身体，琢磨不透它怎么就能发出如此响彻天地的声音。

法布尔说："四年黑暗中的苦工，一个月阳光下的享乐，这就是蝉的生活。"

这一个月，偏偏又在最炎热的夏日。它们大概对躲在空调房里的我们很是不屑，要不然，怎会如此肆无忌惮地高歌？

在蝉看来，夏天就应该是热烈的、狂放的。轰轰烈烈走一遭，人间才值得来过。

蝉在高歌，用生命的全部热忱，仿佛火热的夏天就是它们声嘶力竭叫唤来的。

空调房里的我，犹豫着要不要走到太阳底下去，经受一番烈日的炙烤。

夏天的雨

比起绵绵春雨的黏人，夏天的雨个性鲜明。

你盼着雨来时，它就随意下几滴，或者，光打雷不见雨，让你空欢喜一场。

你怕下雨时，它偏偏来一次酣畅淋漓的倾泻。甚至，叫上雷电，唤来狂风，一种誓要清洗世间一切污浊的势头。

它喜欢出其不意，不按常理、套路，无视天气预报。阳光灿烂时它要来。也不怕惊醒你的美梦。它要证明：天意不可测！天空也是有脾气的。

你想要的及时雨，飘浮在天空中。而你，除了仰望、祈祷、等待，不可能有所作为。

大地上的事，天空中的事，似乎各有各的使命，各有各的归处，却又无时无刻都在改变彼此的模样。

我们都是一颗颗从天空砸向大地的雨滴，永恒轮回中的一点偶然。我们无法选择自己在何时落向何地，就像无法选择是滋润大地，还是助纣为虐，成为滔天洪水的帮凶。

在燠热沉闷的夏日里，一场暴雨是令人期待的。哪怕期待中还夹杂着忐忑，一种近乎灾难降临的恐惧。因为你知道，高温和干旱一样令人窒息。

静静聆听雨珠儿弹跳的声音，将石板路、瓦片、水泥道、伞顶、竹叶……当成乐器，整个世界都笼罩在雨珠弹奏出的音韵中，再加上蝉的协奏，那该是夏日里多么美妙的一件事。你能听出岁月静好，万物安详，一切似乎都刚刚好！

但这样的好时刻却需要天时、地利、人和，需要一种莫大的幸运。

风调雨顺，国泰民安，正是因为难得，所以人人都在祈祷。

天空不知道，下多少雨才算够，或者多久不下雨才算好。上帝也不知道，人心有多大有多深，要多少雨才能灌满。只有风的涌动是永恒的，世界变幻不定是确定的。就像夏天的雨，掌控在风的手中，来来去去，有偶然，也有必然。

夏日雨后

经历过狂乱，经历过生死考验，当一切再次归复平静，太阳再次升上天空，大地更有了一种趋向成熟的旷达和恬静。

我感觉到了空气中新鲜的味道，还有那舒心的清凉。

思绪不再纷乱，目力所及之处，不再混沌。

折断的树枝、零落的花瓣、倒伏的青草，都不能阻挡生命力从大地深处蓬勃而出。

即便，烈日再一次炙烤，也不过是，离成熟更近一步而已。

风雨过后，才会知道，谁在伪装，谁是真正的强者。

摇　曳

穿鱼尾裙的女子，修长的竹子，一茎花枝……摇曳出的风情，有着梦幻般的美丽。

它是轻盈的，只要风轻轻托举，就能飞起来。它似乎在告诉头顶的云、夜晚的星辰，它曾经飞翔过，有过一个自由不羁的天空。

它随时准备着再次起飞，或者说，期待着飞的感觉，在非现实主义的时刻。

只要那女子不开口说话，只要那竹子不再蔓生枝节，只要那花儿没有枯萎。

可是，这又怎么可能呢？

摇曳过后，所有的美好都会碎落一地。

倒不如，将那一瞬留在心间，在摇曳中慢慢回味。

那个时候

当我说出“那个时候”时，便觉得自己老了。

我成了一条洄游的鲑鱼，在记忆的河床上奋力拼搏，想要回到出生地。

惊恐、迷惘、失落……突如其来。它们拥堵在面前，让我怎么也看不清未来。

只有一次又一次地挣扎、跳跃，在命定的河道上。

直到看见了死亡。

直到看见了死亡背后闪烁的生命光亮。

我终于感到了解脱：再也不用为“那个时候”而悲观绝望。

我看到自己分解成了碳、氢、氧、氮、磷……无数的小分子，在空气中。它们在蓬勃扩散、飘浮。

我知道，无边无际的大海，将再一次成为我渴望的远方。

星期五的夜晚

一个星期，我把第一天交给了过去，第二天交给了未来，第三天交给了当下，第四天交给了惯性，第五天交给了倦怠，

像绷紧的弦，终于松懈下来。

在星期五的夜晚，我准备把明天和后天全部交给自己，却怎么也找不到自己，连梦也丢失了。

我终于明白，为什么我越来越不像我了。

七天，只有在这个夜晚才完整地属于自己。

如果一直过着非我的生活，又怎么能够让我成为我？

城市中的鸟儿

一日凌晨，我被窗外的鸟鸣唤醒。

那是一只早起的鸟儿，声音清脆，婉转。它仿佛在练声，又像是在呼唤朋友。很快，东一声西一声的鸟鸣声从城市的各个角落传来。

太阳还未升起，城市还在睡意蒙眬中，这一小段时光，是鸟儿们的。我听到它们彼此应和，就像乡间互道早安的人们。用不了多久，车流声、人流声便会将它们淹没。

在匆忙的时刻，我从没听见过鸟鸣声，好像它们并不存在。我确实有许多事情要忙，在这个繁忙的城市里，人人都在为生活奔波。权力和欲望是一只看不见的大手，翻云覆雨之间，远比小说中的故事更为惊险刺激。但我更愿意看阳光下的事物，看花朵的绽放和凋零，看树叶黄了又绿，简单而美好。至于阳光背后的暗影，大宅深院中的秘密，不看也罢。不如静心听听鸟鸣，听听未加修饰的生命吟唱。

我是个喜欢用文字描述世界的人。我渴望能用朴素的语言讲述我所经历的一切，以不枉此生。我不祈望得到褒奖或赞美，只祈望阅读我写下的文字的人，能感受到我所生活的这个时代的某些生活片段。仿佛窗外行道树上的鸟儿们交谈、嬉戏的那一刻。

多少年之后，人们听到鸟儿们的歌唱应该与我此时此刻听到的没有什么不同。而我写的文字，是不是还能给人以生活的气息，我却感到忐忑。

很多次，我渴望隐身在鸟儿中间，成为它们中的一员。

兰　花

外出回家，打开门，忽然有一阵幽香。

我以为是自己的幻觉。先生每次深夜回来，都会说，家里有甜甜的花香，而我以为那是先生用来哄我开心的。

家中确实有花草在悄悄吐露芳香。米兰、竹子、吊兰、蟹爪兰，我栽种过的花草中的幸存者，在为我送来芬芳。大概，它们也同我一样，即使漂泊着，也想努力活成自己的样子。

在同一个屋子里，这些花草们不说话，却已经成为我生活中的一部分。它们偶然绽放出一颗颗花蕾，就像我收到的一些小小的惊喜。

今天，兰花开出了一朵朵黄绿色的花朵。仿佛一张张张开的小嘴，欣喜地要告诉我什么。而在这之前，它能否顺利活下来，我都不曾抱过希望。它给我的惊喜，早已不需要语言来表达。

在它清新的芬芳中，为心爱的人做的一顿早餐或者晚餐，整理杂乱的衣物，给家中的物什抹去灰尘，把地板拖干净，都成了诗意的流淌。满世界游荡的幻想，纵横四海的豪情，都不重要了。只想在一个干净整洁充满芳香的家里，守着一个深爱的人，过着简单的日子。

夕阳照进卧室，把一日里最温情的时刻给予了我。

兰花静静地吐着芳菲，阳光将它修长的叶片涂得闪闪发亮。仿佛我用尽余生，抒写的一个篇章。

渐行渐远的陌生人

——致王尔碑老师

“你是谁？”

在你身边时，这是你问我最多的一句话。

我一遍遍告诉你我的名字，而你却一次次问我“你是谁？”就像一次次在记忆的深潭里徒劳地打捞遗失的珍宝。

我们曾亲密无间，打开彼此内心最隐秘的角落。

那时，我多么确信，时间不过是个谎言。相隔半个世纪，我们仍然可以成为闺蜜。

但这一次，我看到了50年光阴的巨大裂痕。

你的世界不再对我敞开。我已成为你遥远记忆中消失的那一部分。

这一天终会到来，很久之前我就知道。只是，我从来都不愿意去相信，这一天真的会来。

医院的门口，你挥手向我道别。瘦削的身影，变得那么小，那么单薄。我好担心，你会被来来往往的行人裹挟得不知所踪。

从今往后，我不知道该如何去面对你在我心中留下的空茫。往日欢聚的时刻，像风一样飘向了远方。你已提前告诉了我，我们最终都会像空气一样消失在这个天地间，再也找不到一丝一毫的痕迹。那些散落在故纸堆里、网络世界角落中的文字，是我们唯一存在过的证据。

人生其实不过是一个长长的梦而已。在这个梦中，我们相遇、告别，不会惊动一朵云、一片树叶。我却感到如此幸运，因为遇见了你。

葬你于心之一隅
我
就是你的墓碑了
——王尔碑《墓碑》

每次读你的诗句，我的心依然会震颤，仿佛我们初见的那个时刻。

我终于相信，冥冥之中，一切皆有安排。

我终于能够，从容地对你道声再见。我看到了，在另一个时空里，在树荫下喝茶笑谈的我们。

注：2019年7月6日，我与先生一起去医院看望病中的王尔碑老师。她在年初的一次重感冒后丧失了记忆，一次次问我“你是谁？”，仿佛依稀记起来了却很快又忘了。93岁高龄的王尔碑老师曾是我在成都最亲密的人，而此刻我们不得不成为陌生人。每每想起，心意难平，故作小文记之。

梦

毫无征兆，你闯进了我的梦里。隔着十年的重逢，你的音容已模糊。

你一定是躲在我心海的某个深处，在我走向忘川之时，提醒我，你在，一直都在。

梦是一个无底的黑洞，除了绝望和挣扎，无济于事。要不然，为什么每一次梦里的重逢都只能以别离告终？

十年又十年，你依然是年轻的模样，而我，却在镜中瞥见了自己满头白发。

在那一瞬间，世界开始崩塌，我在急速下坠，坠向粉身碎骨的深渊……

先生在厨房弄出的声响拯救了我。

窗外，阳光炫得耀眼。

先生不在身侧，他忙着为我准备一顿营养可口的早餐。

他不会知道，我独自跋涉了多久多远，几乎用尽了一生才回到家中。

曾经，我向先生抱怨：睡在同一张床上，却无法在梦中相逢。我无法走进他的梦里，他也从不来我的梦中，我们只能各做各的梦。

当先生含笑看我时，我宁愿他永远不要走进我的梦里。

我的梦是我的另一个平行世界，在那个世界里，只有你，只有生命的离别和哀伤。先生是唯一能渡我走出梦境的人。

我知道，终有一天，我会学会在梦里平静地面对你，就像面对一个老朋友。你也不会沉默不语，只把黑暗留给我。

吃早餐的时候，我告诉先生："我又梦见我父亲了。"

原载《商报》2021 年 9 月

傍　晚［四章］

赵目珍

傍　晚

一阵暴雨过后，便到了傍晚时分。

这样的黄昏，真宁静。

小小的广场上，只有孩子的声音。周围的树木一片寂静。高大的木棉树静止在那里，七叶树静止在那里，王棕静止在那里。低矮一些的香樟树和刺葵，也静止在那里。路灯慢慢地亮起来，而白昼尚未甘心退去。

我在一旁默默地注视着它们。

像一个傍晚的垂钓者，被傍晚垂钓。

如果不是有时而经过的电车的鸣笛将我唤醒，我早已成了黄昏的一部分。

而此刻，一群不知名的鸟儿，盘旋在广场四周的上空。

夜幕悄然垂下。

闲　坐

仍然是无聊中闲坐。

我一直在搜寻某些有意义的事物，以便衬托这闲坐的无意义。

然而终究还是失败了。事物的无意义最终还是胜过了它们的有意义。它们也像我一样，在闲坐，或者搜寻。图画挂在墙壁上，桌椅躺在角落里，玩具堆砌一地，就连碗筷也还散落在餐桌上。豆浆机停止了运转，榨汁机已酸软无力。

我们面面相觑，已看不见彼此内心的光芒。

然而还没有绝望。

我们渴望建设美好的记忆。

渴望在春风中，有细小的事物回应。

渴望在闪电后，有快慰的雷声。

或许是需要一个觉醒的契机，等世界祛除荒诞的种子。

秋天的夜晚

南方以南。

立秋已经半月有余，处暑也已过了。然而这样的夜晚，你丝毫也感觉不出，这已是的确而实在的秋之夜晚。溽热的白天延伸到黑暗当中，连晚风也拜倒在湿漉漉的氤氲之下。

我坐在一方小小的石凳上。

四周的青草被收拾得像海甸一样整齐。

难怪这么多的人一倒在她的胸怀里，就变得温柔和亲昵了许多。

渐渐，夜色无边地宽广起来。

潮热的晚风，到了夜深人静的时候，也有了些快哉之气。

只是远处的人流早已不见。

只有零星的晚归人，拥着晚风，踏着夜色阑珊，亦步亦趋。

静　谧

在最后的时间，赶上了当日的邀请。

对于充满了惰性的灵魂而言，这样的行径差可告慰。

从自娱他乐中解脱出来。今夜，我是星辰大海唯一的孩子。它们熄灭了高超的琴艺，唯有静谧在无穷无尽地重复。

我沿着它们的静谧出发。

群山的心脏，在河流的胸腔里引起了共鸣。

就这样，我拜倒在它们的真爱里。

沉默和无穷无尽的沉默，在沉默中沉默，就像是暮夏的无用性在秋天里着了魔。

以流放代拯救。以静谧抗喧嚣。

尘世间的事，最好不要去想它。

最好把它给忘掉。

原载《上海诗人》2021 年第 3 期

远遁的钟声［组章］

曹　雷

从时间背后

从时间背后，有人策马而去……

卷起的尘土飞扬，逶迤成模糊的屏障，遮不住背影闪过，有如掉落河流的水滴，一去无痕，再去无影。

这是一个毫不引人注意的下午，一条足迹难涉的冷僻荒径。

从时间背后，有人偷渡成功了。

季节日子，不再是桎梏；分分秒秒，不再是枷锁。

度日如年的漫长，白驹过隙的短暂，纷纷坠落，不再回头的花瓣，一点点烂进泥土。

所有的约束全被瓦解，

所有的故事都成了陈旧的从前。有人从时间背后走了，在慢慢熄灭的过程中，只剩下蜘蛛在张网捕捉依旧透明的三滴两滴鸟声。

丢弃的繁华在风中摇晃，每一处都留下痛感，已经伸开的手迟迟不愿触摸。

策马而去，从时间背后。

轻快的蹄声一缕缕缭绕，挂在沿路参差不一的树梢，却依然躲不开目光的追击，碎片飞舞，迫使空茫的视界关闭，不忍眺望。

不愿触摸，又何必眺望。

低下的头，从时间背后，记下了策马而去的路线，缩回的手开始悄悄打点行装。

别带上那些彩衣，沾满着物质的光芒，浸透了精神的芳香。负荷累累，从时间背后过去，没有谁能够抵达最初的渡口。

一个地域有一个地域的崇尚。从时间背后，这个声音，流水潺潺一样淌了过来，提醒着每一位过客用心倾听。

悬崖上的呼救声

凄厉的刀片声猛然划过天地帷幕，裂帛上留出一道骇人听闻的痕迹，疾走的风，扑腾着受惊的翅羽。

呼救声，从悬崖边上传来，与早年睿智者的预料如期而遇，与哲人警觉已久的眼光碰在了一起，发出刺耳的啸叫。

所有目光触电一样迅速抬起。

所有回声本能一般积极响应。

这一切发生之前，那人自信的脚步在峰顶徘徊已久，他的视野空空洞洞，在疏忽掉暗算的那一瞬，跌倒在了悬崖边缘。

人们屏息静气，一同陷进沉寂的深潭；

草木瞠目结舌，一齐呆坐忧郁的长夜。

悬崖上的呼救声闪电样爆炸，在山谷撞出绵延不绝的星火，拒绝熄灭。

耳鼓轰鸣。清新的思维，麻木的神经，全被抓扯得生痛。那人，那失足的悔恨，那活下来的渴望，在呼救声中苦苦挣扎。

忧心如焚的那一颗颗心，无一不被击中。

草叶。树枝。屋檐下的风铃。塔尖上的鸽哨。高高低低都把这同一个信号传递，惊涛也从深处回到水面，独善其身的花瓣上有了感动的泪珠滴落。

悬崖上的呼救声，让每一刻的念头，每一时的活动，每一滴汗，每一粒米都走进了救援的队伍。心事难眠的春天被惊醒后，赶紧扫除了道路上堆积的雪渣；嫩绿的芽苞急切地耸动身子要挤向队伍的前列。

悬崖上的呼救声，发自肺腑，嘶哑成一面残破的军旗，紧急集合那些被感动的真诚。

失去这最后的自救良机，我们所有安全地带的脚下，都会陡峭成暗夜中的悬崖。

消　失

这个词，是一口深不可测的老井。

轻轻重重、深深浅浅的足音掉进去，都不能留下一丝擦响，时间之水冷冷不语；宽宽窄窄、平平陡陡的路，到这里戛然露出断层，远远淡淡化成不同的背景，空间之色隐隐莫辨。

是不同过程的同一终极。

最醒目的花朵倒下就不再辉煌，最灿烂的眼神熄灭便永坠黑暗，最芬芳的容颜枯萎就归入腐朽。

让叹息沉重如铅，让欢呼轻若游丝。

消失。就是掩面而泣的困苦最后的平静，就是拼完全力的失败最后的光芒，就是沉默一生的平凡最后的吟诵。

尔后，就是拂尽生命积尘再也找不见的踪影。

就是一切偶然的同一必然。

触及一种不可抗拒的定律了，惊心动魄；接收到一条无法改变的轨迹，与生俱来。种种花样翻新的人间游戏，盛衰枯荣的故事情节，或金，或泥，或火，或冰；在这样不动声色的氛围笼罩下，一样束手无策。

青山依旧，物是人非。

唯依旧的人心，有高昂，有低沉；有安之若素，有躁动不休；有一幕幕花开花落的悲喜剧，有一场场江山易主的大轮回，频频缤纷着消失的种类。

找一个夜，和你，和这个词对饮。让窗外的喧闹潮水般退走，你放下了肩上的全部负荷，你是否看清了归去的指示路牌。

每一种出发的方式，都只有这样一个归宿：消失。

门　槛

再有几步，就是那道醒目的门槛了。

能有别的选择吗？所有深深浅浅、长长短短的脚步已陆续集合过来，跨过去，再有几步，就是那个万众瞩目的时刻了。

一座分水岭？一条起点线？一道时空构筑的栅栏？啊哦，不能形容的一道门槛，在时间的脊梁上横亘。

倾听着涛声般席卷而至的足音，面容沉稳得有如埋在深水的礁石冷热莫测；只有目光如锥，刺激着不同颜色的皮肤，让一阵阵欢呼和叹息混合的浪沫迸溅起来。

曾经的一个个春去秋来，是只能丢在身后了，渐渐远逝成一幕背景，一段刻痕。

精心策划的事件们一一熄灭，留下的三两点微光，闪烁在一些歌子的尾部，给回忆偶尔传唱。

那些历经沉浮的名字，或升起为遥远的星光，在仰望中闪现；或陨落为尘埃，被青苔覆盖。

几个隐隐约约的地点，为避开追踪，变成了句号，改名换姓后躲藏在史籍段落里。

门槛是隔开这一切的天然屏障！

跨过去的人都很幸运，将来的一个个秋去春归，就是一盏盏希望的灯火，照耀在你会走过的每一处驿站。

生命薄如蝉翼。把苦难的影子拂去，把宠幸的欢悦抖落，把重如石头的欲望卸下。

这声音，是从流光深处一句句传来的。

找一支好歌带去吧。带上一枚饱满的种子，一朵芬芳的花，一份精致的地图。

带过去，心的旷野再不会荒芜。

再有几步，就是那道醒目的门槛了，不同肤色的脚板们正陆续抬起。来一次深呼吸吧，吐出最后一丝犹豫，那个重要的时刻已迫在眉睫！

远遁的钟声

那钟声，是歌的精髓。远遁的钟声，触及最初的啼叫，晶莹剔透，是一粒早餐的露珠。

撩过树梢尖，撩过屋顶，扑面而来。

把星散四方的目力召集在同一个方向，出发的脚步滚雷般由近而远；霎时，沉寂已久的时空热泪湿襟。

看不清它的容颜。其实，钟声早已苍老，长如江河的无色胡须拂经空中，啸音悠久；经过我的指缝，厚重如墙。

钟声里，有春秋战国的高谈阔论；有魏晋歌赋的唱和，唐宋诗词的韵律；有金戈铁马涉河的水响；有皇宫王府坍塌的轰鸣……

苍凉又古旧，长满了历史青苔，缠绕着人文长藤。

是一曲横空漫溢的老歌。

那钟声，季节是它反复的旋律，凉热更迭；日子是他波动的节奏，阴晴起落。

清越嘹亮时，阳光的长臂可以掀开厚厚的云层，一股股暖流清新了烦躁的情绪。你想叶落归根，或去浪迹天涯，或去山顶静坐，看果实坠落的舞蹈。

沉闷浑重时，寒雨的泪水可以浸透窗棂，一阵冷空气灼伤了敏感的神经；浑浊的流水与礁石碰撞，摇撼着你的一声声叹息。

因时而鸣，人们才会称之为不同凡响。

钟声消遁，深入在事物的内心，那若明若暗的身形，让每一双倾听着的眼睛满含敬畏。

远遁的钟声，每一声都是在触摸摸岁月的表情。

原载《剑南文学》2021 年第 1 期

秋水与雪山［组章］

崔国发

起风了

风，记住的不只是花的香。
还吹落了，竹叶上的露。此时，我清晰地听见
大野之上，一种滴水的声音——
跌入早霞的那一滴，虽无迹可寻，却被阳光一饮而尽。

遍地虫鸣，在风中唧唧，
于跌宕起伏中，扰乱我们内心深处最神秘的恬静。
低头的草，
在风中，虔诚地念经，或者簌簌地抖擞着，一种朴素与清贫。

来去无定。风，不急于触及赤裸的灵魂。
已经不再深藏，身前身后名，
风经过时，它总是会带走：漫漫征途上的
仆仆风尘。

今夜月圆

一万顷空阔，渐次打开
明净的部分。让白色的火焰，一次次地闪烁：

月光是一种裸。

黑暗，不堪月光的一击。
它一点点地，被白夜切割。由表及里，由浅入深，
它实在令人难以捉摸——
飞扬的神采，从指缝间漏下，没有人知道白霜的下落。

夜色并不带给我什么，
除了舒袖起舞的嫦娥，她浑圆，玉润，高洁，在澄明之境中，一次次洗濯。
像轻柔的蝉翼，
一袭光滑的丝绸飘落，于亲密的时刻，光顾：
铅华洗尽，而灵魂也已被漂白。或许，一种久违的乡愁，
才是我们心中最美的寄托。

今夜无眠。一片干净的丹心里安放着：
一万顷寂静与明澈。

雪天的诗

我站在窗前，默默地注视
一片片雪花，无声地飘落，于凛冽中擦拭干净的内心，擦拭着
那一片曾经被污染的俗世。

飞旋的天使：羽毛一样的轻盈，
于洁白中带给我们以沉思和千树梨花似的绰约风姿。
漫游或流动：
几只黑鸦在白雪掩藏的稻粒中，苦苦地觅食，

从虚无中发现真实：或许那谷物根本就不存在，但鸦的欲望却不会抑止。

一片白色的虚空，那在寒冷中燃烧的雪，覆盖着大地上的落叶、枯枝、鸟声，抑或是玉与石的瑕疵。

而一些孤独的碎片，以及灵魂的冷色调，有几人能知？
它们在黑暗中闪闪发光，
我不知道，这是不是一种自然的暗示？

行走的云朵

有时，我真的分不清：哪是野鹤，哪是散淡的闲云？
灵息吹拂，
甚至来不及招呼，一匹追风的白马，翻飞着缥缈的身影。

细数转场的羊群，目不转睛，而它们却行踪不定，
白茫茫一片。
忽而折身而返。毛色温暖，如白雪一样的干净。

牧羊人站在峻峭的高处，倾听——
秋风中的表白，
十万头绵羊披沥而上，它们的脚步分外轻盈。

挥挥袖子。一条舞动的白纱巾，在天上梭巡，或者飘忽着
一种圣洁，
素面朝天，氤氲着我们灵魂的底色。

河水流动

风吹苜蓿：水边的一位女神，披一袭紫色的衣。
一脉浮动的暗香，
把清凌凌的水，擦拭得更加亮丽。

多少年了，河水流动，在不绝如缕的述说中，轻轻地拍打着一片窃窃私语的涛声，以及深不可测的神秘气息。
它就这么流淌着，
在时光的深处，抱紧水岸、落日和鸟影掠过的大地。

水总流向远方。
临水照花：潮落又潮起，如花开的声音一般澄澈。
水边的花朵——
一株摇曳的苜蓿，出神入化，
在美好的日子里，大声地念诵着，秋风的旨意。

马　蹄

踏碎霜雪：一匹纵蹄狂奔的马，脚印上响彻，一串串殷殷的雷声。

飞沙走石，抖抖索索，一阵突如其来的风暴，喷薄于旷远之野，
广袤的大地上，顷刻骚动：
一千次战栗的心跳。

长鬃又一次扬起：不翼而飞的马匹，
以青铜似的蹄铁，铿锵地敲击——
一声声急鼓，
鲜明的节奏，在风中寂寞地嘶吼：灵魂自由的超度。

秋　水

必然写到的秋水，在远方，已渐渐归于
凛冽与寒凉。

不再隐藏的浅滩：时而有潮水带来
流离失所的贝壳，
剩下的或是一种瘦。游鱼的鳍尾，纵身一跃，最后的一滴水，
从它光滑的脊背上，怆然地滚落。

秋水无波。三十里水路，已无往日苍茫的空阔。
清凌凌的水，哪里去了？
汲水女哪里去了？
曾经如水的月光，在苍白的水域中感觉到，一种深深的渴。

秋水落：站在干涸的河谷，听不见涛声，
和它簌簌的私语，仿佛从远方隐约地传来水鸟的
一声长长的叹息。

孤　灯

火焰舔着我：寂寞地咬破，内心的黑暗。
深夜的掌灯人，

空虚的灵魂跳动，闪烁，星芒中生成，一瓣殷红如血的花朵。

茫茫四野，只有这盏灯亮着，
我的眼睛里隐约地掠过，它持续发热的光亮。

万物和它的影子，
纷纷零落：一滴滴烛泪，于纸灰一样的余烬中，悄然点拨
一支荒凉的微火。

我的心陷入更深的孤独。
路旁的荆棘，
已不再使我迷失方向。孤灯不远，它幽暗而混沌的火，
一寸一寸地突围，或光芒四射，
在火焰全部幻灭之前，对一眼望不到边的夜色，
完成无情的批驳。

雪　山

闪过寒光：在白皙的胸乳间，
蜿蜒起伏
一条美丽的曲线。照着天上干净的裸月，那里，是否仍蓄着一脉圣洁的水泉？

雪水白白流淌。赤裸的女儿和雪，
乘坐清澈的云朵，
一如佛光中跳脱出的一道彻骨的闪电。

明亮飞翔。看鹰在天边盘旋，
冷冽中吐出
一束温暖的火焰。在天之翅拍落——
白刃，无名星，山峦一样的庄严，还有天上翻飞的
冰清玉洁的碎片。

从高耸的岩缝中，我终于看见，只愿默默生长而在夜色中
一闪一烁的雪莲。

原载《星星·散文诗》2021年第5期

花的短篇

薛　梅

【题记】我一直相信，在花的精神世界里，有一颗我们人类看不见的心。它们都有着自己坚持的位置，绽放是她们的使命，她们是多么恒久守时的一个物种啊，无论何时何地都不会忘记自己的初心。

玉　兰

说冬孕育着春，我总是想到玉兰和杨树的蓓蕾。在寒冬的料峭中，玉兰的蓓蕾就已经给人蓄势待发的盼望。

早开的玉兰其实不足观，最美是乍开未开时节，在晨辉里玉鳞点点，给人饱接花之香色的期待。

而盛开之后，无论花色还是花型都没有多少看点，不过两天的时间，树下就有了凋谢的花瓣。

早晨上班会经过科大那棵盛开的白玉兰。那么大的一树繁花，可是，望过去总觉得面容模糊，整棵树看起来实在没有多么美好的感觉。但走近了细观，每一朵都开得饱满丰润，各自呈现出青春的颜色。

突然觉得，这些花们是否会有泯然众花间的感受呢？就像一些极具才华的人聚在一起，相互之间的光芒遮掩了彼此的辉煌，而走进每一个，都会发现远观不能看见的美好。

倒是每一朵寻常平淡的蔷薇，才需要以铺天盖地的姿势来彰显自己的存在。

但渐次开放的玉兰却愈来愈有自己的特色，紫玉兰和黄玉兰总是在其他玉兰凋谢后才会开放，也许就像沉静积累的人，因为厚积薄发而有了更高的品质。

所以想，一朵独具魅力的花，最好独自开放。

风信子

几盆盛开的风信子被随便放在花店门口的一角，其中一盆委在了地上，对于爱花的人来说，这样的场景有些心酸。

只是开放的地点不一样啊，假如被人很早买回家，一定会有细心地呵护，花开也有喜悦爱怜的注视。可在卖花人的花店里开放，却意味着它的价值消失，不会有人花钱买一棵已经盛开的风信子。

可是，对一朵花来说，一生就这一次的美丽呈现啊，无论是否有人欣赏、呵护，它一样赴这场生命的约会。

我是路人，目光经过花店，一颗心经过一朵花。

杏　花

每年都会去我的山坡上赴杏花的约会。

山坡是我认领的，杏树也是别人家的，但因为地处偏远的山间，很少有人到这儿来，被我发现，便从心里认为，这些花是为我开的。这样的自作多情经常被我用到山里的花草树木上，这么多年过去，我好像能一直保持着这份优越感，并没有人来把我的山坡挪走，杏花也一直在这里等我。

偏爱这里的杏花，是因为这些上了年纪的树，那么苍老遒劲的枝干，忽然冒出那么柔软娇嫩的花朵，我说它们是猛虎与蔷薇的组合。

会在树下发呆、读书，也会对着它们说话，让花瓣落在衣服和发丝上带回家，不刻意去收集它们，粘在身上带回来，那就是有缘，我把它们收集起来，也是一整个春天的记忆。

总有一些东西，教会我们活得一天比一天好。比如头顶的蓝天，身边的花树，歌唱的蜜蜂，还有充满了睿智的书。做书虫可以有属于自己的宇宙，徜徉其中，即使任性浪费时间，那也是一份美好体验。

桐　花

这是一棵忘了季节的梧桐，去年深秋我就知道了它的与众不同。

桐花是我非常喜欢的一种花，每年它花开的时节我都会去找一棵树下坐一会，在它馥郁的香气里读书或者微笑。

桐花大都在每年四月中下旬开放，花期一个月左右，可是，我看到的这一棵，去年十一月份又开了一次花，当时我还说，这棵树遭遇到什么了，难道遭遇到了爱情，这个季节又开花。

因为它就长在我上班必经的路旁，那天是三月二十四号，春分刚过了几天，中午从树下经过，突然闻到一阵浓郁的桐花香味，抬头看树，知道这不是花开的季节，褐色的枝柯上并没有花的讯息，但非常疑惑那花香从何而来。

我记得很清楚，昨天树上还没有花的影子，可今天上午下班，抬头看到了满树紫色的风铃，虽然觉得自己不会记错花开的时间，可是，这满树的花朵又是这样呈现在我的眼前，还有好几天才到清明呢。

留意去看其他的梧桐树，果然都还没有花讯，所以，这棵提前开花的树，我要好好留意，它知道我对它的关注吗？或者，是它想告诉我什么呢？

不知道今年的深秋，它会不会再次开花。

丁　香

泰安的丁香越来越多，清明前后，到处都流溢着它的芬芳。

我喜欢这花香盈路的季节，走在路上，心也会不由自主地微笑起来。

这一片丁香林是偶得。就像人与人之间的心灵感应，丁香花知道我对它的喜爱，所以即使生长在幽谷也能被我发现。

在观光路上远远望见山谷里一片雪白，知道是花，可距离太远不知道是什么花。附近并没有正规下去的路，对于习惯不走寻常路的我们来说，这并不是问题，爬山可以望着山顶的方向走，去看花就望着花的方向也是没错的。

手脚并用加部分路段的滑行，大片的白丁香林呈现在眼前。

应该是山里人培育的丁香苗木，树干还很细，每棵都有一根树枝作为支撑。也正因为它们年轻，花朵更加繁盛，有好多被盛开的花朵压得垂在了地上，让我知道，花朵是有重量的。

花朵密而洁白，尽管丁香有三十五种，可整片林子没有一棵其他的颜色。就这么素雅地盛开着，浓郁的馨香让我觉得自己也被染成了丁香姑娘。树下非常干净平坦，我说可以拿一个垫子铺在树下，就躺在这里读书或者小睡一会，都是非常美的，也许，这个周末可以实现这个愿望。

回程沿着一条小路走到了一户山民的家里，人家非常友好地让我们穿过院子出去。

春天有太多通往幸福的路径。我不是结着愁怨的丁香姑娘，我的心里染透了花香，田野和山坡上的新绿，河畔的烟柳，带给我大自然无尽的蕴藏。如同我已经认领的那些山坡、花园，这片丁香林，也是我的啦！

海　棠

海棠是一种非常包容的植物，它是蔷薇科，却又分属于苹果属和木瓜属。总被人误认成苹果花的是西府海棠，贴梗海棠和垂丝海棠比较容易区分，木瓜海棠我们这儿不多见，但遇到还是能认出来的。

昨天和朋友一起散步，他对大多数的花都不认识，说自己是花痴，让我这个经常以花痴自喻的人知道，原来白痴和痴迷是一个级别，就像傻瓜和帅哥的缩写都是 SG 一样。

环山路上有好几种海棠，还有各种樱花和梅花，基本上都能叫出名字，因为假如一朵花我不知道名字，会忍不住去咨询，如果身边没有人能给出答案，我会通过百度输入花的形态去查询，慢慢地，就基本上都认识了。

农大的校园里有好几种海棠，花期前后能有一个月。我想这也是花的智慧，即使同一种花，也并不是同时开放，渐次地展示给人们繁复多叠的美丽。

喜欢海棠，更多的还是喜欢因为《红楼梦》中大观园女子们的海棠诗吧，蒋勋曾说曹雪芹像是个“精神分裂”的人，一下子变成刘姥姥，一下子变成贾宝玉，一下子变成林黛玉。而他最不可思议的，是写你的时候“不见”你，比如宝玉的卧房，那么隐秘外人轻易不能进去的地方，却是通过要泄肚子的刘姥姥来看见，把大雅通过大俗来呈现，这是多么颠覆的思维。而那些带有各自性情的海棠诗，却是出自一人之思，在写作过程中角色的互换需要怎样的才思和心灵的敏感啊。

找一个时间，去海棠树下，重读大观园里的海棠诗，自是比易安的“绿肥红瘦”更有味道。

牡　丹

喜欢牡丹更多的是因为这个牡丹园。

最初发现它是一个有月亮的夏夜。那年去东岳山庄的游泳馆学习游泳，出来后发现往里走还有一条路，再转过去，就发现了在月色里散发着默默香气的牡丹园。

不过那时牡丹的花期已过，正在盛开的是月季，花园里有大片叶子时期的牡丹，园子的名字，就叫牡丹园。

自此这个花园就成了我的，因为好多次过去都没有遇到其他人。每年花开的季节，下班后就直接开车过去，坐在花园的梧桐树下，对着渐次盛开的牡丹、芍药和月季读书或者听喜欢的音乐。很少被别人打扰，也许是因为那一段时间刚好是吃饭的时间，而我因为儿子不回家吃饭，总是要留恋到天黑才回家。

在这里可以安静地听自己呼吸心跳的声音，桐花落下时任凭它们落在身上，会忍不住微笑或者流泪，虽然我给许多朋友推荐过我的花园，可是在内心深处，我并不希望他们和我同来，来这里，还是一个人的感觉更契合这里的环境。

对人也是一样的吧，这么多年可以感觉幸福快乐的生活，就是因为知道别人自然有别人的幸福，而我珍惜自己拥有的一切就够了。

槐　花

我喜欢记得，这样我会有非常多的美好回忆。我也喜欢遗忘，以便让我眼里的世界永远新鲜。

身边的槐花有三种，最常见的是可以食用的刺槐花，每年五一前后是采摘的最佳季节。摘槐花予我更像是一种仪式，以往摘了送给朋友更多些，就像也喜欢去挖荠菜或者白蒿等野菜，喜欢的是采集的过程，至于吃倒是其次的了。如果没有专门的时间去做这件事，我会有失落感，感觉错过了一个春天。

泰山的槐花有非常长的花期，山上山下相差近一个月。今年去彩石溪徒步是五月八号，山下的槐花早就开过了，山里的槐花却正是盛开的季节，湿润的空气中流溢着如蜜糖般的槐花香。触目绿得晃眼的叶子，想不迷醉都难，以至于我总想停下来深呼吸。在这里，心与大自然之间的途径全部打开，所有的树木、山石、河流和我的生命，都回复到新奇的初生状态。

苏格拉底说：享受不是市场上买来的，而是从自己的心灵中获得的。我庆幸自己可以从看得见的事物感受到周围世界的这份美丽。而这份美，不仅仅是眼睛的快乐，更多的是精神和心灵的愉悦。

现在，作为观赏的红花刺槐也多了起来，虽然它的颜色更夺人眼目，可相对已经根植于内心的那一份洁白，我和它还只是擦肩而过的缘分。

而古老的国槐，我对它有复杂的情感。那棵老家院子里的槐树在我的记忆里明暗相间。最初对它有印象，是小妹出生的那个风雨交加的夜晚，奶奶留下三岁的我一个人在窗前时，我看到闪电在槐树的上方炸开，一种被遗忘忽略的感觉，一种如果我跑出去，会不会有人找我的念头就是那一刻产生的，那也成了我最初的记忆，到现在都非常清晰。

后来的记忆是八岁时那年有十个夜晚，我一个人待在有着十一间房屋的四合院里，后面还有一个栽了各种树的园子，读书比较早的我，已经读了《白话聊斋》，所以我可以想象出各种鬼怪和狐仙在我熟悉的环境里出没，可以清晰地看到女鬼把带着血迹的绳子搭在窗前的槐树上，然后把脖子伸进去，吐着长长的舌头在树枝上荡来荡去。那时的我握紧拳头，用牙齿咬着嘴唇，坐在黑暗里不敢点灯，那时还没有电，没有足够的光源赶走所有的黑暗，所以如果我在灯下，觉得那些鬼怪更容易发现我，我还是在暗处更安全。

后来读《简·爱》，主人公被舅妈关在红房子里，我会想起我的这段经历。现在，我感恩生活给我这份磨难，它让我的内心变得强大。长大后我不惧怕任何鬼魂，可以坐在墓地里去安心读书。也让我知道孩子幼小的心该如何去呵护，如今我能够非常容易和孩子们建立心灵联系。

我的第一套四大名著，是当初摘了院子里那棵槐树上的槐米卖掉得来的。阅读让我很小就意识到自我的存在，知道自己是拥有另一个世界的人。这份秘密让我可以安静地独自一个人待很久也不觉孤单，有许多书中的人物陪我，我和他们聊天，也和自己对话。

有一年的国槐开得特别热烈，我深夜下班回家，月色如水一样笼着道路两旁盛开的国槐。我停下来，坐在农大操场的边上，任眼泪流了满脸，对于太过美好的事物，心里总会有一种无可奈何的感觉，这么美，怎么办呢？有谁知道这份美吗？它们能维持多久呢？我要怎样做才能不辜负这份相遇呢？

那一夜我告诉自己，花开的时候，我会在。

绒　花

“万物皆变，凡美丽的终必飘走。”这是爱尔兰诗人叶慈的一句诗。我熟悉并深爱的绒花就是这样从我的眼睛里飘走的。

十几年前，绒花是岱道庵路的道旁树，路的两旁最少有几十棵绵延一公里的合欢树。

路的两侧是苹果园，一年之中除了冬季，其他季节果园里都是烧烤季。从苹果花开到苹果成熟，几乎每个周末都会去果园里吃烧烤，除了喜欢烤肉的味道，更多的是喜欢那个环境，烤苹果也是从那里第一次尝试。

儿子那时不过六七岁，却也每次喜欢自己动手，来回翻动肉串受热均匀，把孜然和盐撒在上面，我在一边微笑地看着，等着他烤好了递给我，然后我把幸福的感觉传给他。

即使每天有那么多的烧烤，果园里也照样果实累累，每年夏季路边的合欢依然开得轻柔舒畅。夏天吃完烤肉，出来果园就是色香花媚的绒花，徜徉在它的花阴下，看着它晨展暮合的样子，我和儿子会比赛谁跑得快，会跳起来看谁能够到一片叶子，会一起追踪一只蚂蚁，会在雨后寻找蜗牛。而他的小朋友会羡慕地对儿子说：你妈妈真好，我妈妈从不和我这样玩。

后来，先是苹果园逐渐消失，被林立的商品房取代，然后，是合欢树渐次死去，替补栽种的，变成了更容易成活且生长迅速的法桐。只是，法桐的果实裂开后四处飘散的绒毛，给人的困扰和绒花细密的香气比起来，让人更加想念这条路上绒花的时代。况且，随着居住者的增多，这条路也没有了原来的幽静，美，真的是这样易逝啊。

可是，我还是相信有永恒的，那留在记忆里的，不是历久弥新吗？

【后记】懂得了花的坚持，也就了悟花季美好的短暂，无论零落成泥，还是随风而逝，花们都坦然接受，我把它的明媚和芬芳留在心里，我是花的知己。

原载《中山日报》2021年5月24日

车　站［组章］

尚远刚

窗口很小，放有一钵绿色

埋下种子，春风轻轻呼唤一个名字。幼芽拱破泥土，阳光伸出纤细的手指，弹拨出浩茫天音。

它扎根，伸展出最初的叶子。扭扭头看看这世界，领取属于自己的一份贫瘠，一份枯涸。

梦和沉睡中的黑一般厚重。

或许是一个参天的梦，但羞于启齿。造化将之置入一个敞口容器，注定秀而不实的身世。

时光的专列呼啸而来，一路铿锵。

绿色的眼睛，满含着笑意，小小的窗口精神为之一振。

过来人已经走远，背影融入三月黄昏。

抬头看天

开始于谁的终结？终结后谁将开始？

另一条路。

另一道河。

……

回去吧。可能这算此时最为洒脱的字眼，尽管总在不舍时说出。可笑的是，纯属幻听。

抬头看看，天空稍显阴郁。

他已离开，我正在回来。

归期遥迢。那时的他，不再是此时的我。

露珠是你穷尽一生也打不开的锁，日与夜，只能靠旭日和夕阳焊接。行行止止，正道交织歧途。

当一切成为风景

离开小站，钻入崇山峻岭。

别让哀愁虚张声势，干脆，把雷霆压抑成一声叹息。

往事作而不述，转瞬即逝。

所谓伟业，早在笔尖锈蚀成荒草，内心的舞台，空着。纸上拓印模糊的命运，你唱起一支巫歌。

飞鸟衔走无尽情思，我是那个放出风筝的人。

也许还有一句话，不想说，就留给握不住的暖风。密林如烟，松针上滑落水滴。最后，汇入蜿蜒的清溪，沿掌纹缓缓流过。

笛声渐远

既不迎来，也不送往。

隐入人群，戴上纸糊的面具。

这是他们的车站，演绎的全是与你有关的故事。梦与醉之间，所有陌生人亲如姐妹，情同手足。

目光牵引在高处，我仍然怯懦。不甘于就此停驻。

西山，薄暮。风车叶轮旋转，神拈花微笑。一簇簇索玛，开得如火如荼。

离开站台，也许应该有一场雨，下得萧条，且淡泊。

原载《散文诗》（青年版）2021 年第 2 期

一个人的孤独由背影说出［二章］

朝　颜

1. 对花啜茶

最好是一树海棠，有桃花的粉和不肯寥落的闹。与之相对的，正是茶的安静和一个人的清欢。

最好是明前的绿茶，有雨水的滋味和天地的香气，有新生的细嫩和春天的翠色，还有舞者的纤形与轻盈。美人往往是瘦的，茶也一样。

我的到来也是新的，在黄姚古镇，择一爿茶馆，让一杯茶透过玻璃照亮一个午后。我将沉陷，并啜取它体内的光芒。像神灵在絮语，像一个美人交出了她的春心。

我想象一个美人的前身，着绿裙，披绿纱，连忧伤和欢喜都是绿的。我曾去到她的身边，屏息凝神，不忍惊动一滴露珠。

我见过一只蚂蚁爬上美人的足尖，它噙住的一声低语，只有山冈听见。它渴望的一场流浪，多么像此刻的我。从赣南，一路向西，带着自己的身体去旅行，又对身后的亲人怀抱愧疚。

也许，远方并不总是幻觉。当一树花开淹没了一座庙宇的老旧，那个双手合十的人，早已换上了宽大的布衣。没有什么值得保留永久的执念，异乡的宽阔山坡，正好安放口袋里的石头。

那时候，我的鞋子是轻的，心跳也是。像一对鸟翅，举起了风。我一直看不见拥挤的人群，眼前只剩下一个硕大的“茶”字。

茶含苦涩。苦是生活的本身，值得用半生细细咀嚼。从舌尖上升起秋霜和夜露，然后是一轮圆月。然后打开一座牢笼，放走那些惴惴不安的念头。我迷恋这低温的生活，不去看，他们的热火朝天。

世间唯有苦过之后的甘，珍贵如斯。譬如这眼前的海棠，该如何诉说自己的一生？那些吞下的时间的冷，那些隐藏在鲜亮背后的忧伤，怎样被开花的愿望挣脱。

这是一个美人的盛世。草木葳蕤的时候，海棠总会花枝乱颤。

新茶饮尽，我还剩下一个空杯子，等待来年的雪水融化。

2. 举杯邀月

临水而坐。一个人的孤独由背影说出。月光始终挂在我的睫毛上，像迟迟不肯落下的一滴泪。

河岸边，花枝染上了灯火的颜色。有风吹来，一块老旧的青石板微微摇晃了身子。我抱紧了身体里的黑夜，春天，还透着南方的微凉。

只有叫卖的声音热气腾腾：玫瑰酒、青梅酒、黄精酒、话梅酒、捻子酒……那么多人热爱着斗酒节，而我想要找一个人靠一下，想要两只杯子，举至眉目，想要满世界都荡漾你温柔的眼波。

与我做伴的，是一条不会说话的河，一丛沉入小世界的花，一杯淡若流水的青梅酒。良夜如斯，三五成群和两相依偎，歌舞升平或絮絮私语，都是别人的。

一座石拱桥大过了天上的明月。但我走下船舱的时候，只有那轮明月跟着我。一扇木质的窗户，低低地飘出老歌，像极了我今夜的心情。为何甘甜的青梅酒，只在喉间留下酸涩？

这时候，远方的亲人应已沉入梦乡了吧。春天，会在他们的梦中开一朵蓬松的蒲公英。而此刻与我共酌者，还剩一轮明月。它从不说安慰的话，只对我摇碎一河的柔波。

干杯，明月、亲人和影子；干杯，昨日、今夜和明天；干杯，行过的路、说过的话和流过的泪……那锈迹斑斑的时光，那死去的水仙和一条忠诚的狗。

想要哼一支旧歌谣，送给经过的每一个桥头；想要弹一支古琴曲，填充这辽阔的寂静。忽觉这些年，轻慢了太多的事物，只将自己安置于一个严严实实的茧中央。

船仍在缓缓地行，水仍在静静地流，明月还在离不弃地跟随我前行。水中还有我的影子，永远如此忠实地围绕左右。

我在哪里，为何突然被幸福填满了胸膛？

原载《星星·散文诗》2021年第2期

多元的水［组章］

半壁心空

池　塘

这是大地的眼睛，擅长叙事的水，喜欢秋波暗送。六月的池塘，传来孩童的扑腾，在一串串捣衣声里，酿出平仄。一方水土，养一方人和一方的淳朴民风。

有荷、菱的清香，有青鱼、鳙鱼、鲫鱼的肥美，有三秋桂子的端庄。野鸭、白鹭、翠鸟，守着乡野的池塘，勤俭持家。

从池塘里取出一弯新月，蘸着乡村的符号和父母的汗水，还有歪歪扭扭的童年。今晚，我必须大醉一场。

古　井

一定与古老的村落毗邻，扯起半截秋风。复习一些朝钟暮鼓和老掉牙的歌谣，还有许多陈词滥句。

一桶水提着几个朝代，一桶水提出半壁江山。瘦了的马在驿道上嘶鸣，年轻的游侠仗剑天涯……古井翻着浓浓的血性，随岁月奔跑。

隐去城府，隐去波澜不惊，隐去泛着铜锈的波纹。一口古井的深褶，掖着一段历史。

河　流

一滴水拉长，拉长，继续拉长，就是一条河。一条河，其实是一滴拉长的水。

河水里有十二音律的缩影，有二十八大星宿的内涵。渔舟在河上唱晚，散发的人在河边吟哦万里江山。

渡口从烟波里走出，佩着宝剑和长箫。借三钱旧事，改写行军的路程和草船借箭，把春花秋月晾在一边。

波涛汹涌的河流，暗藏杀机。颠簸的风尘，和苍茫的暮色同归于尽。

原载《星星·散文诗》2020 年 11 期

爱蒲者说［三章］

郭永仙

一

我梦见一条溪，低吟浅唱，在幽深的大山丛林中，大大小小的石头都是音阶，流水的抚动，清雅的音乐弹响千百年。

石菖蒲是如何上了激流中的礁石，细如发丝的根又是如何伸入缝隙？这是大自然的秘密。经过多少岁月，长成龙根，长成一种气节。

我想与菖蒲一起，坐于水边，等待曲水流觞那杯酒。这是中国人的一种情怀，一种智慧，一种浪漫。

山野寂寂，流水潺潺。没有尘世噪音，只有流水清浅笑声。冷波曼妙有清气，击石传声自风流。

也学竹林七贤，不问世事，不论官场事。只需一壶酒，一卷书，一只琴。论风雅，说琴曲，谈酒品。魏晋岁月总是洒脱……

二

秋来水渐寒，秋风穿林落叶雨，溪涧菖蒲却依然。

不管一岁一枯荣，一世只唱春之歌。爱与石相伴，水淹水退都坦然。东坡、陆游都爱它，承泉汲水养菖蒲。

李白嵩岳采菖蒲，留下诗章是证词："我来采菖蒲，服食可延年。"

日子已过千百年，多少文人墨客留诗篇。冬心先生说：莫讶菖蒲花罕见，不逢知己不开花。

三

一生寒瘦终不悔，坚贞吟唱自风流。

本是山中寂寞者，今日入得市井间，洁身自好能把持，重修生存一节课。

我养菖蒲在室中，尽得山野气和韵。闭门即入深山老林中。日日相伴，心中有默契。

采几段九节菖蒲，烹煮一壶茶，呷几盅，便与菖蒲血脉相连。那一缕清香，能带着通达从前。我从李白诗里知晓汉武帝入嵩岳寻蒲遇九嶷仙场景。

东坡先生赞美说：忍寒苦，耐寂寞，伍清泉，侣白石。你潜渊在自己的世界里，其实你是国医大师，李时珍先生未破解你的密码时，人们对你膜拜，尊为神草。一身能耐，是集天地之大者。

一味良药，一副慈悲胸怀。面对面，看你无风也摇曳，看你凝结那一颗晶莹之珠。

菖生石上，蒲度众生。室有菖蒲，人在山间……

原载《福州晚报》2021 年 8 月

沉默的石头

王利雪

山　石

沉默，是山石一种内涵丰富的表达。亿万年，不曾寂寞。

在深山，在岩石间，我在学习如何沉默而不寂寞，如何被误解不去辩驳，如何被忽略而不争宠，如何独行而不觉孤单，如何坚定而不轻易改变。

山石就在那里，千万年，不，亿万年。岿然不动。

仰视一座山，俯视一座山，抚摸一块石，我假装平静，掩藏所有的悸动。

贴近一块山石，倾听时间的声音。狂风、暴雨、山洪、地震，不仅于此，还有更多。

风的低吟里，雨的序曲里，是若干陌生或熟悉的声音，它们来自若干曾以此为家的走兽，在岩石间吼叫，震彻山谷，在岩石间长吟，黯淡了山色。

月出的声音，惊醒了山鸟。

听，亿万年的时间从耳郭间流过。风声呜咽，送来阔大而潮湿的岁月。

如蝼蚁之我，卑微之我，迟钝之我，只能奉上我的安静以示我的虔诚。

沉默是恒久的坚守，是一剂面对忽略、误解、孤独的良药。

山石恒久，收纳着每一缕敬仰的目光。或许只有学会沉默，我才能永远保持自我。

岸　石

厉风吹过黄河岸边，黄土在濡染着河水的黄色。

化隆的黄河段，已经很近了，距离黄河的源头。

黄河之岸，那流淌着异乡人口音的风中，铺满了石头。

石头是土黄，是褐黄，是赤黄，是坚硬，是不屈，是倔强，是炎黄子帝的生命色。

我随着他们俯下身去，蹲下身子，矮下去，低下去。

巨大的小巧的椭圆的卵形的扁圆的，还有那些个性十足未被驯服的。

似乎要穷尽我的目光，仍然不觉满足。

黄河石，黄河水，黄河的日光啊，我闭上了眼睛。

悠远的时空在我的意识里延宕，那些古老的奔跑的争战的厮杀的吼叫的身体，像弓箭一样从这里射出——

那些陌生而令我敬畏的先人，此时此地我离他们如此之近。

我捧回一小堆石头，从遥远的黄河边回到我三千里之外的家。

从此，它们中的两个在一个黑色的背包里一直紧靠着我的心脏。

我每一次的心跳，它们最先听到。

溪　石

山溪清澈，漫过皖南溪石，流经皖南川藏线。

那是一些温润而柔软的石头，柔成溪水一样的软。

溪水流经之处，巨大的溪石或躺，或卧，或立，或坐。

日光从树梢跃下来，将溪水映得通亮。石头在溪水间，光滑可鉴，青苔覆于上，游鱼穿梭其间。

还有一些更生动的风景。

洗米的女子，有着水瀑一样的青丝；浣衣的老妇，揣着无穷尽的故事。

荷锄的男子，田间归来，濯去一身疲惫；嬉戏的儿童，扬起一串串银铃般的笑声。

那些像皖南女子一样灵秀的溪水，那些从山上奔流而下的溪水，日夜不停，冲击着一块块石头。

它们终生都在吟唱，从白天到黑夜，从晴好到雨日，从不沉默，从不寂寞。

而溪石不曾开口，它甘愿沉默，用一生聆听。

碑　石

碑石沉重，坚硬中写着高贵。

那些被镌刻了名字的石头，或是矗立在田间、地头、山坡、墓地，它们要用永生永世的坚守来证明某一个人的曾经存在。

无名之碑，也肩负着责任，它负责昭示，负责提醒：这里有人安睡。

碑石意味着生命的尊严。

那些曾经来过的人，那些将要到来的人，都渴求一块碑石，选定或被选定，将留在风中的声音，被雨洗刷净的足迹，那短暂而漫长的一生，都高度浓缩进一块石头的纹路里。

以石之名，来证明“我”的存在。不然还有什么，能在土地之上，天空之下葆有一方立足之地。

最朴素的石头，是光洁之石，是无字之石，将一生的功与过、是与非、成与败、哭与笑交给后人评论。隐去名字，隐去身份，隐去血脉，隐去思念与不舍，将一生变成一个坚固的秘密。

我试着去推测碑石的好奇心，只是徒然。

或许，石前的一朵花、一株草、一只蝼蚁，甚或土丘旁的一株柳，会猜测会好奇，或是偶尔驻足的一只鸟。

但碑石不，它用沉重来坚守责任。这里有人沉睡，你路过时，请慢一点。

原载《散文诗》2020 年第 10 期

谒李白墓［外二章］

武　稚

一

和我想象的一样，一座不大的坟，至今还青着。

安静地各就各位，坟包，青山，沉湎，倥偬。此刻，我必须刹住一些什么，刹住一些风，和时光里的一匹青云马。

很多年了，我都没有想过，要和一个死去的男人，说一说心里话。说一说私订终身，和诗。说一说无论悲喜，大唐有幸。说一说青山迢迢，它的幸福无声无息。

哦，我们要不要远远避开，潜伏在诗句里的江河日下，老气横秋，呼儿唤女，炊烟细度？

这厚壤之中，亲得不能再亲的那一堆土，让我想到的也不是枯骨，即便是枯骨也没有关系，我想到的是风雨、落花、桃花笺、把酒言欢。

远离家乡，就不要再回去，这里也不会再有流放，坟的后面并无小径通往他方。

就此打住吧，写过诗的手摸一摸你的名字，我忽然忘了告诉你，世间已被另外的风物所替代。

二

我以为向往就此消失了。闭上眼，你的莲池正开，你的揽月桥正淙淙以待，你举杯望月，一如传说中，看不清眉眼。

想着你，想着你的世界，念一遍你的名字，大唐就重生一遍。酒楼茶肆，环佩叮当，云鬟高挽，天蕴奇香，你把别人带入未知的境界。别样的风流，别样的儒雅，怎么藏也藏不住啊。长风破浪，云帆沧海，却又注定是沧海中的神话。

坟上的草在清风里摇曳，昔日的味道就这样慢慢地传递开来。真正的英雄，又何惧岁月。

这里显然不是朝圣之地，青山万里，你只占几尺，但这简单的墓园，就像你简单的几行诗，它归拢了漫天的格律与诗意。

我也不会久驻这里，我来过，我看过，我安静地走过现场，我恭敬地低下头，埋下这千年的爱恋。

居巢湖畔

冥冥，或者随风，我落户这里。

生疏，沉寂，温暖，它有着水家族优良的品质。巢湖显然接纳了我，或许，我们将是彼此的后半生。

不想说逝去的过往，只想说现在，只想像草木一样，安顿下来，只想过好余下的草木人间。试着像草木，学会顺其自然，试着像草木，眼睛不要看得太远，如果还有梦想，可以试着不去实现。

在巢湖畔，可以试着寸土不争。也只能不争了，我倾其所有，我已活得寸土寸金。

肯定还会遇到阴霾，肯定还会有白茫茫的大口扑过来，肯定还会有泥沙俱陷。我所能做的，就是一起动荡，一起盘旋，直到我体内的水，变得澄澈、开阔，并且带有大野的苍茫。

淮河是我的源头，这里应是我的结尾，我这一生原来并没有走多远。

你不能让一场雪，一直鲜活

你不能让一场雪，一直鲜活。遇履成疾，遇雨霉变。

在不断地铲除中，你还会看到生活的枯枝败叶。也再寻不到过去的体温了，那些埋藏在雪地里或红或绿的故事。也再没有人说它们柔软、散发神奇的力量，也不再是日月的反光、水晶的折射。一场繁华之后的退潮。

一个人的一生，倘若最后交出这样一份履历，那多么糟糕，他再也不能把自己洗白了。

一场雪，从天上来，又回到天上去，它到底想要表达什么？

原载《散文诗》2021 年第 3 期

大海披着暮归的风雨［五章］

何武豪

凌波而去

多想练就一种凌波的功夫，在浩渺的海面上行走。

大海上没有马路，很少看到风尘仆仆的人。奔波的事物都被浪花掠去，归于空无。大海的寂寞，高过飞翔的海鸥。

人类的希望总会在大海里开出花朵。为了端详人间的面目，大海托高了浪花，每一次抬头都是一次感动。

我看到停泊在港汊里的渔船，浑身泥沙。但渔船好像满不在乎，它知道只要再次下海，所有的泥沙都会被洗净。

把翅膀留给天空，把蹼鳍留给大海，我们只要健步如飞的双脚。

星光下

拎着半壶星光与大海对饮，藏在大海背后的星辰呼啸而出。

雷州半岛没有下雪，我的双鬓已经染霜。

面朝大海，其实不用想得太多，因为大海无言，你亦无言。

星空宁静。大海一如既往地盛着悲悯的水，每一朵浪花都互相惦记，就像每一颗星星都相互慰藉一样。

丢弃在沙滩上的瘦蟹，泛着白色的光，它们不适合那些挑三拣四的人的胃口。

星光下，在海边刨螺的乡亲们，最懂得什么是浩大与渺小。

每一朵浪花都藏着鸟鸣

是谁用踩在沙滩上的脚步，丈量着大海铺开的笑容。

每一朵浪花都藏着一声鸟鸣，在大海面前谈论诗歌是矫情的。

鸟鸣清脆而悠长，仿佛带着辽阔的悲欢。

大海里不用租房子，浩渺苍茫，随遇而安。大海里有摇曳的海带，也有五彩缤纷的珊瑚树。大海里的众生，不用以媚眼来讨生活，不用夹着尾巴叫老板，也不用担心被踢出群聊。

浪花有时候就像云朵那样柔软，鸥鸟可以贴近它的灵魂。

每一个心愿就是一朵的浪花，人生即使暗淡，但心地依然明亮。

浩瀚的海面，没有了童年的帆影。年纪越大，就越觉得船要造得更大一些，鸟鸣声也要再响亮一些。

孤　独

再小的浪花也是花朵，再轻的渔歌也是歌声。

一枚椰子打破了大海的孤独。

大海充满灵性，无论谁在歌唱，都与浪花有关。浪花清楚自己的来路和退路。

这个时候，谁在沙滩上慢慢行走，谁就会拥有温柔的一生。

海浪一个接一个地打来，又慢慢地退回大海深处。大海有望不尽的过去，也有望不尽的未来，所有的叹息都显得幼稚。

大海不会孤独，所谓的孤独，不过是看海的人一种心情罢了。

大海披着暮归的风雨

大海披着暮归的风雨，等待渔船泊回岸边。

出海打鱼，思念是一种辽阔的晃动。所有的祝福与祈祷，都可以把眩晕按住。

每一只渔船仿佛是从大海的深处驶来，只有夜风才知道村庄在安静地等你。

夜色中的大海，被苍茫笼罩，大海上的星光，没人能说出它的高度，而渔村的灯火，却触手可及。

不用掏出带有咸腥味的钥匙，由远而近的脚步声就能把家门打开。一双熟悉的手接过你递给过来的渔网，小心地挂在庭院里的墙壁上。

只要出海，就有足够的风浪。只要归来，就有足够的温馨。

原载《散文诗世界》2021 年第 2 期

另一种春日［外二章］

朱泽礽

天空中曾有鸟儿飞过，但终究不留翅膀的痕迹，她不能把晴天打包，替我收藏。

风卷起一片小小绿叶，调皮地飘落身边，我听她呢喃细碎情话。伸手抚摸，她笑着飞远，匆匆寻找与花草的邂逅，哪有心思陪我守着长椅？

明媚午后，一朵悠闲的云路过，邀我同游天幕的彼方。我心向暖阳，暗恼他遮住了光线。他固然逍遥，可惊扰了我一闪而过的思绪。

——行人不倦，车辆不息，长街不绝，掀起凡间永不停歇的尘埃。

无声的城市，自言自语着，抱怨人及事物的匆匆。

多少人期待这短暂的季节，简单而多情：露珠小小、雀鸣低低、水电蒙蒙、烟火淡淡。意象改了又改，求而不得，沉默不语。闻着早春朦胧的气息，昏睡在寂寞的梦里，或更有所思。

春日私语，叙说生命中的多情段落，缝补着破碎的日常字词，回味悠长。

一扇窗

多久，才能照亮崭新的人和事物？

当生活还是新的时候，在面前徐徐敞开，我们安上一扇新窗，隔窗相望，温暖而激动。直到慢慢熟悉，陌生，我忘了她是谁。

当她的眼眸穿透了我额前的皱纹，才发觉光芒一直都在。她曾用自己的热度涂抹，在我额前绘制出生活的模样。

新生活还有多少天启程？新的邂逅，喘息之机随夕阳溜走。公文包和斑马线覆盖了杂乱的房间和物品，就像加了太多糖的卡布奇诺一样，肆意而大意。

窗外落花纷飞的间隙，谁正呼唤我？相视一笑，透过摇摆的影子，我寻回了她。

有窗，有我，有她，一切仍然熟悉。

人、事物被赋予了同一性，一起混乱，一起重组。

第一次，我看清了生活，我的瞳孔聚焦在一直崭新的人上，在她眼中。

游　人

我能摸摸时光的轮轴吗？挑选年月日的丝线，筛去所有苦的、旧的、不想多看的，就像从吃了一半的苹果中挑出褐色果核，往脑后一丢，一去不返。

躺在模糊的大堂里，回忆正倒流，面前的白墙裸露出褐色，深深浅浅。我听到了回答。

我经过千百条河流，但离大海太远，看不清汇合之处。眼前一道道折射的光，映照了我。就像海浪平复了水下皲裂的陶瓷，抚慰了美感。

我还游着，不曾搁浅，渐渐远离褐色。

一个相对安稳的浅滩，不会太远。

原载《散文诗》2021 年第 8 期

根河冷极白

罗海燕

1

零下 58 度的中国冷极，有种从未见衰老的光芒。

那是一种跳动的白，当所有散射的光汇聚在一起，从北国的根河穿过，就流出最清澈透明的情意。爱之短暂，爱之永恒，从一只驯鹿的眼睛里清晰可见。

冷极白，以她的亮白之色，把敖鲁古雅的冷度与热情反复糅杂。封冻的事物积蓄已久，孕育出一个浓郁而纯粹的长冬。

苍鹰把翅膀上纯净的风提起，再轻轻放进呼吸。鄂温克人骑着驯鹿穿过林子，一直走到鹿角上也长出森林，一直走到奶茶和列巴都烫心口的地方。

2

根河，把零下 58 度的心思藏在一片冻土里。

等待被雪花覆盖在严寒里的生命，抵达一朵雪莲，然后开出太阳，开出山川，长满一段又一段丛林的故事。河流守着灵性，桦树的根部刻画最后章节的时候，放出高远。而北国红豆坠落的时刻，晨光的残梦把肩上的流水、鸟鸣依次轻唤。

每一条山路，每一缕夜光，每一座落满针叶的山林，开始接纳寒霜布下的遮掩，开启一种不同别处的境遇。而轻易死掉的，不会被珍藏。

3

鄂温克的欢笑和泪涌动在溪水的源头。

记忆曲曲折折。高出山峰，低入湖水，又穿过一片幽静的月色。历史再次祈愿，所有该祈愿的都已被印记。

就像不改变一棵树的容貌，在下一个季节还会找到峰回的小路，一如反复出现的梦境。就像走过得耳布尔河那一片开阔的山谷，走过一条又一条河流，听，有人在说起图里河、伊图里河，那是他们在说：“小东西，小东西去哪里了？”

撮罗子里的火燃烧起来了。鄂温克人的热情在身体里堆满了，从歌声里跑出来，把封住的森林打开。从舞姿里跑出来，把坚韧的冰雪融化。而寂静是山林最终的声音，出现过的音节都能被时光吸纳。

冷极白，以所有寂静色彩里最坚韧的那一种爱，守护着一切。只有山上的桃花水奔突而来，才能被打散成一万种姹紫嫣红。

4

使鹿部的猎手老了，最后一杆枪被封冻在往日的时光里。

林间明明暗暗，沟壑潮湿后又干涸。神鹿与鄂温克人的眼神碰撞，一个又一个的脚印消失在的林间深处，未来的路途上哨音几声长又几声短。站在林子里，又听到不断穿行的声音，接续孕育万物生长。

冷极白，穿过整个根河的湿地森林，穿过一色天地，又穿过一色人间。

原载《星星·散文诗》2021 年第 8 期

我越来越数不清［组章］

李克利

恍　惚

那个下午，和妻子去超市途中，阳光如棉絮裹在身上。

说起“母亲越来越能吃山楂”时，手机响了，是父亲打来的，声音急促而慌张。

起风了，柳絮满天飞，像下雪。

大夫摇头，无奈的眼神里写满了回天无力。这不是我愿看到的。

我恨老天爷毫不讲道理，把人带走，连个招呼都不打。这个欠我承诺和拥抱的女人，此刻就像一块石头，一株植物。

我至今不相信，小小的匣子能盛得下她的一生。

每当柳絮飘起，我就神思恍惚，总以为她出远门了，虽然她没有留下只言片语。

李翠香

原谅我直呼你的名字，前头连个“讳”字都不加。

留作纪念的身份证和户籍页，统一的印刷体板着生硬的面孔。刻碑的时候，问你疼不疼，回应我的是沉默与冰冷。

好想有你的签名，凝视亲切温暖的笔迹，能看到咱家院子里的翠鸟，能闻到七月兰花清香。

鸟鸣婉转，花气袭人。经常没心没肺地说“岁月静好”。

听风念经，我佛慈悲，声声木鱼敲打我的榆木脑袋，这么多年了才开窍。

母亲，你的眼里没有诗和远方，你的心里只装着家务和农活。

母亲，你是我生命中的贵人，是保佑我一辈子的佛。

快　递

填上收件人、地址、邮编，还有非常重要的一栏——手机号，物品很快投怀送抱新的主人。

把喜悦、乡愁甚至疼痛留下，把塑料袋、胶带和泡沫盒原样奉还。我们需要泥土的洁净，需要河流纯粹的歌唱。

我想寄几本杂志给爷爷，那上面刊登了我的诗歌和照片。我亲手熬制了阿胶膏，想寄给妈妈。那东西滋阴补血，对她的身体有好处。

我知道，爷爷又攒够了零花钱准备给我买书；我知道，天冷了，妈妈又给我做好了棉衣；我还知道，他们和我一样，正在想办法邮寄。

如果真能互通有无，我就不会那么伤心。

聪明的，见多识广的，请告诉我，哪家快递公司能够穿过黄泉路和奈何桥，实现我的愿望？

我愿意花十倍百倍的邮费！

入　夜

晚饭后，和父亲相对而坐。

电水壶里煮着黑茶。墙上的旧相框，镶嵌的都是些黑白照片。旧电视、旧书柜、旧沙发，都指向一个词：时光。

这把刀收割了一茬又一茬庄稼，还收割需要粮食喂养的人。

落叶的骨骼僵硬，一碰就断。灯光的渗透力。让黑夜无法覆盖全部伤口。

父亲把茶水倒在了茶杯外面，只能怪玻璃杯是透明的。

我和父亲陷入了沉默，能听到白炽灯微弱的电流声。望着母亲的遗像，人生哪有百年?

躺在土炕上，我认为，这是与逝去的亲人亲近的最佳姿势，可惜他们没有一个走进我的梦乡。

原载《星星·散文诗》2021年第7期

第三辑

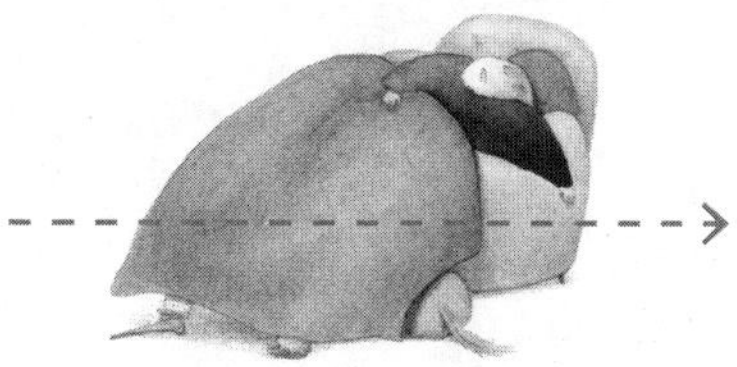

坐　着

王承文

1

我们坐着，夕阳，把影子拉了又拉。我们用宁静，清洗疼。

我们坐着，恍若两座若无其事的岸。

2

我听见风与合欢花的拥抱，时间在一棵树上缓慢地向上冲刺。

我听见陈家湖在夕阳中沐浴，啄木鸟，把夜啄出了一个窟窿。

窟窿里，一只萤火虫在歌唱。

3

他刚把眼睛闭上。镜子里的他，又睁开了眼睛。

4

整个上午，他陷入沙发。沙发的红，灯光的黄。断断续续的雨敲打着树叶。他趁机把自己拧干，折叠整齐，放进时间的抽屉。

5

如果黑夜找到了你。如果栀子花和一朵蜜蜂谈起机缘。如果一只蝼蚁遇见了自己的宿命。而布谷鸟的信笺刚好抵达。陈家湖的落地窗前，送信的人还未走远。

6

夕阳把我们的影子摊到湖面上，往来的风穿过。我们赤着脚丫，一群光阴列队而过。而影子尚在湖面，像两艘空船。

7

鸟开口说话，飞翔，又停下。有人在交界的地方重逢、道别。

一朵花就要开了，一群蝴蝶引来一座山的尖叫。

离开，是最值得信赖的永恒。

原载《散文诗》2020 年第 9 期（上半月）

爱的五重奏：给夏加尔

王　妃

恋　曲

——夏加尔《恋人》(1916 年，油画)

快来爱我呀！恋人。

星光簇拥着月光，遁入紫云。虫鸣消隐，把空阔的夜晚让给了寂静。楝树旁逸斜出，收敛苦味。窗外，城市在黑暗中后退，古堡浓缩成一帧小画贴成玻璃窗花。

我来爱你了！恋人。

你是我的蓝色河流。抱着你，我们一起摇晃，干涸和龟裂瞬间被填充，曾经被击碎的瓷又一次拼装完整。让我们继续摇晃，听凭汩汩之流从我的河床溢出。

你是我的蓝色火焰。抱着你，我们一起燃烧，我带电的身体在燃烧中慢慢锻造成透明又通红的铁。让我们一直燃烧，在火焰里慢慢被你吞噬，一点一点，我进入你，直到合而为一。

我们就这样相爱吧！恋人。

知道那世界不太平，我们闭上眼睛装作看不见。那被爱交割的头颅，一直在，在彼此在。那被皮肤包裹的水，像雨在宣告：雨来了，雨看见了，雨清洗雨。

我们结婚吧！恋人。

让鼠尾草和迷迭香做我们的伴郎和伴娘。

我们一无所有，互为面包、果酱，咖啡和糖。

最　好

——夏加尔《绿色恋人》(1916年，油画)

最好是暮春，在无人到达的荒野深处。

该开的花已经开过了，高潮和喧嚣终被寂静吞噬。

真美啊！溪水覆盖着卵石，水边的植物渐渐长成萝蘼的模样。

此时，只有你和我。一起坐着听着大自然的浅唱低吟。发芽、抽条，想融入那水声。

丝质，低胸，悬垂。

还是那件红裙子，我在清风中徐徐展开，是你摄入瞳仁的一朵喇叭花。

深嗅——

蜜蜂深入花朵。你收敛翅膀，贪婪地吮吸那甜，像婴儿扎进妈咪的怀抱……

抛开一切！此时，“只有爱没有羁绊”。无有，成为我们的所有。

鸟的恋语升腾，天地是绿鹅绒织就的新房。

礼　物

——夏加尔《生日》(1915年，油画)

日子肯定是清贫的。所幸，我们的胃口没有那么大，欲望也没有那么多。我可以用一小块西瓜，一小碗面粉，一个鸡蛋，一杯牛奶，一把绿蔬，为你烹调一天的主食。

古驰、香奈儿、普拉达、路易威登……都是橱窗里的宠儿。我们的双眼早已放弃了徒然的追逐，远离灯红酒绿，在山泉水里养育清澈的眼神。过最简单的生活：开口就有回应，伸手即能相握。

你送我的石头是最好的礼物。石头的纹路里有你的血，有荒野里所爱之自然，有飘逸的云朵和不改航道的大江。

你送我的野花是最质朴的风情。黄刺玫的香气像野孩子，鸟巢蕨的绿叶像孔雀翎。我握住花等于收了牵扯的线，你吻我等于徐徐降落的风筝。

你是我的，一个驯服自己捆绑自己把石头抵在胸前堵住伤口死不吭声的男人。

我是你的，一个把石头攥在手里默默在胸口刻字泪水滚烫的女人。

我们相爱，是最有效的创可贴。

散　步

——夏加尔《散步》(1917—1918 年，油画)

相爱的人决定去散步，无云是最好的天气，多云也是最好的天气。

相爱的人走在一起，这世上就再也不会出现多余的第三人。镜头里有了美妙的景深：城市的古堡、河流、公园纷纷后退，成为单纯的背景。

因为爱，我们只需要在路旁加上一丁点鸟语花香，用一床红艳的花床单把浓密的草地圈成一个小小的酒吧，一只酒杯、半瓶威士忌。

因为爱，我们允许樱桃的枝干从画外伸展进来，激动的叶子在一片片变蓝。

亲爱的，让我们噙满酒的双唇轻轻触碰，为这好天气好心情干杯。因为爱，允许我失去重力，像一面旗帜被你举得高高。

相爱的人去散步，等于下了一场欢乐的云雨。所有我们经过的地方，楼群、河道、荒野都苏醒了，世界被绿染成更绿。

我们一起飞吧

——夏加尔《城市上空》(1914—1918 年，油画)

我们一起飞吧。

你带着我，我带着爱。

什么都没有了等于什么都有了，什么都没有了我们才可以放心去造爱。

你是我的左手我是你的右手。有时我们是两个，有时我们是一个……我们像云朵，还可以是三个四个五个六个……无数个。

亲爱的，我们一起飞吧！我们一起穿过——

有时是痛苦，有时是欢愉。

越飞越高……

有时是雷电，有时是雨水。

我们到达痛苦又欢愉的巅峰——

那里是什么都没有了等于什么都有了的

蓝

空无一物。

原载《星星·散文诗》2021 年第 10 期

莲与临风者［外二章］

陈兆平

唐代的莲开在辞章里押韵。

远在山中爱莲的少年读不够那些绝句。

遥遥旅途，踏我步履者是莲，风吹的是莲，雨打的是莲。

莲在水上，娉娉映水，等我好多个夏天了。

翩翩目光，穿梭在莲与叶的长廊。

翡翠绿的叶上，我是亭亭临风者。

莲持一把碧羽扇，风来水上，十里清凉。

化为水的诗魂，育莲在汨罗江，养荷在洛水。

长歌当哭，泪洒荷叶，坐叶如乘船，乘船想上九天揽月。

人就这么从水底爬上岸，又回眸莲中的水。

回首莲叶，早已满枝，有绿水荡漾的季节，有残叶香消的时辰。

不残的是莲心，而莲心苦。

许多人病了，讨一粒莲米，就可痊愈身心。

今年的莲是百年前研制的良药。

今年的诗是百年前的莲留下的药方。

披挂莲的清风，我持一叶诗草，遍走天涯。

秋深后

秋深后，叶子在落，为我们铺就重逢的路。

老远就听见叶落的声音，喊醒我很久的预感，一束目光在等待远远的你，踩响了秋风扫过的落叶。

春雷已打过，闪电掠开往事的窗帘，寓所的陈设依旧。

残荷已归塘，有玉色的藕怀抱一潭秋水，回味深深的爱意。

走在秋天我还记得夏日的鸣蝉，看见鸟飞就想到了你普通的生活，炊烟还好么?

秋深后，我们都将重逢。眸光相撞的瞬间，你会明白:聚和散都是同一个定义，不要读我的日记，请看看每一片落叶，我的手迹已随叶脉干枯。

也别再说什么，就看一眼先前的林子吧，垂挂的秋果都镀上金色了，因为它们曾经真真地爱过。

九九又重阳

想念亲人，在重阳的风中，去寻望他们远走的脚印。

一路的风声紧了，两边的景象高深莫测。不知道先前的俊俏与丑陋，装饰过哪一片山林。

挺拔着山的高度，让我们日夜模拟树长高的影子。满坡菊花如星，照耀着膜拜它的我们。故事已如菊早就灿烂一季秋了，在同一片阳光下，爱情已如落花随流水飘散。

重阳的风中，我登上高高的山头，身边飞翔着婉转的鸟鸣，那是我们怀念的语言，早就和纸钱焚烧在细雨纷纷的清明。

坐在高处遥望人生，山月的银盏点亮万家灯火，映照欢乐与忧伤。神灵般的光芒，洞穿我的身体，点我为一只带火的灯盏。

默念的时候不要开口，坐在亲人的面前，我们拽住云丝和星子的光缕，把一代心思拴在高处……

点燃自己手中的灯，然后回去，圆满远走的亲人那很久很远的旧梦。

原载《国家电网报》副刊 2021 年 8 月

蜀北问路［组章］

牛 放

四川南充地区的蜀北驿道也和世界各地的古道路一样，随着现代交通工具的发展而逐渐淡出了历史舞台，最终沉淀为地方的文化记忆。

——题记

七坪寨

一坪就够了，何须七坪。

一座寨子修起来，提心吊胆地躲于山中，七坪寨，究竟在哪一坪？

山下，西河在左，潆溪在右。水，天生流向低处，然而水的起点从来就在高处。七坪寨高高在上，它只看西河的朝霞，听潆溪的浪花，喂养七坪寨的自有七坪寨的清泉。

不设山门，任何一条沟都能进得山来。但是，七坪寨只在一坪，没有山门的七坪寨不设路标，走到哪一坪，就是哪一坪，七坪寨的位置是个谜语。

鸡公岭的公鸡不是七坪寨喂养，鸡公岭的公鸡却只给七坪寨报晓。大西国的皇帝就是冲着鸡公岭的鸡公来的，以为雄鸡一唱就能天下白。可是，大西国来了，不知从哪一个山口而来，从此七坪寨便不再是七坪寨了。

张献忠在七坪寨修了大西国的国门，当然国门就是山门。七坪寨每一坪都砍掉树木，高插旌旗。于是，鸡公岭的公鸡不再给七坪寨报晓了，天黑或者天明，自有大西国定夺。

大西国的最后一声惨叫，成了七坪寨的笑话。许多年后，七坪寨再一次被发现时，鸡公岭的鸡公又开始报晓了。只是一个国家已经被一座山寨掩埋，这件事总有些伤感。

没有大树的七坪寨埋葬了一个国家，一个国家似乎也可以死在一个村子里。大西国的悲哀是占领七坪寨后七坪寨也不是它的国民，没有国民的国家其实可以选择自杀，可是大西国不是因自杀而死。

当鸡公岭的鸡公对着七坪寨又啼叫了几百年后，七坪寨开始伤心了，他们虽然不是大西国雇佣的守墓者，可是几百年过去了，七坪寨居然没有来过一个扫墓人。

蜀北古驿道

丢失的仅仅是一条路吗？

不，显然不是，丢失的首先是方向！行走的目标没有了，路便失去了意义。

蜀北，你的方向指向何处？成都，抑或绵州，汉中，或者长安，皇帝的诏书已经不需要五百里飞骑，紧急军情也不需要烽火的焦虑。

成都与昆明尚且已经解甲归田，何况偏僻的蜀北，驿道的命运只能是长满蓬蒿。

遗弃就遗弃吧，风干的驿道也有风景。只要端午节门楣挂上陈艾，只要中秋日家家户户烙一块月饼，路就一定还在远方，马市铺、茅草坪就不会失忆。

五里店，坦山铺……这些为蜀北驿道而活，为蜀北驿道而生的名字，也想为蜀北驿道殉情。它们坚定地守着僵硬的石拱桥，在夜深人静时也像当年洞房花烛的羞涩一样，遥想着诗人举酒邀月的痴情。

遗弃就遗弃吧，失去了生的乐趣，必定会迎来死的意义，就让五里一店十里一铺的繁荣被冷落之后活成寡妇吧，守住贞洁有什么不好呢？毕竟爱情不会衰老。

饮马池

虽然有些孤独，但毕竟是一个高度。

这是七坪寨最高的孤峰，寺院离开了，为了大西国皇帝那匹口渴的御马。一座山给一匹马凿一口饮水池，这是帝王的讲究，可不是畜生的奢侈。可惜张献忠少了几分饮马黄河的豪气。

水是清澈的，从地下涌出来开始就不曾浑浊过。其实，这里的水没有理由清澈，在一座孤峰上还如此丰盈就更没有理由。满地零落的寺庙柱础和断裂的神像颇为无辜，星星茫然，水却无动于衷。

御马在饮马池用过清泉之后不知去向，而没有马匹饮水的饮马池波光滢滢，沦落为败亡的陪葬品。

大西国死了，寺庙屋基成了文化遗迹。被丢下的饮马池，是真正的遗弃，与大西国的国号一样，只能是废墟，不可能是遗迹。

四方兵寨

万水千山之外才是朝廷。

从京城捎带半斤麦子，回到四方寨时也能收割了。朝廷，遥远得像神话故事。

寨子外面，贼多，匪多，官多，找谁来救命呀？于是，乡亲们拿起武器，为自己当农民，为寨子当兵。祖祖辈辈居住的村庄就这样成了兵寨。

兵荒马乱的世态，寨子提心吊胆，既要养家糊口，还得拼命苟活，死也不行，活也艰难。四方寨，四四方方一座寨。日出而作，土地长出庄稼养活一家人；日落而息，攒足精神，为了第二天继续日出而作。现在，贼来偷、匪来抢、官来拿，活不下去了。村民拿起武器，不为好勇斗狠，只求最简单的平安。

还是日出而作，依然日落而息，可是弓已满弦，剑已出鞘，日落而息时睁一只眼，日出而作时背上刀剑。当兵容易，做匪也不惨，不偷就抢玩命而已。

可是，做一个农民真难。

四方寨，寨子里全是百姓，却紧紧握着弓箭，明明是地道的农民，却必须活成兵将。杀或被杀，不是英雄，也与勇敢无关。

一座朴实的村庄，本应鸡犬相闻，篝火佐酒，丰收团圆，却沦为田园龟裂，画火取暖，在古诗里欣赏祥和的炊烟。

今天，一个兵寨的噩梦被锁进历史，我摸一摸冰冷的台柱，那一腔憋住的恐惧仿佛还在残墙上。四方寨，荷锄的农民再也不用背枪，谷雨芒种的节令，布谷鸟催耕的声音此起彼伏，好一幅男耕女织的画卷。

原载《星星·散文诗》2021年第1期

跑马山的情歌蘑菇样生长［三章］

胡绍珍

跑马山的情歌蘑菇样生长

一堆堆云朵悬浮半空，做了盛大演唱会的潜台词。一圈圈蘑菇，围着跑马山生长。五月的跑马山，花儿拉开了蓝天的帷幕。

演唱绝版的情歌，卓玛和她的心上人，在溜溜的跑马山对唱。

一群牛羊，温顺地依偎在主人的身边。跑马山的情歌，比十五的月亮还饱满，让牛羊安静。那优美动听的旋律，回荡在空寂辽阔的雪山草原

山那边，大草原连绵起伏的波浪，海一样参与情歌的演唱。一只只蝴蝶从四面八方飞来，静静地歇在草甸上，听雪山上的情歌。

在康定，草尖上歇着情歌，树林里飞着情歌，轻风拂动着的情歌歇在蜜蜂的翅翼上。跑马山的每片雪花、每只牛羊、每棵草木，都是一首首情歌。

夏天草长莺飞，满山沸腾，阳光疯长，情歌飞扬。

大江南北，旋舞的情歌晃乱了雪域的心思，晃乱了阳光的视线。

红石生长在洁净的雪山，白云悬浮在高原的蓝天上。跑马山的格桑花开得艳丽时，情歌疯长，她推开俗世，长出独自的嘹亮。

跑马山，世界唱响你的情歌，去跑马山听情歌的人，爱的洁净度就会高过最初的梦想。情歌在折多河唱，在雅拉河唱，康定的河流，都在唱世上最美的情歌。

在康定，跑马山的情歌蘑菇样生长。

地上的人背着背篼采蘑菇，采情歌。天上的云朵融入蘑菇圈，地上的情歌

融入洁白的云朵中。

在康定，情歌一唱，西部的雪山安静地卧在神灵的草甸上。

一只鹰叼着贡嘎雪山飞

一只鹰在贡嘎雪山盘旋，一轮太阳在雪域翻动巍峨的诗篇。

高原连绵起伏，耸入云天。贡嘎雪山按照我绘制的模型生长，按照我绘制的时空蜿蜒，雄伟气势是我几万年前的构思。

远处，一尊尊披着白袈裟的佛，错落有致，层层堆叠，雪山跪拜茫茫天地间。那些看得见看不见的神灵，他们主宰着神秘的川藏高原。

雪山的背景是白色，雪山的质地是白色，她的皮肤是白色，她的灵魂是白色。白色，雪山专用的色彩，如果复制，会露出破绽，会贻笑万年。

天空飘来彩虹，雪山还是白色，天空堆满阳光，雪山还是白色。天空乌云密布，她还是白色。雪山没有多余的颜色或不二的情感笼罩自身。

雪山在燃烧，她有别于红色火焰的燃烧。我见到了最纯情的白色火焰。

雪山是移动的，银河系每天都在搬运地球；雪山是不移动的，少年看见的西岭雪山还在成都平原以西。

大自然的美，只是静静地观赏，不是去挖掘索取，雪山进入禅定状态……

人类是时间的追踪者，盲目成为惯性。一条流向大海的河流在半路上消失了，远古的大平原蜷缩在新描的地图上。

站得不高，出击就没有重量。

梦想让一段文字牵制住迷蒙的话语和胡乱剪裁的心思，我在雪山上跋涉。

贡嘎雪山，天籁吐出你神性般的诱惑。夏天，你用下雪下冰雹的方式朗读山河大地。

随手抓几粒雪品尝，我的心就被火焰照亮。

朝阳升起时，站在另一座雪山上，深情眺望贡嘎雪山，读出世界的神秘，读出准确的时间地点和位置，读出生命中的羞愧和缺失。

贡嘎雪山，站在与神比肩的位置，我的行走有了固定的方向。

西部高原的蓝天上，一只鹰叼着贡嘎雪山飞。

树叶子的布景里

神灵选用艳丽的树叶子布景高原，我沉迷翠色的夏天，翠色的时光。

高原小镇新都桥，生命的秋天，我从繁茂旺盛的角度寻找你，欣赏你。这里，隐藏着我一生寻找的霞光，我想捕捉尘世亮丽的染色过程。

这样的季节，注定我遇不上天下第一秋色。跟着神灵的脚步，跟着缺氧的思绪，我提起兴致，用感观用触角用神思搜寻。

大师的画册里、相机里，正在编排你、塑造你、表现你。

把你抬向高空，是一种妩媚；

把你搁置地上，是一种生长；

把你还原色彩，是一种古典。

你把风留给草原雪山吹，留给溪水河流唱，吹一地的芬芳，吹一世水墨年华。我以一滴露的姿势，站在草尖上，等你路过时，融入你的眼眸中。

飞鸟，遇上多少星辉失踪的夜晚，单薄的心站在惊慌失措，站在险峰上徘徊观望。一片片红叶，像一盏盏灯，驱除灰暗的色调，高原的幻象太晃眼，太迷人。

朝着风和日丽走，内心黯淡的时辰逐渐通透。站在秋天的高原，采些绚丽的叶子，写些明亮的诗歌，张贴在时空的顶端，为远行的路人照明。

我借阳光与鹰的翅膀，把多霾的成都平原驮到漫山遍野的红叶下熏染。

原载《散文诗》2021 年第 1 期（上半月）

铜瓦厢的花［组章］

雷黑子

大红蓼：红铜谣

雨滴在风中，扭着秧歌的步法，挑拣着透亮的红蓼，调皮地碰撞。

然后，哼着圆熟的红铜歌，踮起时光的脚尖，轻声呼唤着蓼茎里还未睡醒的新叶。

大红蓼并不知道自己，实际上是作为铜瓦厢长辈的钱褡，对黄河深处躲藏的红尾巴鲤鱼，曾经许下的允诺红到发紫后的兑现。

细碎的红辫子，不知该用怎样的破碎，才能瓦解洪水的阴影。

它从不同角度，把光折射进掌荫。阳光知道自己也有无能为力的时候，所以，生在铜瓦厢，红蓼没有埋怨过任何一线光芒，哪怕是游龙在末梢，不小心弄丢了陈年的感悟。

红蓼一直竭尽全力地配合着性格耿直的阳光，低下头来，弥补着光线的不足，一寸一寸地移动着自己的暗面。它多么希望阳光可以偶尔跳跃一下，陡增移动的步幅，以解决阴影给红蓼带来的痞积。而顽皮的阴影，总是能够机灵地逃出阳光的追击，轻易地蹦跶到铜瓦湖的背后。

身穿琉璃瓦的红铜墙，也是从远古一路来到铜瓦湖。

它是来接红蓼的，它知道每一串秋波的因果。

它苦口婆心地念叨了亿万斯年，也没劝动心一位红发的蓼女郎。不觉中在火红的问号里，把自己也留在了铜瓦厢，依然以阿弥式的心境，安慰着湖边墙下屈就的红蓼。

家族庞大的蓼，早已不在乎粉黛。一身红装，是阳光锲而不舍，历经沧桑巨变锻造的心花，红钻一样的肤色，浑然心性。

冬葵子：大海心

冬葵子把忠诚浓缩到微乎其微，一瓣一瓣收进它别致的荷包。

冬葵子包不离身，夜以继日地寻找铜瓦厢婴儿饥饿的啼哭。

它不需要蝴蝶绚烂的掌声，葵花的翅膀生来就是为了折断；它不需要夜莺的赞歌，婴儿的嗓子天生就是葵籽的使命。

四道坝在游人散去的深夜，偶尔也会大哭几声。没有一棵葵子不知道，这是东坝头的呜咽声，这是铜瓦湖，站在铜瓦厢的肩膀上，扮演着最接地气的河长，体察着儿女们的喜怒哀乐富庶贫穷，操着大海才会操的心。

密集的鸟鸣，在清脆里结成星星点点的鸟喙，把媚颜咽进肚里，吐尽天地渺远的怦然心动

被金雀亲过的冬葵子，研碎后唱的是播种者的歌；被鸽子吻过的冬葵子，不用白面打扮，就能坚强一颗保家卫国的心，守卫铜瓦厢的和平；被画眉鸟喊醒的冬葵子，把铜瓦厢女儿家的嗓子，滋润得比葵花蜜还要甜净。

铜瓦厢是位刀子嘴豆腐心的耄儒，每天一起床，就会被执着的医者领到河滩里几位孤寂的冬葵子身旁。把夜里迷途的羔羊，领出隐蔽起来的疑问；把婆婆们夜里做好的梦，倾倒在冬葵子的身边，等待吟着小曲儿的飞驳鸟，衔到黑夜的对面。

驾驭着拂晓前来报喜的鹊鸟，把冬葵子禅意的锦囊打开，筛选出参透了人世的葵籽，种到铜瓦厢最具属性的灯盏怜爱的窗棂之下。

信仰，开始穿过肌肉的麻痹，在骨头里扎根生芽。

打碗花：五体投地

你无法预知的未来，都会以打碗花的笑容，绽放在铜瓦厢和善的沙地里。

无须把理想刻薄地塑成容器。

理想需要打碗花的翅膀，需要打碗花兔子一样的耳朵，凡是你能梦得到的美好，打碗花都能清晰地听到。

在铜瓦厢，说话太多的小鸟，都会被套上牙疼箍。一只兔子在河堤下沿停靠，耳朵边伸出能止疼的小喇叭。

河水分娩前的咆哮，都缥渺在马蜂舞蹈着的腰身里。

一声不着边际的训斥炸开了铜瓦厢好奇的童心。

打碗花，打碗花，打烂了饭碗别说话，打掉了牙齿往肚里下。这就是燕覆子座位右边的刻纹，也是铜瓦厢沙地里经常留下的脚印。

打碗花，在贫瘠的土地上脚踏实地行走，绝不去攀附墙头上的橄榄枝儿，吹嘘一朵金花的容貌，讨好一段虚高的曲调，而是去准确地分割自己，治疗人世间沟壑里的沉沦。

把一朵火焰拿捏得有模有样，让火焰自己把自己烧制得白里透红，让尘凡里的沙子都睁开眼睛羡慕，和纯洁相恋的打碗花。

打碗花是铜瓦厢五体投地的天使，把每朵平等都开到大地的酒窝里，把鹤发童颜的权杖都匍匐着展开，用无声的喇叭回答着世界的好奇。

原载《草堂》2021 年第 7 期

相依为命的丛林［组章］

王占斌

就这样漫无边际地走

就这样漫无边际地走，不闻春风，也不问啁啾，只用体温测量华灯初上的小路，腹中的草稿却早已绿肥红瘦。

想一想顶着一篮子的月光，和心仪的人肩并肩，就不再羡星辰私语，也不慕临街黑暗窗口下相拥的两杯咖啡。

大地真寂静啊！就是两个人虔诚地相厮相守。

随手揪住一把心事，漫天的萤火虫在飞舞。这些突然来临的不速之客，敲着边鼓，扑通扑通像一封信，突然跌入漆黑的邮筒。

这无尽的夜晚，两个人漫无边际地走。只看见遥远天际的两颗星星，神秘向西，忽闪忽闪靠拢在一起。

忽闪忽闪就合二为一，忽闪忽闪就屏住了呼吸。

想一想曾经说过的话

想一想曾经说过的话，像餐桌上的一只苹果，一半红脸膛，一半青脸膛。就止不住笑，笑成相册里划船的人。

烈日将油漆涂在撑起的伞面，两个人相对而坐。像两只即将成熟的苹果，谋划着怎样跳进同一个筐，哐当，哐当，那么就勇敢一些，再勇敢一些。

想一想曾经说过的话，广场上的喷泉，释放出巨大的水花，可一会儿就平静了，平静成两个人的牵手和初夏的林荫。

无数个夜晚其实只是一个牵手漫步的夜晚，多少个黄昏其实只有一条林荫大道。

那曾经的美好，像婴儿的心跳，像探出头的涟漪，更像春光里的红日和晨曦。

花红之时

花红之时，大雪的身后跟着一只白狐。遥远山头上的闪电，只一个来回，人间便多了数不清的期许。

山盟翻开海誓崭新的册页，逐渐放慢了释放暗香的浓度。有时候回眸就是错误，需要用一生去努力纠正，看花时花不语，看叶时叶枯黄。

大雪的前面还是大雪，你呼唤着白狐，用坚持的体温计，用耐心的圆规，测着测着，画着画着，就不再孤独。

大雪的身后，一只坚定的白狐紧紧相随。不要怕迷失方向，风吹北斗，总会垂下一条勺子一样的绳索。

人间便多了追随，多了随随便便的问候。

电影票

两张电影票，在婚姻的抽屉里日渐泛黄。

生儿育女，奔波生活。在一起的时候总是觉得短暂，曾经闹过别扭，更多的时候风和日丽。

想想最早相遇的时刻，两张崭新的面孔，连副券都有些腼腆。

星星一颗一颗地点亮，两张电影票排在长长的队伍里，不说一句话，又好似有许多话要说。

说好要并排坐在一起的，从撕下副券的那一刻，就不再分开。

许多年后，两张电影票，偶尔会回忆起传递的爆米花，回想过去手拿冰激凌的样子，回想依偎在一起的温暖，或者在抽屉里曾经掀起的短暂风暴。

两张电影票，在尘世的时光中慢慢变黄。

偶然经过的风，会让它们情不自禁重叠在一起，相互簇拥得更紧。

酿造一次葡萄酒

直到我将你轻轻剥开，剔除皮、剔除籽。放在我的容器里慢慢搅动，才发现，生活原本就这样糊涂。

糊涂地爱，糊涂地发酵。

无论阳光朗照还是月明星稀，我都和你在一起，感受你的沉淀或固执，以及偶然宣泄的小脾气。

酿造一次葡萄酒，其实就是一次重生。直到我将你全部包容，直到你在瓶壁上，重新梳理容颜，照见了玫瑰。

你在我的镜子中，我在你的红晕里。

阳光那么好

阳光那么好，我们忙着各自喜欢的事情。你亲自挑选的石榴花开了，开得很随意，随意成逛商场、喝下午茶，看路边的风景，与小学的同学聚会。

每一天的阳光都好，都会照进桐城中央 12 号楼 1 单元 902 室，一个三阳开泰的房子，风雨中滚打了 15 年，你学会了精打细算，学会了淡妆素抹。

每天做的第一件事，就是打开窗户，就像敞开心扉，看阳光舒心地打进来，打在绿萝的懒腰上，打在还没有合上的书页。

我们忙着各自的事情，阳台上的石榴花，有一枝特别茂，直溜溜地往上蹿。

眉清目秀，突然就想念起远方读书的儿子。

原载《散文诗》2020 年第 8 期（上半月）

铮铮的壮阔［外三章］

刘向民

天空高远，阳光明亮，风展开辽阔的沧桑。

一条大河，一条黄色的大河，是一条巨龙，从高原向东，一直向着远方，向着大海，蜿蜒，跌宕，连接着激荡的澎湃。

河水携挟着冷冷的冰雪、沉沉的砂石和粗犷的暴风，高高挺起，击打坚硬的山峰和飘荡的云彩，从高原上滔滔奔流，涌起中国北方浑厚的气魄。

地平线遥遥，一蓬蓬蒿草架起山梁，托起天空。青草和野花是一群群胆怯的小兽，身体倾斜，眼睛亮泽，不言语，只微笑，在北风里飒飒。

那些曾经在洞穴里蛰居的人，额头宽阔，鼻梁坚挺，黑色的眼睛在飞雪里闪烁灵光；迎风淘洗风尘，两腿扎进黄河里畅饮，汲入大河的魂魄，从头到脚渗透和涂抹着黄色的风采，浓重的黄色，与泥土的黄一样质朴。

燃起熊熊篝火，以手挑动火焰，火焰燃烧手臂，炼成钢铁的品质，翻开土地，种植庄稼；以手作刀，在坚硬的顽石上，一笔一画地刻下太阳、月亮、星星，以及翻山越岭的野牛野羊，骑上一匹野马奔向山冈和密林，深深的蹄印指引着前行的路。

火种发芽，谷黍发芽，爱情发芽，风雨淹没根须和哭泣，野草葳蕤，覆盖原野，构筑着一个个村落，泪水湿透每一段阳光和路径，让赶路的人不敢懈怠。

时光犀利，是一把把刀，将一代又一代人的肌肉变为腐土，只留下精神，不断生花，坚硬的骨骼排列成高耸的森林，一丛丛，坚守着自己的高度。

擂响一面铜鼓，嚯嚯如雷，一把闪着寒光的剑戟，拉直扭曲的渴望，一滴滴血殷红，点燃玫瑰红的夕阳，整个天地都流泻着血色。

幼稚的孩子步履蹒跚，满怀憧憬，双臂插上羽毛，深藏着青鸟的理想，随着北风的呼啸，从北向南，压进头颅，压进土地深处，塑造着浑厚沉着的质地。

粗糙的手，握紧风尘

粗糙的手，茧花如铁，是那种坚贞的硬。

黄色的泥土闯入河流，河水浑浊，以颗粒状漂浮，让河水有着黄色的肤色。

手伸进浑浊的河水，濯洗，愈洗愈黄，是泥土深陷进皮肤，嵌满指甲盖。

泥土渗进血管和神经，在皮肤上搓洗，洗出一摞摞泥土，越洗越硬，也如铁。

举起手掌，向着天空，太阳的光芒穿过，透出脉动的血管里血在汩汩地流，沉重，埋进身体，激情澎湃。

热血流过双手，握着锄头的手，经营着波澜壮阔的草木。那些流血的手，涂抹着脸颊，以血性厮杀和吼叫，打造着一场又一场桀骜和壮烈。

用手捂着眼睛，红彤彤的太阳迅速坠落，一下子跌进大地，把自己埋葬成遥远。

“遇见”太史公

那些久远的事情，那些久远的风云，那些久远的命运，一直与我时刻相连。

我从祖先的襁褓里，一次又一次经历疼痛和新生。

我不是尧舜禹，我不是秦皇汉武，我也不是风萧萧易水寒的勇士。

我只是他们之后久远的一名后代，灌输着苦难而幸福的愿望，承接着先人一样亘古不变的基因。

司马迁手中的笔，刻画着他的所思，在宣纸上描绘一个人和一个民族形象，无论是在阳光下，还是在月光下，哪怕在浓浓的夜色里，都能看清原原本本的本色。

黑夜里，读着《史记》，一个人就渐渐向往太史公，有了崇高的目标。

苍茫，从土地上泛滥

我从一块巴掌大的土地上，开始想象它的前生今世，寻找淳朴的感受。

这是父亲母亲的土地，在历尽艰辛的劳作中，如祖父祖母交给他们一样，又交给了我。夜晚的时候，一节节草从父亲踩过的脚印里从容拔节。

藤蔓爬上父亲的脚踝，沿着双腿攀缘，花朵对着阳光开放。

母亲正忙着摘拾棉花，喜悦溢满胸怀，她要赶在冬风到来之前，为我们赶制一件件棉衣，不再让我们受冻。

不远处，祖父祖母的坟地上，蒿草泛起，淹没了一堵石碑。

一只甲壳虫在一棵草上艰难行走着。

原载《北海日报》2021 年 6 月

细密的回响［组章］

风　荷

月光下的婆娑

继续叙述，让灵魂吐绿。

随三月的光合作用，柳丝郁郁葱葱，它的四围是新来的邻居。

蔓草，月季，海棠，仿佛来自魏晋的月下。

桃源可寻。那里春讯烂漫。

钟声把自己送出很远很远，去追赶松涛、竹风，和云天之上的雨水，去将一记一记的念想悬挂于墙上。

鸟是天生的媒婆，左一声，右一声，织出一片喜气。

头顶一颗星，望着另一颗星。积雪是去年的事了，现在时空已换盏，三月的酒杯，溢出一座蔷薇岛屿的香气。亲朋从巴蜀来到江南。

高铁呼啸，穿过古老的风，和一个个山庄。

爱是贵客。且像江水搭乘春风，途经云朵的客栈。

让灵魂吐绿，摇曳成月光下的婆娑。

雨水无边

“时间是个大滑坡。”博尔赫斯说。

又陷入其中，连同车轮声、鸟叫声、风声、雨声……

混沌而喧嚣，窗外高大的香樟擎着茂盛的树冠。阳台上新植的天竺葵，慢慢获得时间的安慰。

世界，分分秒秒都在分娩新事物。雨，像成群的籽粒，从天庭撒下。有些四散消融，有些汇入江海。曾经梦见过的一滴，悬在窗口的钢架上，椭圆、凝重、透亮，欲坠未坠。

身临悬崖，无声处有惊心动魄。

草木静默，细密的回响隐没雨里。

“一个人能获得时间，是无上的荣耀，也是奖赏。”失明后的诗人如是说。

此刻，窗外的一场雨是我收到的信，时间隐身其间。

它挥动着鞭子。

惊蛰之后

鸟鸣过后，挚爱的每一滴水都透明。

春天不再是孤岛。碧空下的小镇，有一首诗等着。

鸟雀飞出节气的九宫图，一颗春心付繁花，一把瑶琴付万物。词粒们早已脱离孤单的词牌。溪山渔樵，寂静的树在遥远的土坡上眺望，歌声在绿雪的河岸飘荡。醉柳朦胧，水色窈窕。赴约的人从桥的两头走进明亮的诗里。

玉兰、海棠、樱花、山杏……春天的公主们不断抛出绣球。

穿薄衫的你，焚香，煮诗，细数远归的蹄声。爱的闪电策马，一封书信带回烂漫秀色。乡下的祖母，记起了某个良宵。

一声惊雷，惊动夜色温柔。而今她已西去，变成一只蝴蝶。

在梨树林里低飞。

一个午后

光线倚着窗棂。

目光落在桌面，墨水，看一首诗的肌理。

光阴漫长，香静静燃着。淡墨里，有半只月亮，向着苍郁的枝丫靠近。

记忆缓缓溢出，后如潮水般涌来。青春的脚印浮现在草木深处。

一个面色枯黄的人，绕过野花遍布的灌木丛，向前方赶路。

活着是使命。暮色四起，一个午后向黄昏快速滑去。

夜晚，漆黑的风呼叫。

而黎明不是幻觉，新的一切总会破土而出。

回旋的未来

旧日结束，黎明剥开一层困境，迎向柳暗花明。继续踏上那条少人的小路，前方孤独的森林亮起信念的灯盏。

蓝天下的白云和歌声，回旋的未来，在一只白鹭的翅膀下浮动如骨节。

前方某种确定，或不确定的事物不断交替，织成陌生而纯粹的世界。

风吹过，绿色的河流上，浪花堆积的日子已隐退在大山的背面。阳光落在树梢，像一种明媚而温暖的心跳。

我出发，去看一个远方的朋友。

他坐在我起身的地方。

原载《天山·散文诗月刊》2021 年 4 月

在绿海奇峰间找回浪漫的意境

刘晓平

1. 走向生命的自然

走熟了的河流最美也不是美丽的，走熟了的山野最美也不是美丽的，走熟了的园林最美也不是美丽的。不留恋那小溪那明绮是不真实的，不留恋那亭廊那回廊是不真实的；真实的感情是新的追求新的发现，真实的理智是新的谷地新的山冈。

你的背囊有你的行军锅行军帐和猎枪，你的背囊有你远征的路线图指北针和幻想，你的背囊有你的行吟诗风俗志和跋涉的创伤。走出家园吧！走向生命的自然，用流逝的阳光，写下我人生的浪漫之旅。

不回首那绿荫那华屋是虚伪的，不回首那明眸那倩笑是虚伪的；不虚伪的形象屹立在不知名的峡谷，不虚伪的性格雕塑在新命名的峰巅！

2. 乌篷船

去河边看风景，乌篷船是岁月之河游来搁浅的鱼，是甩不响水声的憔悴，让人联想，木桨击落太阳的情景，水声浸湿岁月的模样。

去河边看风景，乌篷船是渔女柔柔发辫上掉下的梳子，让人静思如约的黄昏，如水的情意。去河边看风景，乌篷船已漂泊成风景，游人总去想它风光的日子，它曾渡于云影之间，日月之间，心海之间……

3. 沧桑太多路太远

蓝天的云很静，眼前的山很美。虽有葱郁藤蔓缠绕的温柔和坚毅，小鸟般期待的呼唤却幽深无期。因为诗的诱惑和远方的向往，我从遥远的远方来到你的身边，是因为你的美丽也因为我的多情。大意潦草的风随意飘拂，娴静地在你身边如杨柳多姿，似微波如语，情感便有些潮湿而无法沉静……

沧桑太多路太远，我没有云鞋也来到了你的身边，举世无双、奇颜默默的张家界啊！当我度过一个又一个花开花落的季节，便不再想有离开你的一刻。拥你入怀方知你的魅力，就让我如石头厮守着你吧，宁静着饮春醉夏成秋而冬！

4. 只有诱惑神秘而幽然

大自然构思千年万年，这深闺佳丽诞生于一瞬。鬼斧神工的画面，孳生绿色孳生风景孳生传奇，流云下便有迷蒙的幻想，幻想中峡谷便是一扇洞开的门扉，有湿润的季风相邀，我们挽惊喜拥入，便有人化的石头和神话的山峰，便有飘落成典故的片翎；几千年呼唤着嘶哑了嗓子的子规，便息静为峭壁绿荫的意境。

峡谷幽深，杉木静立成幽深的黛色石阶小道，走着走着，我们便走进了属于中世纪的风景。太阳的年龄，斑斑驳驳地铺写在青苔的石板小道，我们的步履清晰地敲打着风景之门。空旷的足音，毫不犹豫地扩散着今日岁月，生命的远足不知始于哪年哪月，只有诱惑神秘而幽然！——看风景只因为一种缘分，才去追逐门外的多彩阳光。

5. 在山水间织一张密密的网

思念成一根长长的纤缆，期待成一支瘦瘦的船歌。春来秋去的雁阵，是你写在蓝天的幽然吗？经寒经暖的日子，在旷旷的相思里一颗颗滴落了。这样地相思着，便从那波峰浪谷中抖落一身水珠，呼天抢地朝你奔来；便从那沉寂孤寞中挣脱一身失落，拐山绕水朝你奔来。从天边来，从日边来，千里迢迢朝你朝你奔来！

千里相会的一刻，河水凝固，石山痉挛，花草于悲哀之梦中颤抖，鸟儿于孤独之树上苏醒，歌儿在心里开放。千里相会的一刻，冰在痛苦声中解体，山在欢笑声中起舞，花草开始茂密，鸟儿开始歌唱，果实在岁月里成熟。千里相会的一刻，身边有山，远方有水，你那痴凝的月光，在山水间织一张密密的网；目光背后躲着的盈盈泪水，穿透时空流成一条汩汩的小溪……我怎忍心再离开你呢？让那别离的过去积淀成干涩的记忆，让我们就像千里相会的石头，就这样在天地间厮守着，喂肥岁月里一个个传说……

6. 那是一种怎样的意境啊

那是一种怎样的意境啊！一汪清冽的甘泉映一弯冷月。——天空有美妙的音乐，扑棱着翅膀，有流云的香气，向你扑鼻而来，花朵在身旁悄悄绽放，悠悠战栗着一种想象。此刻，最适宜把自己修骨为弓，取筋为弦，宁静地听着那月的细语，轻轻拨动那根筋弦。

这样，甘泉便多情地润过你的心地，你便在看月想月听月的过程中步入梦境，即便过去是浮雨烟云般晦涩，未来也会在想象中有黎明云霞般灿烂……

7. 水中看一个紫蓝色的梦

微波如语，似在梦中流淌；淡淡点点渔火，只在想象中闪烁。水中看山，水中看猴；水中看鱼，水中看星光日月，水中看自己，水中看一个紫蓝色的梦……兴致，让你把心儿泊在迷蒙的水上，或沉或浮，跳一曲紫蓝色的舞。

鸟声变得朦胧，桨声吱呀在想象中，渔歌漂泊在渴望里，乡愁被葱郁的岩壁林遮严，被猿啼林涛挤得没有踪影，苍岩之谷拉成历史的走廊，感觉成多层次的联想。走在暮色合璧的深处，前无人影后无人声，人便若孤鸿，而微波如语的小溪，让人置身于温暖，恍若于家！

原载《张家界日报》2021 年 4 月

时间的手语

刘慧娟

1．向晚的蝶

历史用鞭梢，击打着困乏的黄昏。

风声向晚，古老的相思随水车翻转。

提前入梦的林子，最终放飞出那双精灵，它们以蝶的心旌，挑战命运。在这静静的时刻，多情的尘世必将呈现出千种异象，回应那一声心底的呼唤。随风倾诉的钢琴曲，荷锄归来的农人，受制于羊群的牧人，斑驳脱落的记忆……还有那些受伤的夜晚。

或喜或悲的穿越，都是从心田淌过的河流。千亩农田的回馈，抵不过带泪的回眸。

风从柳枝拂过，回忆长满山坡。一片云，时常隐在阳光明媚的榕树下，眺望。

大地，被望成熟透的果实。雁阵，望成两行飞翔的痴语。

时空默念一个熟悉的名字，侠气笼罩，视线变换弧度。

岁月，很想封闭起一些消息，却怎么也藏不住，万物昂扬向上的精神。

即使潮湿的历程，拆卸掉保密的意念，有些人或事物的矗立，依旧光芒耀眼。

蒲公英走在梦想的路上，野山菊坐进了慢时光，只等那个期待的傍晚，姗姗君临。

因此，向晚的风中，总是悬挂一道无解的命题。

你看，那双叱咤无敌的精灵，凭借一股原始古老的力，正迎风化为五彩翎羽。

2. 抵达暗语

一片绿，占据了尘世狂野的部分。

保留在枝头上的暗语，始终是凌云壮志般的神话。

为了抵达那些暗语，时光车马劳顿，九死不悔。

人生的那点愿望，经常在果实宽广的胸膛，吸收养分，放马南山或逐鹿中原。有时候，也会放下心中的所有念想，去山那边，追逐一片云。

驱车驰骋于一声叹息，顺着一颗露水，寻找你的踪迹，翻开林荫小道的记忆，捡拾你遗落的足迹，这些，都是春天喜欢的事。

眼下，秋天的场景仍在追随花草的主题。带情抚摸一棵树，带泪接近一座山。绽放一生的欢欣，拥抱前方的原野。长翅膀的高铁，笼罩思念的鸿雁，长满向往的词句。一切，都荡漾着生之瑰丽。

一望无际的稻田，白鹤飞翔的蓝天。沙漠，森海，广原。

心是猎猎招展的旌旗。我不言，我怕我的夸张，又一次惊吓了你。我只静静地将每个瞬间，分别打上结，涂上印记。

我坚定的守护时光，期待瘦弱的籽粒饱满，安静的感觉，笼而圆润。

我坐在风雨经过的地方，磨砺铁镰，将难忘的掠影，从大地的背景上，完美地取下，收藏。我看见一万匹烈马，驮着一万种结果，种种都绽放花蕾。

“天地玄黄，宇宙洪荒”。遍地暗语，都是抵达。

3. 晨曦初露

晶亮的早晨，被心念，分为两半。

一半照耀河谷，融化身体里寒凉的霜花，收拾残局，拭擦烛泪。另一半，我代为收藏。

这半个早晨的太阳金光，有无数根琴弦在弹拨流水。云彩上，奔波的音乐之声，在诉说感伤。音乐吹拂的思念，打开，便无法关闭。

景物，显然向另一半移动。江上汽笛长鸣，早晨心跳加速。

鸟儿叽叽啾啾，蝴蝶飞舞，捕捉晨曦的韵律。它们虽明白很多事情，却不道破，一颗晨露独行的心思。

我只好顺着自己的方向，拾取那朵遗漏的桃花，装点梦寐。

在另一半早晨，放上心愿和彩虹。

放上一颗待归的籽粒。

这个一分为二的早晨，睿智，深刻，沉稳如斯。

正如一个人转弯而去的轮廓，思得多，说得少。

太阳越升越高，晨雾变成霞光万道。

4. 白雪与山峰

太阳初升时，更容易想起——那座高高耸起，白雪含笑的山峰。

深夜，我们随着世界一起消失。醒来，人间重新复原。

破晓时，白色的光华，取走了全部黑暗，思念渐渐凸出。

我在你的文字里查找乡音，查找某个方位。

朝霞唤回走远的白昼和夜晚，复原明月与笙箫。云彩及流水，丈量柿子树下的童心。

有蝶翩跹于山峰之上，俯瞰整个故事的连载。红尘里，一颗琴心连着一场美酒，润泽开过花朵的时光，有时清醒，有时醉。

颂歌，随着太阳升高，而日趋成熟、那本诗集的前言与后记，恰如山水，半生路人半生宾客。

我思考白雪，如何握住青春的梦幻，抵达山峰。

山峰的思考，却是另外的主题。

奔腾的骏马，翱翔的雄鹰。一条急匆匆的河，在催促山水轮流转。

可我在行走中，为什么就卡住了方向？在你跨越山水的一笑中，丢失了自己！

5. 时间哲学

如果等待，是可行的。时间，就会长久失真。

我等待骏马奔腾。却不曾料到，那场旷日持久的比赛，会将时间碾压得无始无终。

我等待风吹。风像个顽皮的孩子，常常忘了方向，遗失目标。纵使时间熬白了头，何处是归程？

我等一座山，山峰就会出现缺口，那句“望山跑死马”的古训，不得不让时间长吁短叹。

时间是无情的流水。

等着，等着，花就凋谢了。

月光长满时间的遗憾，希望变为一声叹息。

我在时间深处等你。

等野蔷薇错过的花期。等竹子升高的趋势。

所有的等待，垒砌成塔，成山。

原只为等一个窈窕清秀的身影，才如此深陷大自然绚丽的思念。

6. 时光与花朵

时光与花朵，谁对谁亏欠，都属于残缺。

有负初衷的，还有那场雨，它总在粮归仓草归垛之后，才姗姗来迟。

青山的期待，代替了埋怨，恰如是秋后的收成。三分干瘪，七分饱满。

有人经常在无眠之夜，吟诗作画，任清冷的月光映照寒窗，洞穿深重的孤寂。

谁都知道，时代已经发生巨变，古老的传说都变成现实。量子纠缠理论，已经不是神话。

千万年不变的永恒，被事实证明是一句谎言。自始至终固守的死理，只好藏进夜色。

大数据收集了大量消息，却盛不下横穿时空的神思。

这世界，你不懂我，正如我不懂你。

一切过往，皆成回忆。

一切生命皆丰富，一切未来皆可期。

原载《鹿鸣》2021 年第 4 期

第四辑

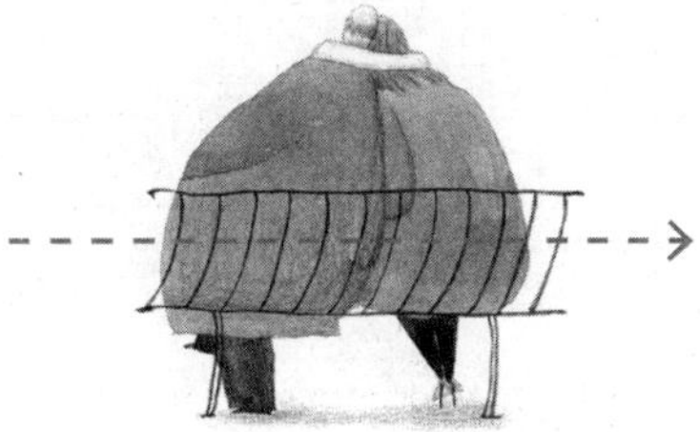

回家不能是一次旅行［组章］

罗国雄

老屋记

说它老，因为母亲在这间屋里生下了我（和四个先后早夭，三个至今健在的哥哥姐姐）。

六十四岁时，母亲那一次出远门，去寻找丢失多年的孩子们的哭声，再也没有回来。父亲就在这里，把没有母亲陪伴的日子过完，最后让自己归了山水的魂罐。

五十年前的记忆，泥墙未变砖墙。再往前走，是迷了路的桐油灯光。透过一片亮瓦，抬头我在夜空中找到的金、木、水、火、土星，是亲人们亮堂过的心。推开窗，捞起落水的月亮，再一一放生的，是填满山谷的鸟鸣。只有那颗找得我颈椎痛的星星，像我的爱，在等两个儿子命名。

父亲去世十多年后，第一次在老屋里过夜的我，是真累了。躺着父亲编的竹席，头枕稻谷壳，用母亲纺的那床旧棉被，紧紧地裹着。被消失的新鲜空气环绕，睡姿像天使，如搂着生养过我的这块湿润的黄土地。

梦中去茅房小解，睡眼惺忪地回来。给我开门的是一个中年人，床上还睡着他身怀六甲的妻子。找不到地方去的我，只好蜷曲成一个报恩供，藏进她孕肚里。如在故乡山村隆起的腹部，请活佛三千，点月色十万，为超度那片退了潮的，怀抱落花的流水，游进我撒的网。让时间含着热泪，梦也滴着露，再来一次八级地震，也震不醒。

全家福

父母健在的时候，因为生活条件艰苦，全家没照过一张合影。

母亲去世时，远逝的韶光，在一张黑白画像里迷了路。十七年后，父亲安详的遗容，至今还在我脑海里掉颜色。生前没闹过离婚的夫妻，死后却分居在村头和村尾。

直到老家拆迁，拣他们的遗骨，搬进二十公里外的一平方米新房。坟前烧纸、焚香、放鞭、磕头的我们，终于实现照一张全家福的强烈愿望（独缺了我不能与之共同生活的大儿子）。

合墓碑上没有遗像，刻在竖石上亲者讳的名字，比生前的父亲严肃。坟前的野菊，像母亲年轻时的微笑，让照片里的天空，变得晴朗且多梦。仿佛还有时光，在等他们的在天之灵，模拟结婚生子的游戏。游戏中的我们，多年后在一个无雨的清明，是否也像故乡双燕子的暖春里，落日中跪乳插香的牛羊。

黄昏来临，怀旧的光线终将消逝，或许连他们的名字，有一天也会消逝，是梦都会消逝！但在我们离开的薄暮里，未被时光挡在墓门里的，低到听不见的虫鸣，将更久远地活着。

像太多遗产中的一种，需要格外小心地保存，再也不会让一把看不见的尺子，丈量他俩生前的距离，死后的距离，以及与我们之间的距离。不再让尘世的幸福和痛苦，也阴阳相隔。

梦中人

闭眼就是一次回家的旅行。牛奶的溪流，从下游赶来，刚好够一尾逗浪的红鲤，洗童年穿过的白云草裙。

暮色降临，袅袅炊烟散尽。推门进院的风，扶起相框里的父亲，散落一地的绿荫。怀中抱月的年轻母亲，才能用花雨织毛衣。

一只候鸟飞过荒村坟地，问两位时间尽头的沉睡者：“我从梦里来，要飞出梦去。路过人间，空腹喝了滴热泪，就被卷进了某个人的一生。”“而那个错过了告别双亲，缺席了爱的梦中人，命运的船，靠不了岸，异乡船头的萤火，为什么还是不肯散去？”

故事没有结束，就不会醒来。你还在奔跑，还没有摆脱追赶你的另一个你。凌晨翻下身，指尖就下雪了，有人在一首诗里喊你的乳名。天地间，充盈着羽毛的轻忽，万物晶莹生。

对此，你一无所知，你最好一无所知。因为将要移民的故乡，再没有土地，可以种下，你心里全部的死者。只能被一辆虚构出来的油壁车，浪费六角等分的那弯彩虹。等梦下车，在心里堆雪人。

整个世界都在下雪

晨起听说峨眉山覆盖了一层洁白冰凉的春雪，想象的雪花，就开始在离头顶三尺高的地方飘。

母亲一生中最后一次出远门，是先到西坝来看我，然后坐船去凌云山，向乐山大佛许愿。昨夜的雪，像又一次出远门的她，步行出村，乘船到黑龙滩，再坐中巴、高铁到乐山。没有大姐和小雅陪伴，历尽艰辛，也找不到搬了十一次家，丢失了闪光羽毛的我。只好借峨眉山月的翅膀上山，撒把盐，等草木栖神明，请菩萨回到庙中。

整个世界都在下雪。所有我看见和看不见的雪，都在飘着。茫茫的雪花，像细碎的灵魂飞舞。小时候听母亲说，雪喜欢晚上来。如今我想象中白天下着的雪，像是被岁月遗弃了的孤儿。不计成本地忙东忙西和走南闯北，发誓要把愿望许给母亲：这辈子没流完的泪水，如果干净似面前的江水，下辈子化成了雪，也要擦出雷和闪电，以最大的善，跪下来给爱磕头。

一场雪下在深夜，另一场雪下在清晨。从天上来的雪，和一生都在路上的雪，要发生怎样奇异的交汇，才能加入一个被思念用旧了的人，在他身上堆一个雪人。即使心无所求，任何时候，灵魂都能六角晶莹地向爱低头。

又像是在梦里，让岷江的东西两岸，保持平衡不倾斜。看一夜白头的乐山大佛，从九曲栈道下来，与披肩柔软的峨眉山，在一条轮渡上相认，试着掏出彼此，不被允许的洁白的爱。

上弦月，下弦月

银桂在扇面上开花。抬头看见香气搂着时间，不让它悬挂的一面西墙，坍塌。结满星星的枝丫，迎风摇动，抖落的爱，可镇白纸上的虚静。让童年种下的光芒，慢慢爬过来，舔舐过火焰的脸，营造两行茂盛。

得到了繁星的人，揉了揉眼睛，从白得没有瑕疵的思念里，请出上弦月。如请出还在回忆里撒盐的年轻的妈妈，一边唱摇篮曲，一边奉昔日的婴儿之名，赐予自己饱满的母性，不让世界患上雪盲症。等这条月亮的乌篷船，把偏安一隅的游子，送回扇画里的故乡，听风吹树影的安静，让全部健在的绿荫，甜蜜地互道晚安。

梦醒了，地球自转了十五圈，而一轮明月，才自转了半圈，就压垮了东墙。借下弦月呼愁的人，是否还有勇气，把梦里挣脱的白，化成天边的一抹鱼肚白，唤回拆了的祠堂、老屋，移民了的炊烟，扶起一条没有归途的地平线。像被发配到那个乌有之乡的吴刚，在喜欢的屋檐下，碰瓷蓝天白云。让喜欢的人，嫦娥一样活在月亮里。心里那棵随砍随合的不死之桂，有雨后人家散出墙的馨香四溢。

原载《星星·散文诗》2021 年第 7 期

瓦上霜［组章］

颜　儿

唯有乡村，云朵的院子那么自由。

侗家木楼于山坡，或梯田间，那些暗黑色瓦，占据树叶滑落于高处的空隙。它们潜伏在高原，凝固亲人的泪水；或者是先逝者回到空中围栏，冲出肉身牢笼，迁徙着飞上屋檐，看着自己人间的故人。

那么，家的意义，唯有四壁为暖，仍然有不离不弃的月亮，扶着半山中漆黑屋檐温柔似水。

年久居住的老屋，等待修缮。太阳斜照屋檐，每一片瓦经历的苍茫，都在古老传说中。风声一阵紧似一阵，雨滴动荡在瓦砾间，仿佛骨缝间繁衍的种子。

旧檐上滑下一生幻影，河流借雨水抬高自己，岩石飘飞掌上密纹，又似身体里的暗疾。

每一个晨昏，烟霭滑过山的脊背，暖阳来安慰；屋后林间，碑石上缠绕着不曾遗忘的手势。

祖传灯盏下，醉于屋内米酒香与木香，那高高在上的霜，贴近于生活底层的敬畏。一生与泥为生，低矮，空空的鸟巢，我们的怀念总是如此遥远。一闪而过的画面，存在的意义，究竟是什么？

向日葵地，岁末的风从河边吹来，老屋又添几分静好的气息。战栗的归途，木屋裂缝间，孤寒打破往日葱茏，怀念依旧是温暖的。依旧有故人一个接着一个离去，他们都出了远门。

那些霜白，仿佛柔软的石头，坚定，淡定。它们无声息地来去，犹如生命不值一提。

荒凉的人间，总有你最牵挂的人，总有你最眷恋的事物；让那些霜，成为时间轻薄的悬念吧。

几许落叶已枯萎，几瓣落花成灰。冷却了的生命，在屋檐下，如此真实又平静的存在。

活着，如此艰难，又如此生动，明媚。那些古朴的白，潜伏在屋檐瓦当上，仿佛不会坠落，守护着它的主人。

霜后的冬天，松柏下的家隐没于尘世，你若归来，它便变成雨水，轻轻滑落。

山中浅斟

雨雾，是山中高贵的帽子。

从众多隐匿的片段里，认远山为故土，熟悉的影像，陌生重逢。

春雨撩人。逾越怎样的山水，你倾斜的姿势，从细草微风中，点点滴滴渗出的水意天光。

若有若无的烟雨。

被水意浮出的尘世，白色氤氲缥渺，游离在眼前的山巅。无论走多远的路，此刻你的眼中噙着泪。

山间，幻象万千。而黔东南以南，许多无名之处，适合一颗闲心安放。绿，重叠在雨中，村民红黑脸膛，与红黑土地，多么相衬。

开天辟地，山民替代了神的造诣，智慧的归依。

从田间，延伸到松柏，杉树林，山径更深处。松针铺满的山径，有淡淡的光，与天空并肩，携手照看人间。

如玉液般的淘洗，被万物收留。去掉多余的色彩，绿衣衫，红黑土地，给山民新的寓意。

绿色耳朵毛茸茸，苍耳粘着衣角——成为袖口调皮的小星星。

只这半盅茶的光阴，从任意的方向，渐渐涌过来。如同亿万年前，这里曾是海水与礁石，暮色里倾空的杯子，饮不尽的咸涩，岁月的盐。

是什么，让冬天的旷野，在苦寒中生出灵性的翅膀，恍如在雨中，山间王者般荣耀自由的家园。

漫山遍野的野姜花，拥抱着天地间的爱意，弥合在空茫茫中，处处皆是远山。

你这俯身的永恒啊，胸中溢满素色的倒影，每一片山林都带着醉意，每一处雨水都是从山的怀抱里，铺开辽阔的小宇宙，掬出一泓清澈的绿。

醉意，属于久别归乡的人。

紫薇花开

叶子斑驳，会有坚持下去的奖赏。

紫薇开满小镇的时候，夏天就来了。

各种颜色的花在空中弥漫，云朵铺开崭新的旅程，渴望的旷野，风的纺织，虫鸣与鸟羽近于虚无。

紫色的花瓣，映衬在陈旧苍白的写字楼前，瞬间就有弥合了世间的暖意。

是我们太需要这样无声的慰藉了。花影从玻璃间透过来，仿佛飞翔的鸟群，那些不曾眷顾的植物，一天天投来注目与爱意。

无法拒绝自然赐予的财富，正如不能回避生活的艰辛与苦涩。总是无尽的烦恼，总有不经意的意外惊喜。

你看风雨苍茫的天空，唯有细小的碎片途经我们。你看甜蜜与未知的惊扰，仿佛紫薇花枝，枝枝蔓蔓，风云拉长时间呼啸的影子。

那是整个夏天花期最长的花朵。你看见，其实是想看见，不能错过的一点亮色。

仿佛你的生命中，总是遇见这样的一个人，貌不惊人，沉默寡言，陪你走过漫长的雨季。

树之残章

它披着薄纱。

暮色浅薄，仿佛什么地方隐藏着一把锤子。漫天星辰可是唯一能吸引疲惫目光的钉子？

蝶的翅膀远离人群，它要抚平人间繁盛与创伤。

对着树发呆，唱歌，或者倾听，草垛儿在低洼处，复苏的枯藤在地上燃烧着内心的篝火。

奔赴死亡的路上，云杉，松柏，桑树，晃动着草木之香，打开掌纹，一些光透进来。

鱼骨的记忆浮出水面，那神秘的蓝，黄，绿逃遁在树叶的间隙里。

树的语调，古老，深情，缓缓如细流。

那些死去的叶子，写满一生山水的嶙峋与挫折。凋谢了的金，坠入软草深处，变成朴素的怀念。

那么，树始终是值得信赖的。

在秋天，它们用肢体，传递着残缺的命运，倘若你从树下走过，你看见了什么，什么就是永恒。

水边倒影

你可以想象，手机锁屏后定格的地方。

一列火车奔向另一个时空。绵长山水，收纳水的囊中，不善言辞的建筑物，老旧更替的忧伤被水的波纹折叠。

我们都是局外人，和风一样，渴望被尘世遗忘。或者，化成不起眼的芊芊草色，雪一般轻盈的呼吸。

水下，是否有一座神秘的森林，沉淀过的沧桑里，那些腐朽的生命，回归了所有鲜妍与力量。

在两个平面，你必须承认颠倒众生的存在与迷惑。

抽象的回声，是你另一种人生。看不清的世事，你从水中拾起跌落的星光。

我们常常在更为光滑的帷幕下，回味世间百味。

你坐在水边，不说话。风吹开秋天的空白，空气渐凉，苇草上岸，眼里虚构无尽的草原。更多颜色填满，激情依旧在水下，世间浑浊，在此刻只需安静几分钟。

而鸟群，楼宇在肩头，走动的人影，老人与孩子的反差，情侣与离人，温暖的色调过滤成明亮的细节。

心声随风，一头坠入水中。

影子纯粹，像柔软雕塑，你要小声说话，不要哭泣。

星空下

暗褐色柏树，生长在蓝色星空下。

你挚爱过，一团火焰，飞越沉睡的村庄。不，你是一团神秘的星云，握着风暴的轨迹。

万物在沉睡中，将明黄色月亮，托在掌心；

你的舌尖，在命运的悬崖上，狂野搅动。

“上帝是月食中的灯塔。”你无视人间的悲凉，挣扎在山腰上，教堂的塔顶，云层的旋涡里。

2 万光年，你这挚爱的蓝，如今只能在虚拟的星光中，想象一粒尘；

小宇宙，童年以远，或者，返璞归真的田园下，你在星空下无比恬静温暖。你也是地球上的一枚小星星。

华发丛生后，我们遁入八百里山河出世，灯光与城市霓虹的照耀下，隐去了星群。

青山退后两万里。

“被星群照耀，是幸福的。”星星化身于尘世，所有颜色归于乌有乡。我们在黑里安睡，又在星空下修复满身伤痕。

凡·高的星空，制造了深蓝色梦境，那与万物共生息的幸与不幸。

画卷，在声音里，在无限想象里。多么神秘啊，人间的钉子，转动向日葵的花盘。星光下无限放大，因为遥远，适合追忆，变幻。

心里的星空，早已定格。

原载《大湾》2021 年第 11 期

人间修辞［组章］

孙 梧

人间修辞

一滴露珠在草叶上滚动，映出复杂的面孔。

我对着镜子说出自己的困惑，人生匆匆，恍若隔世。在叙述的书中，我打开它，像打开自己，现在正望着它。

1929年。祖母从临县嫁到我们村，一双小脚走了一天，再也没有回到故乡。新婚才三天的祖父去当兵，再也没有回到家乡。

我曾经试着寻找透明的树枝。寻找它本身的木质，隐藏的伤感。

祖母百岁去世，祖父牺牲于淮海战役。他们再见面，已经在地下。

父亲在世曾说，生活是一枚坚果，可以撬开它，也可以只是看着，回答它的提问。

父辈这代人的故事似乎仅止于农间劳作。

但我知道，他们有太多需要表达的句子没有表达。

父亲更喜欢说他的旧事。那座崮山，那座小镇，那座见证过风雨的石桥。民国、土匪、抗大一分校和鞋垫、煎饼、红嫂。那些和抗战有关的场景，本应雕刻在石碑的，却雕刻在我的脑海里。

温暖是我必须面对的词语。沉默也是。就像山村的青石板，压着我的灵魂。

我只能说起我的名字。

徘徊低语的瞬间。旧的石头曾隔开多少贫瘠的日子。农村仅仅是刚刚糊口的一碗粥。

新的石头，则像在重复的生命里，投下了一粒希望。

唯有时间的雨滴，令我与过去的关系淡薄。而当我倾听一种音符的时候，需要时刻准备着，看沂河的水把自己一点点拉长。

钟摆摇动着月光，把内在的银辉画在宣纸上。

鸟群把希望还给浮生。

我像一棵乡间普通的草，扬起头，仰望穹顶。

山涧水滴

我不知是否可以等来故人。

但必有一晚明月，照亮那座山，藏起的容颜。

那流淌的，都将重现。

那静谧的，都将盘旋。

发光的一弯溪水。

汇集，合体。镶嵌着永恒的沙漏。

属于我的词语也属于，水中的落花与落叶。从河边的姜尚到水中的屈原，从江南的烟云到北方山村。

佛经中有一朵铃兰，含苞欲放。有一只麻雀在看着跳跃的蚂蚱。

有名字的我，无名字的小溪。三生三世。被柔的词语围拢。

松涛。鸟鸣。有鱼骨和乡音。

接近我，笔尖和山峰。接近信仰的彼岸，天河斗转如鲸歌。

一叶浮萍，回到穹顶闪耀的星座。星光落在我的眼里。

绵绵的情歌朝着清静。而浮躁已经落下。

故人在深山。像溪水的源头。

接受苦楝的气息，山石的硬，草的细腻。

水滴点亮我的眸子。陨落的星辰，仍旧保存着，故有的那片星空。

古老的契约把一个人的灵魂打磨成水，透明。

乡音入心

我在山坡漫步，有时想到一个放羊的姑娘。

她扬鞭打下一地碎光。我写下她的身影。

把羊咩还给羊咩，便可以读出乡音的亲。灵魂，我才拥有你。

山村有爱，田野有情，庄稼有灵。人间的岁月从这里开始。

山风吹去浮躁，河水把尘世的一一擦净。我仿佛才真正回到传说。传说就是一抔泥土，也是一碗米粥。

母亲的唠叨，姐姐的细语，邻居的问候。都是一滴井水里的阳光，在草木间闪烁。

一首乡间的诗在诉说，唯有麻雀可以听懂。唯有麻雀的叫声，藏着一把稻米和院子里的雪，雪印是母亲深浅不一的话语。

山羊三只，一只在吃草，两只围在姑娘身边。

我看着山坡下的村庄炊烟起，夕阳落在草垛上，黄昏是把时间拆开的节点。

越向里，越容易在安静中睡眠。

有些事只属于我。有些事只归村庄。唯有辽阔的胸怀可以承担接下来的星空。唯有野草和乡愁可以证明黎明的到来。

一只燕子回到旧居的屋檐下。

倾听，流年常如旧。

林间琴音

命若琴弦，听琴音方知灵魂所在。

我把丛林称为琴弦，把偶然称为必然。

山间、村庄，容忍着乡音和一张张面孔，也接纳着回归的斑鸠。

像回忆，一点点舒展开来。

霞云随涌而来，泛白。揭开黎明的面纱。

山路有几朵叫不上名字的野花。杨树、槐树、柿子树、燕子树扎根在泥土，守卫着老家。

你如约而至。琴声悠扬。

仿佛从树林狭缝间缓缓滑出来。

聚拢着，腾升着，一张一弛，又在不经意中滑落出优美的弧线。

嵇康的《广陵散》带一寸风骨，阿炳的二胡多一点忧伤。阮咸的琴面像圆月，马头琴里马蹄轻。

你的琴音，有泥土气息，多一份草木的魂魄。

细雨绵绵拂过花蕊，声响如报春的飞燕鸣吟。丝丝啼声。

你是微风。吹着我，吹着丛林的枝叶，吹着脚下的草花。

你是细雨。滋润山村、田野、草屋、河流，滑过乡音的声道。

滑过丛林的腰身。

草叶上，那曾滋润一夜的晨露，在生命的升华中，悄然滴落。

爱的絮语，融合进琴声。

从梦中走来的花儿，舒展懒腰。花瓣把无声的语言留进了琴声。

我在倾听，树林在倾听，河水在倾听。

原谅我引来麻雀倾听，原谅我招来蜜蜂倾听。

一个匆匆的清晨。一片不大不小的丛林。

天气略有凉意，飘一层薄纱。一头秀发，飘逸着轻快。

而四处寂静。一切似乎沉醉于其中。

熙熙攘攘的人群，来来往往的人流，都不过是人世间的过客。

一曲琴音一场虚无。

丛林里，我也仅仅是过客。你也是。

风雨也是。时间也是。微微撬动语言的烈马也是。

万物沉浸在各自的命运里，也都是自己的过客。

原载《星星·散文诗》2020 年 12 期

瓦与树

孙　勇

一

瓦与树，原本是两种事物，它们之间的关系，就像井水不犯河水。

树，和瓦距离最近的时候，是站在房屋旁边。

一座新的院落，在田野里长出来的时候，瓦与树，只是邻居。无论瓦多么喜欢树木，树与瓦，总是保持着一定的距离。

二

树与瓦发生关系，由风而起。

那天，栽种在房屋旁边的树木，吻春萌动，一片树叶，拨开阳光，把手伸进宇宙里。一阵风从容地跑进村子，不小心撞到房屋旁边的那棵树上，树，站立不稳，一个趔趄，树的一只手臂，被甩到了房屋的瓦面上。

这是树与瓦，第一次发生关系。

自从那天起，瓦与树，不仅仅是邻居关系，在今后的日子里，它们还成了形影不离的好朋友，甚至成了，一生的知己或恋人。

三

瓦，高高地站在屋顶，它看到的树的样子，枝繁叶茂，高大威猛。

由于树木的陪伴，瓦片上，结出了，稠稠密密的拟人、比喻、引用、夸张、场景、排比……

瓦蓝融进碧绿，瓦的面孔，神采奕奕。

树，站在房屋旁边，它看到的瓦，蓝蓝的，在树林间，一片一片，铺排出一块一块，瓦的田野。

树木，由于瓦的衬托，它的身材，挺拔得更加伟岸，更加神奇。

四

瓦与树，早就关系密切，只是它们不知道。

支撑瓦的檩子、椽子，都是树木的身体。瓦，看不见。即便看见了，光着膀子的树干，瓦，不认识。

树与瓦，是两种不同物质的闺蜜，树，没有想过。瓦，严严实实地覆盖着檩子和椽子，树，看不见。即便看见了，那光着屁股的树木，树，也不认识。

就这样，瓦与树，既亲密无间，又保持着一定的距离，解读着“距离产生美”这个富有哲理情思的话语。

五

瓦与树产生矛盾，由树引起。

不知道从哪天开始，房屋上突然出现了一大片树皮。房顶上，瓦的地盘，被树皮占去了一大半儿。

瓦，十分恼怒，与风结盟，当树枝靠近房屋的时候，瓦，情绪激动，不再友好，伸出双手，把树枝一掰两截儿。

树，没有还手，转过身去，把痛苦，深深地，埋在心底。

瓦，更加地愤怒了，把身上的枯叶、蒿草和尘垢，一股脑儿地抖搂到树皮的身上。

树，承受着瓦的不幸打击，一脸的无奈，有时候不忍去看，用树叶，把眼睛捂起来。

六

瓦与树皮铺排的屋顶，在南方，尤其是大山深处最常见，我们侗家，更是喜欢这样的屋顶。

远远地看见，稠密的吊脚楼间，树皮与瓦结构出来的房顶，在云雾缭绕的沟壑，油画般涂抹，缕缕炊烟，袅袅升起，看到这样的画面，心中就会顿生情意。

在城里，一个叫瓦库的茶馆，我看见一摞一摞的瓦，摆放在，由树干编织起来的框架上。那是我见过的，瓦与树，最直接的关系。那种关系，不神秘，却神奇。

七

瓦与树重新和好，应该感谢那位画家。

当瓦与树皮覆盖的屋顶，被水墨丹青后，走进世界各地，那挥洒着诗情画意，甚至浪漫情怀般的家国的温暖，彩色了整个世界的时候，瓦，看见了。

瓦，虽然背对着树，却伸出一只手，轻轻地，柔柔地，扯了扯树的衣襟……

树，没有小气，张开怀抱，把瓦，紧紧地搂在怀里，一头秀发，向身后甩去……

八

瓦与树，是两种不同的物质，却亲密无间。

人与人也是一样，虽然，表面上看不见互相支撑，其实，都有着千丝万缕的联系。

人与人之间，就像瓦与树之间，互相依靠，互相取暖。

原载《河南日报》2021 年 5 月 29 日

老屋，最年味

陈宏宾

1

老屋挤干水分，撕开北风的面容，在飞雪中呈现一副笑脸。迎接，一年中最隆重的节日，必须有仪式感。

从爷爷的爷爷开始，传承下来的年，按照程序一步一步进行。

腊八煮粥，不计较米的态度，取决于火。木材加上时间，点燃年的序曲。喝上一碗粥，就算跨进年的怀抱。

鞭炮的脚步，从几声孩童的笑语里苏醒。

空中远远近近地响，总是觉得那么亲切，那么庄重。

一声喜鹊，叫开欢乐。

庭院里老树尽管无语，枯枝抬高我的目光。膜拜神灵的事总是有大人来做，我只是站在一边静观。

“进厨先净手，上案莫多言。”

老辈人立下的规矩，奶奶执行得不走样。过年，就是没有我们小孩子的发言权，生怕得罪哪路神仙。

雪一落，就该过年了，

雪一落，老屋里的笑声就比往日成倍地增长。

2

老屋的中堂是父亲亲自挑选的四扇屏，福，禄，寿，禧，画应该有年份了。

古朴。淡雅。端庄。静谧。

代表一年四季，

代表一代又一代人的美好愿望，

代表老屋一生的想法。那年头，虽然缺衣少食，但是信仰中不能没有幸福，不能没有快乐。老祖宗也是人，他也想长命百岁。

腊月二十三祭灶，这是过年的一次大准备。此时，奶奶总会请来灶王爷张贴在厨房里，我只记得一副对联——

“上天言好事，下界保平安。”

家里所有的活都是由女性来完成，想必是母系社会传下来的规矩。

扫、擦、抹、洗，涮，一样都不能少，留给年一个最好的形容词，干干净净。

一把刀，等待着猪羊。一口锅，锈迹斑斑。劈柴，担水，喜鹊和麻雀只有在树上看的份。

我们数着指头盼年，盼一年一度的压岁钱。有了钱，年在我们孩子眼里才真正叫年。

3

“二十五，磨豆腐。”到了二十五这一天，父亲天不亮就起床，喂饱驴，套好磨，进行一天紧张的工作。

西院李婶端来了大豆，

东庄王大爷一大早就过来下单。

一笔笔，一单单，父亲总是用脑子记录着，从没有错过，他要把最好的豆腐送给大家，当然也送给替他遮风挡雨的老屋。豆腐寓意头福。

“二十六，割年肉。”再穷，过年也得让老屋闻到肉味，孩子们已经馋了一年啦。

儿时的乡村，多由村民自己杀猪，那个场面叫热闹；那个喜庆，只有在过年时才能形容；那个味香呀，足以让我记一辈子不会忘。

啃过一根骨头，就啃开了年的扉页。

咬上一口肥肥的猪肉，我把自己陶醉在老屋的热炕上。

“二十七，杀只鸡。”

“二十八，把面发。”

“二十九，蒸馒头。”老辈儿留下的顺口溜，至今还依然记得。

一锅蒸出喜庆，一锅蒸出吉祥。

枣花馍里透出浓浓的母爱，豆沙包包出团团圆圆。

咬一口刚出锅的年馍，那个清香，那个得劲儿。满屋子里散发出新年的味道，这味道就是地地道道老屋独有的味道。

奶奶总是把第一锅里最好的馍摆在香案上，用来供奉已去的先人，还时常告诫我们：人呀！到啥时候都不能忘本。

这话，老屋也听过。

老屋用站立见证时间的变迁。

老屋记载老辈人一年又一年传下来的叩拜和敬仰。

一屋静立，万象更新。老屋就这样在岁月中慢慢走来，一年又一年，心老了，身老了，站立不老，精神不老。

4

爆竹辞旧岁，春联迎新年。

大年三十这一天，是年的最后一天，家家户户贴春联。贴上一个倒“福”，寓意幸福在新年来到。

点上三炷香，燃一打黄纸，请先祖回家过年，这种带有神秘色彩的活总是父亲来完成，有时我也会随着父亲给先人磕上三个头，其中的意思不用言白，人们都懂。

奶奶总会准备两只碗，每个碗里盛上五个饺子，来到大门口，敬天、敬地、敬神灵。

这样的程序结束后，我们才开始吃饺子，一年中，除夕的饺子最有年味，也吃得最香。

守岁。熬夜。压岁钱。填满童年的记忆。

生活完全被程序化，总觉得年比较神圣，每件事都会小心翼翼地做。尽管规矩多，依然框不住我们的欢笑。

老屋也会随着我们一起欢笑。奶奶的皱纹会笑，母亲的白发会笑，父亲的旱烟袋会笑，连庭院里站立的那只老黄狗也会笑。

过年，给一切物件赋予欢乐的元素，此时的欢笑是真的，纯的，无杂念的。

5

大年初一，我还没有醒，老屋已经醒来。

大人们按照过年的程序熟悉地做着一项又一项的工作，上香，焚纸，下饺子，敬神，放鞭炮。奔着响声，抢鞭炮依然是我们新年最重要的一件事，一群群小孩子仿佛在抢幸福，抢快乐。

在老屋眼里，孩子的幼稚是一道靓丽的风景线。

在我们孩子眼里，过年不再关注家庭作业，不再被老师训斥。

在雪地里，脚印踩出开心，奔跑留下年韵里最重的一幅画，一幅长长的年画，记录着童年、少年、青年、成年，画的背景是故乡，是白雪，是老屋。

拜年，那是大人们的事，相互走动，相互问候，过年好，身体好，新年快乐。

雪花落在“春满乾坤福满门，天增岁月人增寿”的大红对联上，我刚好站在“出门见喜”下面。

纸是年前刚买的红纸，墨是我写大字的墨，父亲的字迹刚劲有力，我无法学到其中的神韵。

老屋最开心的是父亲年年写的春联，翰墨飘香。从老屋里走出了父亲，走出了我，走出了儿子。

老屋今安在，春联上的字没有变，只是父亲变得如同老屋一样苍老，再也找不回当年的苍劲飘逸。

我每年还会带儿子回老屋贴上一副父亲亲手写的春联，贴出一年的愿望，一年的祝福，一年的平安。

6

在老屋里，倒上一杯酒，陪老屋同醉。

将一杯年味饮到内心深处，喝他个喜庆吉祥，喝他个年年有余。

走过孩童，走过岁月，走过老屋，心才会真正地安静下来。不去想昨天的烦恼，不去问明天的前路，只想静静依偎在老屋的怀抱里，听听她的心跳。

老屋的砖，老屋的瓦，老屋每一次的过年，都还原汁原味地保留在脑海里。

老屋的沧桑，那是命运安排的一个局，我始终被困在局里永远也走不出来。

对屋长醉，清风徐来。

站在老屋里，我犹如站在一首唐诗里，有情，有意，有思，有叹，更多的是真，真实的记录。

一屋之大，足以装下我一生的春秋。

一屋可亲，养育我的每一个词语，每一首诗句。

一屋大爱，送我走上人生的道路。年年伴老屋，我年年离不开老屋。

7

老屋在，家就在，年就在。

老屋，在我眼里已经演化成一尊神，让我时刻向往的神。

老屋，最年味。

原载《天中晚报》2021 年 1 月 28 日

青瓦下的村庄

余显斌

青瓦，准确地说，不是青色的，是蓝灰色的，是村人自己抟土和泥烧的，没有一般的瓦大，稍微小一点儿，但很厚，拿在手里沉甸甸的，用手指一敲，叮当作响，如铁一般，很结实。一页一页青瓦反扣在屋顶上，一行行地延伸下来，很整端的。在小村，几乎所有的房子都铺盖着这样的瓦，一片蓝灰色。

青瓦下是粉墙，土筑的，涂抹上一层石灰，白白净净的。

至于窗子，至于门，都很少有雕花镂纹的，一般都上了土漆，又涂抹了桐油。因此，窗子和门都泛着一种红润的颜色，泛着一种时光老去的色泽，让人一见，就想到唐代的宋代的柴扉，想起“小扣柴扉久不开”的院门，大概就是这样子的。

几间房子就是一个家。

几家或十几家，甚至几十家的房子点缀在一起，就组成了一个祥和美好的村子。

1

小村的房子，一般都在阳坡的山根下，这样，一天到晚都能晒着太阳，冬天暖暖的，就有几个老人坐在院子里，在阳光下闲聊着，屋檐下的麻雀叽叽喳喳的，给小村涂抹上一片静谧和安闲的气息；春天吧，阳坡的草色也嫩得早一点儿，花儿也红得白得早几天。这就是地气，地气不同，即使几步之遥，草木的生长也不一样。

草木是有感觉的，有感情的，这事是骗不到它们的。

房子随着地势，有的高有的低，有的朝前几步，有的退后几步。因此，蓝灰色的屋顶，也不是整整齐齐一片，总是高低变化着，总是灵动着，不是呆板的。在远处看去，只看见一片蓝灰色在绿色里掩映着，在花色里掩映着。住在这样的房子里，冬暖夏凉，不像楼房，冬天冷得如地窖，必得有暖气。到了夏天吧，太阳出来，蝉鸣嘶哑，房内就如蒸笼一样，人的身上，一颗颗汗珠钻出来，怎么擦也擦不干。

春天，坐在青瓦粉墙的房子里，看着外面的一片芭蕉叶，在风中悠悠地摆动着，将一片片打在叶子上的阳光，反射进房子里，随着叶片晃动，一会儿明亮，一会儿昏暗，就如一片片波动的水。到了下雨的时候，丝丝的雨水落下来，润泽着叶子，叶子将满把的绿色随意地泼洒着，也透过绿纱窗，泼洒在房内。房内也一片青嫩，一片新绿。至于夏天，蝉鸣荡漾在房子里，带着微微的风，还有山里特有的清净的凉意，让人身心舒畅，坦坦荡荡。冬天里，快要下雪了，在房子内拢上一盆炭火，暖暖的。小村的窗子，过去很少装有玻璃，都是涂着绵纸，白白的，透着亮。下雪的时候，却看不到，只是感到外面越来越亮，越来越亮，打开窗子，哦的一声叫，原来漫天的雪花正在飘飘洒洒地落着，不一会儿工夫，就遮住了远山，遮住了小村，遮住了树木。

天地一片茫茫，如一张宣纸一般，小村是宣纸上的一幅画，自己就成为画中的隐士了。

2

无论下雨，或者下雪的时候，青瓦上都会浮起一片淡蓝色的烟雾，就那么慢慢地浮荡起来，一家又一家都是这样的。这些烟雾慢慢掺杂在一起，飘浮着，蒸腾着，就将整个村子罩住了。村子在细雨里就变得朦胧起来，变得隐约起来，就如一个戴着面纱的女子，迷迷蒙蒙的，给人隐约一痕的印象。

这样的迷蒙隐约，既细腻又悠远，缥缥缈缈的，就如我的乡愁一般，辽阔无边，却又难以触摸。

那时，我还不大，还是十多岁的样子，在对面坡上放牛，放羊，我就在迷蒙的细雨里，看着淡淡的烟雾慢慢在青瓦上浮荡起来，罩着房子，罩着蓬勃的桃花，还有杏花，还有梨花，还有棠棣花，还有青葱的树木。在烟雾中，我看到三伯戴着帽子，披着油纸，拿着菜苗去地里栽着。雨天栽菜苗，菜苗容易活，几天后就绿油油的，不久就开出菜花来，黄黄的，招来一只只的蜂蝶。我看见冬成他婆拿着一把菜刀，慢慢地走着，到了水井边自己的地里去割韭菜。雨天割韭菜，断茬的地方不会枯黄，几天后又一片青嫩。冬成婆割罢韭菜，就在井边的一个水塘里洗着，然后洗了菜刀，洗了手，慢慢地站起来，一步步走向自己的家。然后，他家的炊烟就缓缓地升起来，一直升到空中，和空中的雾气融在一起。我没有婆，我婆在我还没出生的时候就死了，我就很羡慕冬成，我想，我要是有婆多好啊，要有冬成婆那样的婆该多好啊。她经常会给我吃黄透的杏子，吃紫黑的葡萄。有一次，冬成和我吵嘴记仇了，就双腿岔开，挡着路，不许我去他家，说我馋嘴，是好吃佬。他婆就说他不该，如果再不让我去，就不给他烙锅盔吃。冬成就吸溜着鼻子让开了。我很嫉妒，我从不吸溜鼻涕，咋的就没有婆？冬成老是吸溜鼻涕，反而有婆。

冬成婆烙的锅盔很厚，泡乎乎的，很好吃，我最爱吃。

黄记家的屋顶在雨中也飘浮起了炊烟，刚子家的屋顶也飘浮起了炊烟，芳子家的屋顶也飘浮起了炊烟……我看见娘出来了，去抱柴。我知道，娘也准备做饭了，我家的屋顶马上也会飘浮起炊烟了，袅袅一缕直升天空，和黄记他们家一样的。我很高兴，就使劲喊道："娘，做啥饭？"

娘抬起头，看着我这边，娘就看到我了，娘说："蒸干饭。"娘的声音穿过淡淡的雾气，仿佛带着油烟的香味，带着湿漉漉的气韵，就飞到了我的耳边，钻入了我的耳朵。我听了，感到很高兴。

牛在细雨中啃着草，缓慢地走着，也很高兴，有时会抬起头，哞地叫上一声，把雨雾划开一道口子，一直延伸过去。羊儿一点儿也不怕下雨，一会儿跑上，一会儿跑下，给坡上和平地绣着白色的花。

一家家的炊烟起来时，青瓦上的淡蓝色的烟雾就更浓了，慢慢地润开，慢慢地相互渗透着，远远看去，呈现一片淡淡的蓝色，一会儿有一会儿又不见了影儿。

蓝色里有我的家，我的青瓦房子。

蓝色里有我的娘，和娘做的喷香的饭菜。

在那一片蓝色里，更多地凝结着我无论如何也化不开的乡愁，还有乡思，一直到今天都飘浮着，只不过不再飘浮在青瓦房顶和小村，而是飘浮在我的心里罢了。

3

春天和秋天的雨丝都很细，也都很软，如果没有天气做背景，是很难区别的。它们唯一的区别是，春天的雨丝不凉，秋天的有些凉沁沁的。春天的雨丝落在人的脸上，只有微微的潮意，就如微微的吻，带着一种滋润，一种轻盈；秋天的雨丝有点蜇人，飞在脸上，就那么轻轻地蜇一下，再蜇一下。可是，无论春雨和秋雨，飞落在青瓦上，都是一样的情形，青瓦就湿润了，就更蓝更灰了，只不过不再是苍老的蓝灰色，是一种清新的蓝灰色，好像吸饱了雨水，好像有生命向外流溢一般。

春季屋顶的烟雾要淡一点儿，要浅一点儿，如昨晚上的梦，若有若无的，在记忆里停留着，却看不见，也摸不着。至于秋季的雾，就要浓一点儿——只是浓一点儿，就如多喝了一杯酒的醉意，淡淡的，不太明显。

春季的雾气，总是爱缠绕着花草，缠绕着树木。雾气散后，草木花朵就显得格外清鲜，格外地水嫩。

秋季的雾四处飘拂着，有时甚至和远山的雾气一起交织着，就笼罩着远山，笼罩着近处的河流，还有人的咳嗽声。远处的红叶林中，张叔在犁地，张叔喊牛的声音，透过雾气远远地传来：“哦——到边！”那个“哦”字拉得长长的，野野的，如唱山歌一样，从雾气里钻出来，拐着弯儿钻过雾气的缝隙，钻进我的耳朵，钻入我的心中。那一声叫声，仿佛也把雾气钻了一个洞，阳光就流洒下来，将雾气照得一片沸腾，一片飘摇。

雾气散了，青瓦小村又露出来了。太阳照在瓦上，照在白白的墙上，照在门前挂着的红辣椒串上，照在树干上挂着的玉米棒上，照在晒着的金黄的稻子上，照着空旷的院子，有几只鸡扭动着肥胖的身子，在院子里跑过，咯咯嘎嘎的，好像去欢迎谁的样子。狗也一跃而起，汪地叫了一声，没有人理，觉得叫得没意思，又委屈地卧下，打着懒洋洋的鼾声。

当薄薄的雾气散后，是小村最干净的时候，如谁蘸着水擦拭过一般，一尘不染。

那时，我的心也干干净净的，就如秋日小村的天空，如小村外面的河水，里面只装着一个小村，和一片青瓦，还有一片笑声。

4

夏季的时候，有时放牛，我们站在山顶上，就会看到一朵云偷偷地从山顶那边悄悄地冒出来，就如一个贼一样，悄无声息的。慢慢地，云就变得厚了黑了，就凝成一团，黑压压的如一支黑盔黑甲的军队带着烟尘一路滚过来，还有闪电，还有雷声，万马奔腾，势不可挡。我们站在山顶，如鹅一样伸着脖子傻望着。娘的喊声在小村里隐约地响起，在风的托扶下慢慢飘上来，飘到我们的脚下，动荡起伏："下雨了，快回来哦。"

我们愣愣，答应一声，好像猛然醒悟了似的，就吆喝着牛向小村跑去。

山脊上，一点点的人影如蚂蚁，一点点牛的影子也如蚂蚁，还有山歌，如一丝花线一样隐约着飘下来，随着风没有方向地乱飘，一会儿东一会儿西："太阳太阳光光，把牛赶到山上。山上没草，把牛赶到沟垴。沟垴响雷，把牛赶着就回。"我们赶着牛羊，急急忙忙的，前脚刚到家里，后面的雨脚唰地一下白亮亮地就到了，很玄的，几乎踩着我们的脚跟，将我们撞一个踉跄。

那一刻，天地一片白亮亮的，弥漫着雨声和水汽。整个小村也是白亮亮中水蒙蒙一片，弥漫着水汽和水晕。

远处人家的屋顶上，青瓦上跳跃着水花，浮荡着一层白雾蒙蒙的水汽。近处人家的屋檐上，雨水白亮亮地流下来，哗啦哗啦的，和阶沿下的水连起来，成了一条晶亮的线。阶沿下的水就鼓着一个个圈儿，就如相思中的女孩，噘着红润的唇，和上面落下的水在接吻呢，啵、啵、啵、啵……

屋顶上，雨声噼里啪啦的，如谁将一簸箕又一簸箕的黄豆倒下，落在青瓦上，响声有着一种圆润，一种流畅。但是，家家户户绝对没有漏雨的现象，因为青瓦很整齐，衔接得很紧密啊，雨水咋能漏下来？慢慢地，响声小了，远处的雨色也细薄了，阶沿下的鼓起的水花也小了，屋檐的流水好像失去了激情了，也慢慢小了。对面人家从雨中露出来，青瓦房顶一片洁净。

云慢慢开了，雨也停了。

太阳照出来，照得水意迷蒙的青瓦更湿，更新，更齐整。照在黄记家的西墙上，一片艳红色，如葡萄酒的颜色。爹走出来抬起头看看天说："明天是一个大晴天。"我问为啥。爹说太阳返照啊。爹能看天气，看看太阳，看看月亮，就知道明天是啥天气，可是，我看了很久，啥也没有看出来。我很佩服爹，很佩服村里的老人，眼睛真毒。

太阳落了，红霞满天，红色中还有紫灰色，还有茄子紫，还有葡萄紫，还有玉石紫……很多紫色，一直铺到了天边，铺到我的想象之外。

青瓦上，也落着一片霞光。

小村当然也淹没在一片红色和紫色的光晕中，慢慢暗下来。远处回家的人影也披着一片霞光，一路走向暮色里，走向乡村的青瓦粉墙的家里，走向一片暮色的温馨中。

他们真幸福，梦里，大概也是一片温馨吧。

只是，我的梦今夜该落脚在哪一处小村，哪一处青瓦粉墙中呢？

原载《乡村振兴》2021 年第 4 期

春天回故乡播种［外三章］

孙功俊

怎样才能完成，贴紧热身子的那种靠近。

怎样才能完成，那种对土地的真实承诺。

在名叫故乡的那片土地上，在春天的乡间，唯一只能看见，那些还没来得及定义的情节，小鸟一样，在没有主张的田间地角栖落。

亲近故乡，亲近农业。

我弯腰播种的姿势，已经不再优美；那些曾经歌颂千年的诗篇，已经不再优美。而离家外出的兄弟们，依旧思乡在同一个夜晚。伸出去的双手，既然没有握住什么，也就忘记了收回。

春天，回故乡播种。

当我再一次把手伸进生疏的农事，却倍感泥土还是那么的亲切和温暖。

父亲的春天

春风还没剪出柳絮，父亲就开始筛选谷种了。

黄灿灿的种子，全都婴儿似的躺着。父亲抚摩谷种，就像是在抚摩自家的孩子，满脸微笑。

竹筛一张一扬，那些劣质的谷粒纷纷落下。

父亲熟知农业的秘诀。他说：“不是所有的谷都能播种，不是所有的种都能发芽！”春光里，父亲的影子和谷种紧紧贴在一起。

于是，养精蓄锐的谷种整装待发。

跟着积雪融化的声音上路。

跟着犁铧嚓嚓的声音上路。

我的父亲，伸出的双手不曾停歇，农业的画册在面前展开。

父亲在春天选下一个希望，日子就有了喜悦和芬芳。

墙上挂着一把锄

墙上挂着一把锄，身影逐渐斑驳，诸多的陈年往事锈进了锄刃里。

所有的经过都有记忆，一把锄也不例外。

那些锄过的杂草，锈进曾经的梦里；那些大豆、花生、芝麻、红薯经过的夏天，锈进远处的风景；那些春天飞起的柳丝，锈进旧时的斑斓。

父亲已经走远，荷锄人无法从时空中折返。

挂在墙上的那把锄，只能木然地看着自己锈迹斑斑。

出门打工

离开家园，以另一种姿势生活。

我的乡亲们纷纷走进了城市，以握锄的手叩响都市。

泥，歌唱出树的风格。仰俯之间，学尽城市的风流恣肆。

城市缺水少土，习惯水土生活的根须重新绊紧。我的乡亲们，一出生就在咸苦中浸浴，在城市活得豪迈而艰辛。

我就是当年走出的那个，经不住根的思念，趁着暮色我独自回家。在穿越故乡的庄稼地时，喊了一声：我回来了。

家园的月光下，庄稼们在一阵风中响成一片。

我听出有个疼痛的声音，那是我年迈的父母。

原载《本溪日报·溪周刊》2021 年 4 月 19 日

故乡，一条涨潮的河流

孙善文

一

这是故乡的一个雨季，河流都长成一束束奔流的光芒。按捺不住的心跳，节节涨潮。

我把影子铺在水面，迎风而行。波光的走向，连着我的眼光，还有思想。

影子流不走，清涤影子的河水却漂走了。

我把伞握在手中。一把没有打开的伞，像微微闭着的眸子，反刍着莫名的忧愁。淡定的雨丝在与我热烈交流。

二

远处。风中。一只飘忽的风筝。它正在田野选择高攀，风雨飘摇。

风筝从河面掠过，它以飞翔的方式表达孩童们的快乐。

这只风筝是我吗？每次行走，都因风儿。

风中长着我的翅膀。每次落下，都像河道上降下的帆。

只有母亲的嘱咐漂浮于视线之上。

三

河道边，站着我的村庄，也站着很多棵树。

一只蜘蛛坐在榕树的高处，一针一线地修补着生活，修补着希望，也修补着未来。

母亲坐在村庄的屋檐下，用同样的手法，纺着毛线，编织时光。

每阵风吹过，河水都像日历一样翻过。今天的一页撕下了，今年的一本撕完了。明年还是这样的一条河流，但已不是今年的流水。

只有牵挂，总在流淌。

四

涨潮，是一份约定。

树枝托过夕阳，山尖顶着白云，河床容纳溪流，村庄生育你我，所有的遇见，或近或远或高或低，皆因有缘。

潮水里总有无数的语言，如花香，每一缕都近在咫尺，却又远在天涯。水波是河流的肋骨，因风而弹拨。

我试图掬起的一朵水花，它却瞬间从指缝隙滑落。手心，只留下一股清凉。

原载《散文诗》2021 年第 5 期（上半月）

马家庄三题

海　韵

再见马家庄

红衫，蓝裙，水墨淡雅。田埂，水流，映衬一格一格的翠色。

走在阡陌间，闪着露珠的绿菜令人着迷。

我是城里偷了时间，溜出来的人，我来见马家庄的姐姐。

手里捧着一万零八百秒，送给我的姐姐，多么寒酸，多么吝啬，多么羞愧！我捧着一万零八百秒，送给经年未见的马家庄，我童年玩耍过的地方，予我快乐的地方，瞧，它一直在。

它一直在，从未离开。

离开的，是我。

……

姐姐派来潺潺流水迎接我，满架的丝瓜迎接我，院里的鲜花迎接我。多么珍贵，多么仁慈，多么美丽！她站在屋檐下，用微笑，用目光迎接我。

马家庄的姐姐，种了五十年的菜。

姐姐的院子，只有两样东西，一样是自然，另一样，是美。

……

马家庄的山被镂开了，它圆润结实的臂膀，露出苍白的疮疤，刺目。被切割下的一粒粒肌肉，铺到城市的中央，白色变成黑色，黑色的，宽敞漂亮的路。

姐姐的院子，种满了花，姐姐的架上，结满了瓜，姐姐的小路，没有洁白的石子，只有憨实的泥土。

望一眼，远处的伤疤，看一眼，脚下的花。

眼里的泪，滑过花瓣，砸向马家庄的土地，只留下浅浅的圆点。

马家庄，它一直都是它。

我，已经不是我。

山上的房子

十三岁的少女，黑发红衫，绿树岩石间穿行，像极了开在山野间的一朵花，一朵奔跑的花。

山上的土地，姐姐的红房子，门前的高粱。红、白、黑点燃村庄，三朵火焰，越燃越烈。

金黄的糯米，艳红的大枣，翠绿的粽叶，姐姐把黑色的瓦盆交给我，黄色的糯米交给我，艳红的大枣交给我，翠绿的粽叶交给我。白皙娇小的手掌伸开，跟随姐姐一起，轻轻地，将大山和村庄，裹进窄小的粽叶。

此时，马家庄，就是全部世界。

粽米飘香。那是山野的气息，走下大山，走进村庄，走进姐姐的心窝窝。

日出日落，月圆月缺。山上的村庄渐渐消瘦，渐渐消失，留下一座红砖黑瓦的房子，守着大山，守着月亮，守着村庄的梦。

山下的世界渐渐丰满，学校、商店、医院、楼房，挨挨挤挤着马家庄，马家庄变得富丽堂皇。

夜晚，山下的灯光，山上的星光，遥遥相望，有时像靠在一起，再看，又分明隔着。

隔着沉默的路。

马家庄的姐姐

姐姐。

大我十八岁的姐姐，八岁时过继给母亲，做了她婶娘的寄女儿，她比母亲小九岁。十七岁的母亲柔和得像山里的清泉，泉水边的姐姐，温柔地叫她妈妈，映红山花的，是母亲的脸，照亮姐姐的，是母亲喜爱她的心。

姐姐出嫁了，嫁给了马家庄。

马家庄的姐夫陪着姐姐回娘家。母亲做了金灿灿的小米饭，洁白如玉的豆腐菜，热腾腾端上桌。姐姐笑了，眼睛亮晶晶闪着光。母亲问，妮儿，你咋哭了。姐姐答，是妈妈炸的红辣椒，太辣太香。

……

马家庄的姐姐越来越忙。

母亲总在姐姐回家的路边，栽种上牵挂。姐姐看见母亲总弯着眼睛笑，总亲亲热热地叫妈。

马家庄的姐姐，变成了祖母和外婆。

变成祖母和外婆的姐姐，见到母亲的时候，依旧亲亲地叫妈。母亲拉过姐姐左看右看，擦一擦老花眼，那皱纹清晰的脸哟，可不还是她的寄女！多少次花开叶落，头发白了，依旧快乐地喊她妈！

马家庄的姐姐，岁月带走了她的母亲，可她还有一个妈妈。

姐姐想着想着，脸上就笑出一朵花。

原载《当代散文诗报》2021 年第 1 期

会叫的虫子

何小龙

蝉

这个会唱歌的虫子，有过一段在地下爬行的艰难而曲折的经历。

但它并没有放弃寻求光明的渴望，而是在黑暗中，不断摸索，不断突围，终于从洞穴里打开一个缺口，以一棵树为梯，抵达最靠近太阳和月亮的高处，成为歌唱光明的歌手。

有人对它说："你最有资格控诉黑暗！怎么老唱高调呢？"

蝉回答："既然万物向光而生，是光明赋予芸芸众生生存的希望与活力，我何必要唱阴郁的歌，影响大家享受光明的愉快心情呢？"

蟋　蟀

在故乡，村里娃们把蟋蟀叫蛐蛐。

在那个贫困年代，蛐蛐是我们的玩伴——但长大后，我才明白：我们的快乐建立于蛐蛐们的厮杀与痛苦之上。

现在，在异乡平凉，我所居住的小区旁边有一条甘沟河，缺水的甘沟河草木茂盛，一到夏天，便会听到许多蛐蛐高一声低一声地叫。

很多时候，我会伫立河边，让在月光里涨潮的蛐蛐叫声淹没我——这时，被岁月尘封于记忆河底的与童年和故乡有关的往事碎片，如同浸在显影液里的底片，被冲洗出清晰的画面……

没有谁注意到：那个在故乡河边、田野里逮蛐蛐的少年，如今已两鬓斑白。

蝈　蝈

夏收时节，农民们收割金灿灿的麦子，孩子们在弥漫麦香的麦地里捕捉身穿绿色马甲的蝈蝈。

听到动静的蝈蝈，用沉默躲避靠近的危险。但孩子们更聪明，他们只需敛声屏息听一听风拂麦穗的沙沙声，这些隐藏的蝈蝈，就会被它们复又发出的叫声暴露了所处位置。

孩子们把抓获的蝈蝈，装在用麦秸秆编织的笼子里。

刚才还是乡间歌手，突然就变成囚徒——蝈蝈们绝对不会想到：与它们耳鬓厮磨的麦子，竟充当了镣铐和枷锁，让它们情何以堪？

命运，转瞬间被一双手改变。

于是，抒发快乐的歌声，变成了含泪的控诉，一声声，像锯子锯着铁窗上的铁条……

原载《星星·散文诗》2021年第4期

月河古镇，一页爱的诗笺［组章］

王纪金

1

一直以来，月河古镇不慌不忙，静立于嘉兴一隅，像个文静的绣女，绣一幅永远也完不成的爱之图卷。月河的水，弯弯绕绕，像一支绵长的小夜曲。时光的景深，慢慢拉长。白墙黛瓦，水墨写意；小桥卧波，绿水浮楼。

石径兜兜转转，像一个说书人，讲述着江南水乡迷离的章节，让人欲罢不能，走进下一回故事。每一次视觉的变换，古镇都装帧出迥异的风情；每一个转角处，都伏笔着动人的细节，让人不经意间，闯入新鲜的一页。

2

我的脚步，追随妻子的脚步；我的身影，重叠她的身影。婚后十余年，我们似乎第一次这么依偎着，做长时间的散步。脚步很抒情，目光很从容。在月河古镇，我们不仅阅读风景，更欣喜地阅读全新的彼此。对爱情疲倦的我们，脸上漾起一缕风，带着月河拂来的，青春的水汽。

在月河古镇，妻子的新鲜，燃点很低。每一栋枕水的房屋，每一条弄堂，每一个转角，每一爿小店，每一座小桥，她都要为它们配上别致的造型。我们挥霍了许多时间，丰满微信朋友圈。

3

爱情在婚姻里，就像油盐泡的酱醋茶，这一杯茶，有点酸，有点咸。刀铲锅盆，全副武装着她，葱姜粉面，并不含春。妻子总是嗔怪，油烟涂改了她的容颜。而其实，她的大嗓门长了锋利的指甲，将爱的浪漫，划得伤痕累累。平日，我总恼恨她让成堆的化妆品怀才不遇，身上飘浮烟火味；我总抱怨，生活中的风雨，多来自家庭，来自她，真的，她的唠叨，总是一点就着。

平日，不愿跟她逛街，因为在打折的服装店里，她就像忙碌的蜜蜂，采来采去。我希望有精美的服饰装扮她，和她为数不多的青春。她却说，衣服打折，美不打折；她还说，居家过日子，能省则省。我的耐性，比一根烟的燃烧，还短。她圆睁杏眼，我似乎听见“子弹上膛”的声音，慌忙缴械投降。

4

如今，泡在月河古镇的慢生活里，我长出了像月河水一样绵长的耐性。我的脑海里，创意的小舟千帆竞发，为妻子设计出无数种搭配风景的造型。

曲折逼仄的小巷，石径灰青，远处飞檐翘角，黛瓦交错；近处白墙剥蚀，青苔蔓布。妻子撑一只印花小伞，款款走来，一袭红艳的长裙，燃烧着爱的火焰。她的美丽，为这条质朴的小巷，涂上了靓丽的唇彩；她的笑很温柔，声音里开满了，一树一树的桃花。我不停地调焦，忙碌地卡快门，将美丽的爱拓印在心灵的底片上。

5

霓虹光线，统治着古镇的夜晚，风从水面出发，布施凉爽。背包客们，更加密集地谈笑风生，慢悠悠地走着，不为赶路，只为让眼睛与夜色缠绵，孕育回忆。

坐在酒吧里，缱绻的歌声如水，流淌在每一个角落。妻子红红的唇，像打开的花朵，方便缕缕酒香，进进出出。她举杯的姿势，知性而优雅，身上的茉莉花香，黏住我的心。月影轻摇不系的乌篷船，石拱桥与水面，合璧成圆。目光抚摩雕镂的门窗，脚步轻叩闲散的月光。

面对美食，我们的嘴巴，任劳任怨；对于烧烤、臭豆腐的诱惑，毫无抵抗力。特产小店里，味蕾获得了满意的刺激，手不能闲着，粽子、酱鸭、糕点统统拿下，一如当年恋爱时，我走在妻子身后，拎着大包小包。

6

不知何时，爱的激情退潮，裸露的沙滩狼藉不堪。我们在名利的大道上，奔跑，疲累挤压着远方与诗意，抽空爱情空间的甜言蜜语。我们经常将共度的闲暇，装进手机里，辐射出一屋子的沉静。我们书写爱的笔力太差，写着写着，就跑题成指责与争吵。

如今，在月河古镇，久违的爱情感动重新驻扎我们心中。月河的风景为她而生，亦为我而来。不，这不仅是风景，更是一种生活，从容，娴静。在这片风景中，我们发现了全新的彼此，我们找回了爱情最初的模样。爱是石拱桥下影，一生仅够爱一人。其实，每一个质朴的日子，都潜伏爱的诗意，和新鲜的感动。

原载《河南文学》2021 年第 9 期

月记窑火

彭新国

一座窑，一座无数次在心中默念过的窑，一座静静俯卧于日山与月山间的瓷窑，一座柴火熊熊燃烧了四百多年的古龙窑。

在一个深秋微凉的午后。久久地，久久地徘徊于古窑前，若秋空里一片孤独的云彩。

一座闽南山村曾随处可见的柴烧窑，蓬面素颜，简陋寒碜。

几排柱子，一溜黛瓦，擎起一片独立的天地，遮蔽了阳光也阻挡住风雨。

瓦棚下，粗泥巴与黏土砖垒砌起的拱形窑体，坚固而厚实。窑身落满厚厚的柴灰与尘埃，刻着时光的斑驳和历史的沧桑。窑边，无数列队等待燃烧的木柴，高高低低，短短长长，延展成一段峥嵘的岁月。

侧身钻入狭长逼仄的窑体，遁入另一个陌生而隐秘的世界。仿佛穿越一段原始的时光隧道，在忽明忽暗的光影中，记忆已然隐退，呼吸渐渐沉重，目光茫然，时光似乎从此凝固。

午后的阳光，从窑眼斜射进来，焦黑的窑壁发出琉璃般耀眼的光泽，仿佛无数先人的目光在逼视着我们，那是火与土最热烈的亲吻与拥抱留下的烙印。

柴烧，千百年来人类赋予泥土灵魂庄严而神圣的礼仪。那火焰日复一日地舔舐，或温柔或狂野，风干的泥坯，在火中或迎合或挣扎，逐渐地脱胎换骨，幻化出神奇，涅槃成了光彩夺目的青花与白瓷。

这片神奇的土地，无数熊熊的窑火，映红了大半个山城的天空；这袅袅的柴烟，串联起跨越千年的历史，勾起你我多少怀古的幽思。

抚摩着遗弃在窑边似乎还带有历史温度的老瓷片，西周原始青瓷的质朴与厚实，宋元青花的丰富与精美，明清白瓷的温润与通透，从历史的深处走来。

千百年来，窑工、村夫、商贾、旅人……多少人来啦，又多少人走了。

岁月不曾留住你我匆忙的脚步，更不会刻意记住任何一个陌生的名字。

但是从这些窑里经过烈火淬炼过的白瓷与青花，手提、肩挑、背驮，沿着瓷帮古道，走走停停、停停走走，一路向南，来到了古老的刺桐港，追随远航的福船乘风破浪，驶出泉州湾，驶出南海，驶过太平洋，驶进亚丁湾，走入多少王公贵族的餐桌，走进无数金碧辉煌的博物馆。

四百载窑火不灭，薪火相传；四百年坚守传统，初心不忘。这座潜伏于山间的龙窑，一位沉默睿智的老者，创造了奇迹，见证了历史，也将续写新的时代篇章。

柴烟袅袅，瓷韵悠悠。历史不曾遗漏这段褪色的时光，终究铭刻下这些落寞的窑口，也记录下这里曾经精彩的故事。

月记窑火，燃起了所有朝圣者心中的激情，燃起了窑工生活的全部希望，燃起了一座山城温暖的历史，更燃起一条海上丝路的灿烂与辉煌。

原载《泉州文学》2021 年第 6 期

第五辑

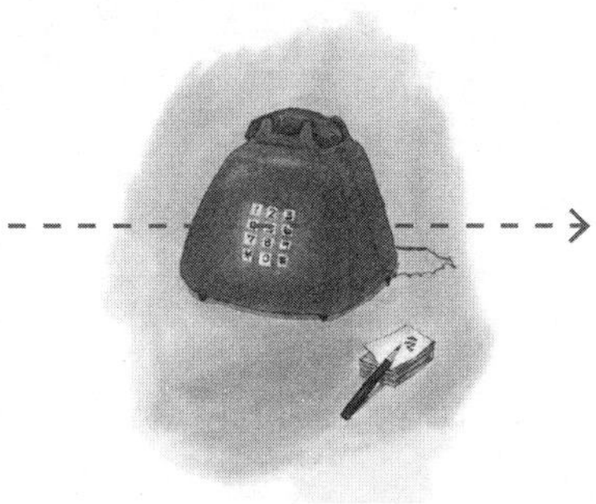

西域，我的灵魂放养辽阔［组章］

张新平

那沓经卷

极其小心地抬起头，看到了那张透蓝辽阔的脸。

布满阳光的历史天空。飘过几朵魂魄，还有温故知新的云，光芒散发在一页页纸的丛林。

一座沉默寡言的丹山。横亘在旷世里，怀揣好多花开花落的季节，不用摆渡也能触摸着纯熟的影。

那片空达的明亮，撩动心有归宿的战栗。

明亮的大漠色彩。被时差颠倒着，远离思想的雨露，甘愿安静地衬托，倾听苦难流逝的声音。

明白某页：一切皆空，空生万物，莫想死后留名。

那片戈壁

无岸，渗透了这片宽度与深度。

青铜色的甲壳虫，爬出了匿名的广阔。一点渴望，还在喘着气，何去何从？

雨露断了源头。一切偏爱死，放纵万丈凄楚。

一匹自由的狼，梦想撒个壮烈的野。与行尸走肉为伍，有什么可怕？

旋风刮起来。掀翻了丝裙和面纱，一洼清白被撕破。

马被惊跑了。淑女瘫倒宽阔里，梦见一地花团锦簇，弥漫着烈酒的味。

那顶毡房

坐标洪荒，想象在攀升，不由自主。

忽然。女人缭绕的笑声中，飞出一只野鸽子，头也不回。

昆仑山之水，渗透蜿蜒的溪。丁香花开，膨胀了石榴乳房，从体内涌起一种奔涌的声音？

浮世三千，纵情在干枯的峡谷，红柳疯长。

干雷响过后，云雾在自由沸腾。留下湿漉的羞涩，还有尝鲜的舌头，两根中指还勾得好紧。

羊水意外破了。敞开门吧，与宿命去私奔。

那座孤城

王者之墙，有的是石头刻的，有的是泥巴捏的。

终久不堪一击，倒在木乃伊的身边。

死去的魂魄附身，预留的火山口，似睡非睡。

低语的秃鹫，盯上了驼峰的遗骨，好一个画饼充饥？

那缕孤烟，相送叠叠纠结的脚印，还是找不到安顿之所。

百万年的坚强，在沙尘暴里磨来磨去，再硬也心软。

虽死犹生。那垄干涩的虚荣，还在穿扬万顷壮阔。

那条枯河

水不在了，还有那片史前的蓝，躺在宽绰里。

喇嘛庙的枝丫上，每升天一个魂，仿佛一场狂欢。死，银杏一样飘落。

曾经少年的波，不小心吹皱苍茫，蜕变了本色。

一片陶土掩埋一波忧郁。落魄的大苦大难，灌溉着那夜狭隘的黑暗。

跳过奄奄一息的裂缝，生死在这里相峙。

揣着一枚鸟蛋，梦想一汪泥泞，孵化出祖先的影子，与又一轮悲欢合流。

那荡芦苇

一张床深藏广袤里，为爱而扎根。

樱桃与酒，徜徉一汪柔软里，神色有点野。

蝴蝶。天象。鼾声。趁机破茧而出，零拘谨。

一摊灵与骸在重叠，直至盘根错节。

那片开天辟地的芦花，十万里季风吹不谢。

难得落入尘世。安静得不可思议，却蕴积八方风流。

原载微信公众号“潮头文学”2021年8月12日

马语者［组章］

关福财

岩画里的马

卸下肉体和风尘的辎重，只留下生命极简而倔强的轮廓，形销而骨立。凝练的线条勾勒出马向前奔跑的姿态，驱赶着大小不一的石头，走出生死的宿命，放牧着时光的浩荡。

每一块石头都是岁月需要迈过的或高或矮的门槛，但所有的疾驰拒绝石头的牵绊，奔驰的马指引着时间的走向。受困于石头的是后来者卑微而迷茫的目光，读不懂那清癯背后筋骨的硬朗。

石头拾起轻重不一的蹄声作为自己的心跳，打开通往心灵的暗道。在这样一块石头的面前，思想的出口宛如时光的窄门，只允许牵出一匹马，表达对于山峰的仰慕、对于崇高的洞见。天地悠悠，从未走散的是生命对岁月许下的诺言。

石头上的这一匹匹瘦马，丰满了脚下的那条野径对远方无限的遐想。

曾经的牧场成了如今岁月的故乡。

琴声里的马

夜色轻抚灯火，又慢慢咀嚼出音乐厅里一个人的寂寞。马蹄正划开夜色敲打高原，隐隐作痛的，是危楼顶上那低矮的天空。

皎洁的月光、跳跃的篝火、蔚蓝的湖泊，都成为马头琴浑厚、苍凉而遥远的底色。坐在千里之外，依然能够聆听到那低沉的嘶鸣里坚守的执着。

生活被一点点打磨，厚积的老茧一层层包裹心灵深处的柔弱。请将沉淀于马儿眸子里的无边孤独给我，让我捧起这浩大填充时光的虚无和空阔。

喧嚣过后驰掠琴弦的蹄音应是一阕最舒缓、最深沉的尾声，留下绵长而悠远的背影，唤醒仰望星斗时泪光的闪烁。

平凡而浮躁的日子里，真的需要一匹具有诗意的骏马，载着流光中的羁旅走出内心的荒漠。

梦境里的马

让梦里的马回归草原深处，回归每一棵小草的根部，重新寻觅生命辽阔的起点。

土地竟如此恩重。

草原是马走不出的根，马是草原离不开的魂。

拴马桩依旧伫立，等候远去的那匹白马，套马杆撑开的是无数个握不住的风。风，本无形。只是翻阅季节，誊抄记录草木枯荣。

马的语言是嘶鸣，更是驰骋。用奔跑捍卫作为草原的图腾，内心崇拜的是马背上不惧摔打永不认输的人生。

每一匹马都是草原的一条河流，河面上流淌着英雄的传说和时光粼粼的倒影。

清除心野里所有设防的围栏，等待一匹马驰过牧场、穿越梦境，溅起露珠怀抱里的黎明。

今天我要早起，提醒立在高坡上的马儿，带上月光回家。

原载《散文诗》2020年第11期

甘南，甘南

陈　昌

雨

甘南的雨像乡下的邻居，只要没事，一天总要光顾好几次的。有这样重情义的邻居为伴，真是快乐。若雨某一天没来，心里反倒有点不自然，就忍不住嘀咕：今天怎么没见人影啊，莫非它出了远门或到别处忙去了？

甘南的雨快言快语，从不藏着掖着。想说什么就说什么，想怎样说就怎样说。反正是知根知底的老邻居，若不这样，反倒有点见外。

甘南的雨下起来雨点繁密，紧凑，节奏快。

甘南的雨说话时很少打底稿，更不思前谋后，或把话在肚里转了几个弯弯才说。从这点来说，甘南的雨更像诗歌，喜欢即兴，喜欢把心交出去。甘南的雨，让人喜爱，让人一眼就记住了它。

甘南的雨下起来时，路上少打伞的人，少匆忙躲避的人。这好比面对熟悉的邻居，时时敞着大门要欢迎一样。若把门掩了或紧闭着，不是欢迎邻居的态度。

云

甘南雨多云也多，反过来，也可以说成云多雨也多。也或者说，它们是草原上形影不离的一对孪生姐妹。

甘南的云铺满天空时，雨就紧接着来了。也或者说，云是先行军，之后便是紧跟着的雨。

有云便有雨。甘南的云真诚、实在，说一是一，让人信服、喜欢。在山坡稍高的地方，每天都住满了云的大队人马。那儿，好像是云的驿站，飘泊而来的云一到这儿，总喜欢歇歇脚，或干脆就住在这儿不走了。

每天，望着那些大堆大堆的云，总给人一种丰收满满、仓廪盈实的感觉。那些山头，看上去像一个个聚宝盆。云就盛在那些聚宝盆里，想用多少就用多少，想怎么用就怎么用，反正今天用完了，明天还会补充更多的进来。想想，这是不是一种富足和幸福！

如同人的富足和幸福流露在脸上一样，甘南的幸福和富足是写在云上的。它不遮掩，也不怕人惦记，你想看多久也行，你怎么热爱也行。那么多的云，让人感觉踏实，让人感觉满眼都是希望和美好。

甘南的云，只要碰在一起，便是无话不谈的朋友。它们和着风的节奏，或拥抱或手拉着手跳着锅庄。甘南的云最懂生活，也最热爱生活。

甘南是富足的，因有那么多的云；甘南的富足是抬头可见的，只要望望那么多的云。

花

草原上的花太多了，即便一辈子身在甘南，即便是知识最渊博的植物学家，也很难一一叫出各种花的名字。

叫不出就不叫了，那就都叫作花吧。草原上的花正如星星，那么多的星星，谁又能一一叫得过来呢。

草原上的花会走路，常走到哪开到哪，或边走边开。低洼处有，小山包上有。而更多的花呢，则喜欢在草地上走。花和人一样，大多都喜欢走平坦的路。

那些牛羊，还有马，它们都喜欢跟着花走，花走哪，它们就跟到哪。草原上花的路，就是牛羊的路。牛羊从不怕迷失方向，因为有花在前面给它们指路。一辈子，草原上的牛羊把花当成了最可信任的朋友。

红花还需绿叶扶，说的是草原以外的花。草原上的花，常把自己变得很小、很小。它们认为，草原草原，当然以草为主。在它们心中，草才是草原的主人，草才是草原的王，它们才不愿喧宾夺主呢。

草原上的花大多隐在草中，常给人一种不经意和意外感。在草原上走多久都不会感到累，不会感到厌倦，那些花，时不时让你感到精神一振，或眼前一亮。那些花，是给常年或长途在草原上的人来“醒神”的。因它们，你常感觉看不够草原，觉得草原就像一个善变的万花筒似的。

草原上的人不养花，花都养在草原上，或者说，花都交给草原养了。草原上的人乐意把什么都交给草原，比如牛啊，羊啊，马啊，甚至心甘情愿地把自己也交给草原。

草

在草原上，除了草，还是草。你前后是草，左右是草，山坡乃至山的更高处也是草。或者说，不管你走到哪儿都是走在草上，也或者说，比你脚步更远的是草。

在草原上，草渺小而博大，你博大而渺小。

一方草原养一方人。在草原上，人、草、牛、马、蝴蝶、鸟、青蛙……它们都是草原的儿女，看着它们相亲相爱，是草原的知足和幸福。

草原上的草们热情，好客。锅庄，是它们迎接和接纳远行者的最高礼仪。先是一棵、两棵，而后更多的草们都加入锅庄的行列里来了。它们和着风的乐曲，挽手，俯身……草原，是草们跳出的最大最好看的锅庄。

草原上的草随处可见，它们虽普通但伟大。让牛们羊们长高长壮实，是草原上草的快乐和意义；或坐或躺或睡，是草原上的人们发自内心的爱草的方式。

牛羊在吃草的同时，也在用它们的双唇一遍遍地亲吻着草原。牛们羊们不擅长言语，一辈子，它们只习惯用亲吻的方式来表达对草原和草的爱恋。

越成熟，越谦卑，这说的是草原上的草的品格。草原上的草在年老时，总喜欢如沉甸甸的麦穗般那样弯腰低头，那是它们在向毕生养育它们的草原致敬！

原载《甘肃日报》（百花版）2021 年 3 月 16 日

在苍茫的河西古道且行且歌

舒 媛

一、古凉州的额头堆叠无数的历史烟云

走过乌鞘岭，抖落一身马牙雪山的寒意，却抖不落萦绕于心的华藏寺的诵经声。远去了蓝天上的黑鹰和白云，远去了草原上的绿浪和白牛。陪我进入凉州的是盛夏飞雪的别情，放马河川的情歌，还有浸染了油菜花芬芳的香甜的梦境。

耳畔响起黑松驿的羌笛声碎和古浪峡的林海松涛，我就知道足下土地——是梦里呼唤了千万遍的圣地凉州。

这时候挂满水晶般葡萄的凉州，一如少妇诱惑般的衣裙，摇曳在一望无际的绿洲平原。耳畔又想起西汉的马鸣，东晋的驼铃和盛唐的剑风，还有明清商队的铜号呜咽在黄河北岸的古驿雄关。

于是三套车的香味弥漫在店前路旁，温暖旅途中的疲惫，填满离家的失落。一杯荡气回肠的葡萄美酒，激起东渡黄河西出阳关的纵横无羁。

看见了文庙的古朴肃穆，看见了马超龙雀的潇洒灵动，看见了西夏古碑历尽烟雨的沧桑，看见了古凉州的额头堆叠无数的历史烟云。

东来西去的风，西去东来的人流，诉说村郭城舍宛如绿色屏障，一如阻挡腾腾格里风沙的屏障。这里的蓝天白云，从此忘记了漫天席卷的狂风和尘沙的模样。

二、金川峡流传着骊轩国的草长莺飞

翻越美丽的焉支山，才开始真正的西行。

进入沃野千里的山丹牧场，骊轩古国的遗址上传来古罗马军队的哀鸣，万年的雪峰俯瞰云庄辅翠。但见柳池皓月，把江南一样的婉约镶嵌在古楼的钟声里，唤醒一河芦苇，半城塔影。金川峡流传着骊轩国的草长莺飞，在江南一样柔和的风声里，隐约传来马队的嘶鸣，猎枪的激烈，芳草萋萋，土冢累累。

在河西堡，是否真有名为河西的坞堡？

我迷茫的眼神里却只有河西苍凉的山梁。有一些低鸣的旋风诉说着悲壮的故事。

长城的烽燧在风中屹立，以千年的沉默姿态，见证霍去病征战河西的豪情。就像历史以来无数次的征战厮杀都随风而去，唯有这山山水水依然流淌着家园的安逸与故土的温情。

沿着沧桑的长城且行且歌，大马营的草地铺开了千军万马的奔腾，风声中隐约传来匈奴可汗依旧豪迈威武的挥剑高歌。

千嶂叠翠的焉支山低吟李太白“花月醉雕鞍”的豪情恣意，祁连冰峰也以亘古的横卧之姿遥望妖娆多姿的塞上田园。

千里沃野在此繁衍良驹，山丹马在马莲花湛蓝的诗意画卷里驰骋，胸怀戈壁的苍茫，目尽森林的苍翠，徜徉冷龙岭北麓的旖旎风光，守护英灵不灭的“试剑石”。

牧马人的套马杆套住了日月，套住了温润的家园恋歌，套住了漫山遍野的牧草无际，神鹰的盘旋昭示着生生不息的忠勇史话。

三、历史总以朴素的方式流传古老的誓言

西来的风东去的云，带着悠然的心飘落在弱水河畔。祁连山的冰川瀑流浇灌出桑林质地的丰腴，扁都口屹立的巅峰抵挡了青藏高原的季风，这里的万里沃野宛如江南锦绣之色，构成塞上鱼米之乡。

张国臂掖，以大胸襟包揽了古甘州的优美风光和人文景观，黑水国的彩陶闪烁历史的悠久，丹霞的神奇使旷野地势气势磅礴，湿地的滋润是平地分光的

恬然闲适。

北凉一曲龟兹乐，盛唐边塞曲，盛唐一出霓裳舞，舞尽古郡张掖的繁华。

唱几声甘州曲子吧，饮一口裕固米酒吧，谁能道尽遍地分光。

塞上风韵？马蹄寺的钟声伴着西域胡商的驼队，驼铃声声，沉沉西去。历史总以朴素的方式流传古老的誓言，除了古战场的遗迹，我什么都看不见。

骆驼城在西风无语懵立，在纯净的秋夜里只有长城烽燧上空的星光。沙枣花的香气却依然弥漫，古道边依旧是阵阵雁鸣下的芨芨草，与高山草甸连亘一线，蔓延无边。

风光尚未看尽，旖旎隐入苍茫，梦境仍在蔓延。西去的赶路人又经过了清水镇，又走向了嘉峪关……

原载《张掖日报》2021 年 7 月 9 日

西域手印［组章］

王信国

梦境草原

干裂的木头，站成时光的方阵。远处的雪山，与近处的草木对视。

不是雪山冷酷，而是草木以火的名义，让冬天的雪，推迟行程。栅栏里的羊群，与木头相互依偎着，想象禁锢的自由和自由的禁锢。一些话，只能通过交头接耳，才能彼此相信。

这是西域的正午，草木被阳光按住头颅，低头，只是暂时的对策。

六月的草原，西风，举着火焰，驱赶聚在明处的羊群。而躺在暗处的我，头枕牧鞭，梦见弯弓射伤的一只鹿，向我讨要出路。

我知道，它有未断奶的孩子，可我来不及答应它，一切结束了。

梦醒后，我怀抱一支牧羊鞭，泪流满面。

回过头，栅栏里的羊群望着我，像与我相依为命的家人。

低下头，梦境的那只鹿，还在等我。

红柳，在天山脚下燃烧

这是燃烧的时光。火光，来自红柳的血性。

天山脚下，死寂吞噬着阴晴圆缺的季节，雪山作证。在白天和夜晚的临界，一只红蚂蚁背负燃烧的宿命，游走天涯。

醉酒的夕阳，在火焰里，搜寻被风吹落的记忆。

燃烧，让我的骨骼在深夜咯咯作响。这是红柳的舞蹈，在天山脚下，只要红柳和火焰站在一起，才能锻造金子一样的时光。

这一刻，我多想站成一面红色的旗帜，在风刮过胸膛时，让我的死亡，为红柳开启的重生之门，把曾经的坚韧和执着，归还万物。

天山脚下，铺天盖地燃烧的红柳，像一次生命轮回的盛典。

与西风站在一起，我吆喝夕阳，为热血沸腾的火焰让路。

一只蚂蚁的西域

一路戈壁石，阻挡不住西行的脚步。

呼吸急促，心跳加快。沙风刮过胸膛后，骨骼隐隐作痛。向前再向前，步伐在速度中东倒西歪。

在西域，越过一个地平线，有更多地平线横亘前方。到处堆积着火焰的化身，到处都是风干的时光之壳。裸露的石头，枯死的植物，动物的骨头随处可见。

河流逃离河床，阳光患了抑郁症。

时光的最低处，一只蚂蚁打破沉寂。我看见，它匆匆的步伐，像商人、像猎人、像出访的学者，更像失去亲人的孤儿。

其实，它什么都不像，它像复活的时光，在一个人的西域，寻找另一只蚂蚁的经历的时光，寻找上辈子丢失的天性与率真。

一只红蚂蚁的西域，我看见，万物轮回的写真，在岩画上脉动。

在西域，雪山很近

在西域，雪山那么近。

近得可以聆听到，彼此的呼吸；近得可以看见，彼此心灵的颜色。

这是西域的景致，这也是西域的荣光和伤痛。天空之上，舒展的云，驮着彼此的身世，往雪山迁徙，往雪山搬运一只雄鹰的图腾。

我知道，我已经和雪山融在一起。甚至在多年以前，我已经是雪山的一部分。用洁净和旷达的心境，抚慰在一场雪崩中受伤的时光。

在西域，雪山很近。

在西域，心和心很近。近得聆听到雪莲花的心跳，近得可以拥有千年前错过的爱情，近得忘记尘世的功名利禄。

在西域，以雪山的名义，留下素朴和天真，在寒夜取暖。

大漠之上

邈远，死寂，沙尘，荒漠。

大漠之上，时光呈现的湿地和苍凉，以象形文字的形式繁衍、轮回。曾经让多少马帮、商旅和流浪者步履艰辛、身心憔悴的地带，已随着琴弦上绿洲般起起伏伏的节奏，一去不返。

驼铃撞击远古的回声里，西风，横扫大漠之上的沉寂，去向远方。铁轨，像脉络穿流大漠之上，蓬勃向上的抒情，朝朝暮暮上演。

而纵横的高速路演绎的风流，从未停下。

绿洲铺展的版图上，河流弹奏的交响乐，让一只鹰抖擞辽阔。

大漠之上，散文诗一样隽永时间、空间和随手可触的葳蕤，让曾经的苍凉和谜一样的沉寂，不需要包装与彩排，可以聆听生命绽放的新曲。

大漠之上，记忆与记忆叠加，就是绿洲。

大漠之上，风吹着风奔跑，可以抵达人间天堂。

原载《诗潮》2021 年第 1 期

巴丹吉林诗抄

邢　云

巴丹吉林·沙山与湖泊

一座雄性的沙漠珠峰，一湖温柔的情愫，岁岁年年厮守着，一腔恩恩爱爱的缠绵，一腔戈壁荒漠的涩苦。

日出，便盼着日落，日落，又期待着日出，湖边的芦草，黄了一年又一年。

耳边，尽是游人的脚步，让时间凝固在黄昏。

终日，难得这片刻的静穆，沙山，把清湖紧揽在怀里。

湖泊，轻枕着沙山的胸脯。

无一朵野花，唯有这沙风最解人意，夜夜清扫着游人杂沓的脚印，不给这诗心留一丝尘土。

额日布盖·暮色

浩瀚的大漠戈壁，两条幽深的山谷，两道缥缈的山溪在这里缓缓汇流，构成一片肃穆的圣地，飘忽的暮霭，平添几分神秘，在浩瀚而神秘的巴丹吉林，高昂着头颅拔地而起。

似在长啸，向着祁连山的主峰，向着蹒跚的落日，与远方银白色的雪峰，与近处淡青色的炊烟融为一体，额日布盖不会再沉睡，尽管这里有众多传说的神奇，有众多牧民和游客奉献的虔诚。

此刻，我默默地伫立在静谧的黄昏，只拾起一缕思绪。

沙漠·堰塞湖

天倾西北，坍塌了一汪天池，落在了巴丹吉林沙漠。

天地的激情，从浩瀚的沙漠挤出断想，带着一种颜色，涌向视野。拂动池水的声音，疲惫和爱意一样温馨。

游人以歌者的经历，与你相会。请让我谦恭地跨进图案，沐浴在天池之中，我的心灵长出许多洁白。

当遮阳伞不再为我撑开鲜丽的花朵，天池，为我浇透灵魂，一切欲望在巴丹吉林上奔放。

是天犯的一个辉煌的错误，历史就透过人情自由发展，陡峭沙山池水涌起，万年的沧桑，刻写在缄默的巴丹吉林，让池水纯净清爽，让沙山芳馨四溢，让思想绽露芬芳……

一点一滴进入思维的符号，永远有一种难忘的记忆。

我捧着诗人的睿智，归去。

原载《石嘴山日报》2021 年 5 月 1 日

高原之上［组章］

花　盛

铁匠的马掌

炼铁。打铁。从青年到老年，用铁锤和力量守着“铁”饭碗。

飞溅的火花如晶莹的汗珠，呲的一声，渗进滚烫的铁块里。

锤炼的声音，是银色的马蹄声，穿过月光，落在掌心。

铁匠将它们一一锻造成想象的模样，满心欢喜；赋予它们各自的使命，满怀希望。

多年后，雨夜，我返回草原——

马，越来越少，像我们的梦想，马掌般缩成一个若有若无的黑点；镰刀，被收割机逼进柴房，像我们一样，把自己逼进狭小的空间。还有斧头、镢头、剪刀……这些铁打的身躯，成为一触就碎的日子。

雨滴，敲打着无眠，铁匠敲打着为数不多的日子。

你找出一对马掌，锈迹斑斑，像堆在屋角的布鞋，泥泞坚硬，蛛网丛生。

清　晨

星辰早已隐身，月光不知去向。

一睁眼，就看见山，在远处沉睡。

唯有被风和目光擦拭过的天空，留下浅浅的生活痕迹。

冬日的寒冷，依旧停留在生活的版面，挥之不去。

黎明的曙光，悬在天空，缓慢移动。一定有风正在吹动，你看——

云朵，每天变换的模样，日子般平凡，却在明晰与迷蒙中各不相同。

但这些，正在被钻进窗户的车流声淹没。

刺耳的喇叭声，如一声啸鸣或咳嗽，抑或是一段孤绝而撕裂般的哀号。

在此期间，你迅速而慌乱地拟好又一个活着的计划——

像一个被窜改的词语填充着一扇窗户的两个世界。

牧　人

炊烟是连着大地与天空的道路，但炊烟太过柔软，一触就碎。

山梁是父辈佝偻的脊梁，顶住缓缓滑落的夕阳，但山梁太过坚硬，难以撑住时间的流水。

草木的光泽明暗分明，风的利刃，割不断向上的力量。

你用一条皮鞭，甩出弯曲的生活。牛羊和马匹，在暮霭里归圈。

你用一曲牧歌，抽出孤独的影子。故事和日子，在夜色里隐去。

灯光所及的视野，生活的悲剧晃动如思。一个人的生活，就此被反复暴露。

而此刻，一些事物正从寂静里诞生，挤满狭小的空间。

你像一头疲惫的牛，被牧场上涌动的夜色所包围，陷入黑暗的漩涡，孤绝地反刍无边的冰凉。

大　寒

洮河早已结了冰。

昔日汹涌的浪涛，此刻像驯服的绵羊，在阳光下白得安静，白得落寞。

所有的奔跑，被摁进了土地深处，悄无声息。

所有的语言，凝固成一面镜子，映出你茫然甚至麻木的表情。

所有的抒情，像一个个冰凉的词语，冰封内心本该拥有的热烈和灵动。

一条路牵出的村庄，在冬日里屏声敛息。蹲在墙角下的老人，发丝苍白，午后明澈的阳光难以照亮曾经的青春气息。而高原的风依旧不止，依旧掠夺着他们越来越少的梦想和为数不多的时光。

在洮河边长大，无数浪花般的记忆，皆已冻结在厚厚的冰层里，像一张张发黄的照片在玻璃下，承受着时间的碾压和蒙尘的冰凉。

当你试图将零碎的记忆串成一个故事的时候——

照片上的人正从玻璃下站起来，与你相撞。

眼中隐藏的一丝激动，浪花般跃出冰面，激起你眼中清澈的一声鸟鸣。

原载《诗潮》2021 年第 6 期

黄沙之北，额水之南［组章］

支　禄

雪绒花

河边，栈道上喷喷吐吐的暖雪覆盖茫茫旷野。

灵魂，银子样光芒四射。

在天与地之间，在村庄与河流之间，在沙海和绿洲之间，风铺开的宽阔的大道上奔跑，荒草提着野花的灯笼日日夜夜追着。

一路上以抒情的方式喊话。

骨杆里的雪，花朵上的雪。

似欲飞的翅膀蹲在沙地，以成熟的眼波环顾四野。

阳光撑起的，戈壁风撑起的，在流水唱不完的谣曲里，大麦扶长的茎秆上，灰暗的日子一次又一次被轻轻地举进辽远的蓝天，如今，金灿灿的。顿时，看到北方的亲人弯曲的脊背把白天沉下去的光小心翼翼地捡起挂在芦苇尖尖上。

时光越来越暗；雪越来越亮。

但我始终没有看清亲人的脸。

在云朵低下头的地方。

暖雪，再也无法安静。

雪波浪样无边无际地涌动，一鞭一鞭赶着无数的黄沙上岸。雪和雪赛跑，雪和雪比白，雪重叠在雪上，坐在雪中间就像坐在朵朵白云中间。

仔细一看，一个人早已坐在高高的天上。

树

树疤，一只只树的眼睛，

经历无数的世事沧桑，猛抬头已天高云淡。

树，放眼天下。

天刚亮，一只鹰从遥远的雪山起飞，然后，在树的头顶不停地盘旋，影子落来落去，最终落到树的心上。

树，不由自主地颤抖了几下。

然后，树抬起头，又站稳脚。

看来鹰的影子好重啊！像一座大山。

鹰，更多的时候从树的左眼出来，右眼里飞进去！反反复复地寻找什么？难道树的心里一片花海，一片绿洲，一篮子鸟鸣，一截子雷电，或者一条河流，比额尔齐斯河小，比黄土塬上的花川河大得多。

看来树的心里，一定藏着什么？

鹰，土头土脑的，又从树里出来了。

一翅膀带出叶子，呼啦一声，就顺水走了。

又一翅膀带出花朵，匆匆升上头顶成了云朵。

树的心里一定藏着天大的秘密，风，稍稍一吹，树赶紧想把身子靠一靠。秘密也像大山那样重吗？

在大漠戈壁，看来鹰的日子也不好过。

树，如果能够靠一会儿，就比天还大。

树，没地方靠时，想在人身上靠一靠。

在树的眼里，人，就像一只老木墩。

石　头

山不在高，有石则活；

水不在深，有石则灵。

抬头看到，一方方石头就像一轮轮唐朝赶来的月亮吼唱：“明月出天山，苍茫云海间……”

宽阔的河套里，石头经常雄赳赳气昂昂地走在诗词的平平仄仄里。一沟一沟的石头像天上的月亮在这里集结，为未来的时光来一次冲锋陷阵。

水中，石头很少浑水摸鱼，但经常忙得不亦乐乎！

水浅时，一个个就湿漉漉地爬上岸既不惊天，也不动地，一路上嗅嗅花香，拈拈草的小事情统统留给蜜蜂，方能显示出石头的大度宽容。

水深的时候，石头不停地赶路。

赶到满山满坡大雪纷飞，石头还得不停地往前走。

这是石头的宿命。

大风过后，大地静悄悄。

石头抱着自己，不停地燃烧。

火焰来自内心。

老　庄

高高的台阶，雾气如白纱带飘飞。

时光一动不动，人，却转眼老去。

想起黄土的乡下，此时此刻，沧桑的屋檐下，风中的白发，母亲正捡数金黄的玉米；让风吹散的魂魄，满世界走走停停，不久，云一样赶到老庄。

一把老黄土，埋不住案几上的记忆：

一碗玫瑰茶，化解思念；黄奶酪入口，爽在心头。

大月亮挂在村头，今夜，门前的歪脖子树伸来一只银制的酒碗来接风洗尘。一坛老酒喝上十八碗就可洗净漂泊的风风雨雨吗？

一饮而下，泪光满面。

此生，命中注定是过客。

不远处，传来轻叩木门的声音，谁家的游子已归来。左看右看，老庄的流水拴住了一座座吊桥，拴住了粉墙黛瓦的人家，从今往后拴住漂泊归来的人吗？

点点灯火，沿着屋檐跨过河堤。

大风吹过，有人寻找从前的脚印。

有人立在门口仰望星辰，有人在台阶上沉思如木桩。

人生实在太匆匆，如这眼前哗响而过的风。

后山走完，马上来到前山。

一纸乡愁

河风清爽，山韵飘然。

哗响的阳光从高处而来，铺就水墨图。

寥寥几笔，线条粗犷，画在大地。

风雨斑驳的梁柱上，留下曲折的象形文字；透过方格格的窗，有人坐在炕头捻线；青色的瓦上，沉淀灰蒙蒙的记忆。

神话般的小木屋，窗口琴弦悠扬。

一笔一画，风雨中运笔，留住浓淡相宜的时光。

一粒粒雨，带着灵感的光亮奔上画面时，布依鲁克的水悄然做了大面积的留白。

天空铺开，十二只黑鸟就作了题款。

一只高处的红灯笼，风，稍稍吹了一口，印章样牢牢地盖在画角。

一幅《乡愁图》，抓一把全是鸟鸣。

铺开，一纸乡愁。

原载《回族文学》2020 年第 6 期

贺兰山：打开的时间之书［组章］

杨建虎

一

要写下这些奔跑的、燃烧的石头——

当绿皮小火车穿越贺兰山之侧，一块块石头恍若扑面而来，此起彼伏的阳光、干渴的树木、铺上了绿色的沙滩，都在陪着我们穿行时间的隧道。

风从贺兰山上吹来，轻叩大地之门。

迎风而立的人，被一座山的传奇吸引。

踏破贺兰山阙，我倾听荒野的风声，愈来愈大。一群蝴蝶飞在山下的果园，一只岩羊蹦跳在陡峭的危岩，一泓泉水从山谷流出，贺兰山苍凉的躯体还蜿蜒伸展。贺兰山岩画，更是风中传阅的诗篇……狩猎、征战、交媾、祭祀、舞蹈，怪异而古朴的构图中，各类象形符号诠释生存的信息，呈现人类多年来的神奇梦想！

仰望贺兰群峰，一场场大风打开神秘的经卷，我在山中行走，时间的序列里，我读千年万年的风起云涌和世事沉浮，搜寻一个民族的秘史和传奇……

二

贺兰山下，黄河水在石嘴山蜿蜒而过，留下辽阔的湿地和翱翔的鸟群。

在天河湾，田野与河流相拥，林木葱郁，满目苍翠。无边的绿色掩映河水，天鹅与白鹭翻飞……一条大河，淹没了多少人间故事。洪泛平原、永久性淡水湖、草木沼泽、输水河和稻田，一起构成广阔湿地的多种类型。

我在黄河湿地边行走，追寻中华传承与大河变迁的交响，万丈霞光铺满水面，颤抖、晃动、燃烧，一轮落日，缓缓进入山水之中，隐没多少爱恨和世事。

天河湾，一个美丽的名字，在金岸银滩的交错变幻中，有了无限的温婉。当一弯涨潮的月亮升起，一条伸展的巨龙，将携带更大的梦想，奔向更远的地方！

三

在沙湖，透过广阔平静的水面，眺望贺兰山青黑的轮廓、庞大的身躯以及苍茫的影子，我多想像一只鹰一样，飞过大湖，飞向群峰。

八月温热的阳光中，我和你一起环湖而行，正午的沙漠，宽广的水域，不断起伏的波涛、芦苇，以美妙的状态迎接秋天的到来。

也可以坐船穿越蓝蓝的湖面，贺兰山渐渐临近，像一幅静默的油画，青黑的色彩凝固不变。湖边的沙漠边长满绿草，令人惊奇的是，沙漠中央还盛开着一些不知名的红色花朵，在风中摇曳。

沙与湖的纠缠中，我更想赞美，秋天的码头，渐起的潮音拍打堤岸。

一条宽阔的道路，通向沙海深处，极目远望，那边应该有城堡、沙雕。

当风吹过，应该有更为辽阔的回望。山水之间，我更愿像贺兰山一样思考，像沙湖水一样做梦……

四

贺兰山，当所有的风吹向你，你就是一道坚硬的屏障，更像一匹骏马，傲立在西夏古城的身旁。你宽阔的躯体，阻挡来自西伯利亚的寒流，更像一把石剑，割断腾格里沙漠和乌兰布和沙漠的侵扰。

贺兰山下的城市石嘴山，更是因为拥有会燃烧的黑石头而被誉为“塞上煤城”。

翻开厚厚的地质史册，我要搜寻这些黑石头的来源。煤，一个黑黑的词，在陆生植物的大量堆积中，经过菌化、煤化，最终带来了火焰和温暖！

这些黑色的石头，让我在升起的火焰中重新遇见自己。

这些黑色的石头，被不断开采、燃烧，耗尽了最后的能量……在无限的丰饶与毁灭中，我会想，这一座座煤山，积聚了多少阳光和雨水，演绎了多少悲欢离合，一如许多捉摸不定的日子一样，我依然捉摸不透，这群山石缝中隐藏的奥秘。

漫步于石炭井文旅小镇，遗留的厂房、机器、煤堆间，依然有坚硬、炙热的光线铺洒开来。长长的峡谷中，流淌着清亮的小溪。似乎没有鸟鸣，溪水的两边，有挂果的杏树和沙枣。驻足于此，我想，我要写下煤炭和钢铁，那属于一个时代的记忆；更要写下“塞上煤城”的华丽转身，就像贺兰山下涌出的汩汩清流和茂盛的草木！

原载《星星·散文诗》2021 年第 7 期

那拉提，那一场风与雪的遇见［组章］

如　风

那拉提，那一场风与雪的遇见

风吹着雪。

风吹着云。

风吹着白茫茫的人间。

那拉提巴音赛，风，吹响着冲锋号，雪以凌厉之势狂扫着原野。这疼痛的雪，似千军万马扬起了时光的尘埃！

云！

云，也是风扬到天上的雪！

天不动，地不动。

山不动，雪杉不动。

风在狂舞，雪在狂舞。

群山之巅跌宕的，那不是云，也不是雾，

是风与雪在高处的厮杀。

风吹着雪。

我的心里也漫卷着一场空前的风雪——

啊，我半生的光阴，被一场风雪急急追赶着，不能喘息，不能回头。高高扬起，又被命运重重摔下！在那拉提巴音赛，我和我的中年，与一场风雪遭遇。

在那拉提，生命中所经历的一场又一场的风雪全部出场，骨缝里所有的寒冷在这里集合。

所有的，所有的悲怆在这里呼号！

那拉提啊，一场风暴吹散了我陈年的疼痛和积雪，翻过前面的山梁，你会看见我莲花般的微笑和安详。

风雪之后，万物将重新命名。

这人生，我要慢慢享用

拥挤、冷漠是城市的表情。

那么多的车辆，和来来往往的人，还有，慌慌张张的日子急匆匆从身边滑过。他们都在追赶自己的明天。

那么多的日子。那么多的岁月。像一阵风呼啸而过，说走就走了。

我的童年，我的青春年少，都在来不及规划时就走了。匆忙得像一场山里的雨。

一些花苞在骤雨中枯萎，一些新绿在风雨后抽芽。

匆匆忙忙中，一些温暖过我的人走散了。一些疼痛渐渐麻木了。

在风尘仆仆的往事里，我发现我两手空空。

这往后的日子，我要放慢我的脚步，放慢生活的节奏。田园生活、静静阅读、养几盆花草两尾小鱼，都是我所需要的。

还有，背着包上路。路上的一些风景一些故事，或者一个透明的笑容，也是我所需要的。

这日子就像秋天里的熟透的紫葡萄，我要一粒一粒慢慢地品尝。

这日子，我要缓缓地过。

这人生，我要慢慢享用。

这些年我离你越来越远

这些年我忙于行走，却离你

越来越远，故乡！

我忘记了回家的路，不是因为

那条经过三角庄和桃花镇的路年久失修。路边杂草丛生。

你看那芦苇和红柳是故乡上了年纪的老人，

日日站在大路边，木然地张望着。

我仔细辨认它们，试图寻找往昔，它们却早已忘记我这个游子的模样。

我忘记回家的路，也不是因为早先那一到冬天就从裂缝处漏风的土坯房，摇身变成了一砖到顶的新房，阳光下那么新鲜陌生。高高的院墙阻隔了旧日的时光。

院子里，一小块地上青翠结实的蔬菜是我不认识的。甚至，还站了几株异常茁壮的棉花，威风凛凛的架势。屋里出来那个说着甘肃话的年轻女人，警惕地打量着我这个冒失的外人。

啊！故乡，流淌在我血液里的故乡。

我温暖的童年和迷茫的青春已无家可归，靠近你却让我这个揣想着故乡，

心，热了又热的中年人不知所措！

我分明看见月光下父亲在空旷地劈着柴火，小路上那个背诵课文的黄毛丫

头，是我，泥巴棚子下卧着我心爱的大黑狗，摇着尾巴看着我来来回回地走。

而黎明时分，母亲起身抱着柴火进屋，炊烟热热闹闹地升起，一天的日子开始了。

我怎么能够忘记，我的故乡——

母亲去世后，父亲时常孤单地站在没有院墙的房头等我放学回家。我，是父亲一辈子的盼头。而曾经住着父亲母亲的土坯房里透出的灯光，则是我携带一生的温暖。

我怎么能够忘记啊，我的故乡！那些记忆是扎在心头的一根刺，永远不能拔去，永远不能碰。

啊！故乡，流淌在我血液里的故乡。

这些年我离你太远，只因为，

回去，你已不再是你，故乡……

我爱着这早春的荒芜

1

如果一定要说说春天，就让我说说春风。

早春，边塞的风乍暖还寒，伊犁河还未从漫长的冬眠中苏醒。而江南，已是梨花谢了桃花开。

一场大雾弥漫伊犁河北岸，英塔木天鹅湖的野天鹅，轻轻泛起春的涟漪。这时候，你就在我近旁，眼里溢满春天。

2

是的，我要说的，是这早春的荒芜。

积雪融化。大地裸呈出初始的面目。而春风，总是先绿江南岸。

在西北，一年得有长达半年的萧瑟，对此，我欣然接受。

我爱着这早春的荒芜，就像爱着四季分明的故乡，爱着隐藏在几根白发里的陈年，爱着越来越清澈的余生。

原载《诗歌风赏》2021 年第 1 卷

在秦岭 [组章]

张怀帆

拉石头的大卡车

每次在路上走，远远地听到闷雷的声音，我都要赶紧避让在路的最边缘，等着它，碾压我的心跳。拉石头的大车，呼啸而过，半晌，我才喘过气来。我敢说，秦岭里所有的野兽，都不是它对手。那些石头，因为长途摩擦，带上电荷，每一块，都有了暴躁的脾气。下坡时，轮胎会冒出呛鼻的青烟，刹车发出刺耳的警报，好像车上的石头都要引爆，炮弹一样飞出车厢！有一次，一辆车野牛一样戛然停在我们院落的门前，司机下来讨水喝，一看，竟是一个弓着腰、黑瘦如铁的老头！

发　现

院门是真正的柴扉，开关时，有古乐之声。可是外人来访，小叩不行，须用拳捣，并高声呼叫。没有养犬，但邻犬闻声，也会对天发出一阵狂叫。出门数十步，即可临溪，世界瞬间淹没于水声。有石可坐，但无法坐忘，俄顷，屁股底下就感到寒冰。水至清，却有小鱼，手未及水，全无影踪。最多的时候，坐在院内的木凳或者摇椅，看面前如缕的烟岚，徐徐升起，却始终不高过峰顶。有时，一个人喝茶，对面半座苍翠秦岭，便落进杯中。有时，也三五人胡诌：脏话，女人，八卦，从不及时政。来到秦岭一周，吃大蒜，喝辣酒，公然放屁！未洗袜子，也未洗澡，打呼噜经常把自己吵醒。五十年过去了，我发现自己还是没有成为一个脱离低级趣味的人。

广货街

向北，游进黄河；向南，就游进长江；广货街在中间，像一条锦鲤。一阵风，从广货街上方穿过；一颗星子，从广货街顶空划过；一只鸟，从广货街头顶掠过。

从黄河到长江，也从长江到黄河。我去的时候，太阳正懒洋洋踱在街上，店铺一溜打开：天麻，木耳，蕨菜，香菇，竹笋；腊肉，锅盔，豆腐，粉条，魔芋。我分不清，哪些是大熊猫和金丝猴的零嘴？哪些是羚牛和朱鹮的爱豆？夜宿广货街，我又失眠，但我不再数羊，换成数窗外的星星。我的左耳是黄河水声，右耳是长江涛声。

出秦岭

最后的山桃花谢了，轮到槐花打开香囊。三只熟识的小狗，围拢过来讨要香肠。明天，它们一定会从进山的人中猜出，谁的口袋里有糖。我看对面的青山，依然妩媚，料青山并不看我。拉石头大车的雷声，滚过门前后，溪水的嗓音，更加清亮。大公鸡，还以为它是歌王。八里坪来了一波人，又走了一波，但搜救队还在。锅盔辣子、户县软面的秘方还是没有外人能够猜破。我在山里住了十天，想把自己好好清洗一遍，发现有的污渍太深。车子离开，我回头望见岭上白云，兀自飘移。挥挥手，带不走一片云彩，但鞋里，带走了一块硌脚的小石子，大概想提醒我，光滑的生活，需要一点摩擦和硬度。

原载《星星·散文诗》2021 年第 8 期

第六辑

一个烫金的名字［外一章］

伊　豆

横山，曲水。所有的景致，逐一，在睫毛上眨动。

泥融飞燕，沙暖鸳鸯。先把我的目光递过岭去。嫩黄，水红，豆绿。跋涉在我眼里的，是一支春天圆舞曲。映山红，这位深藏山谷的美人。头戴金冠，腰佩玉带。轻移莲步，平仄起伏。蜜蜂和蝴蝶，搬弄一兜修辞。大山，葱绿的手指，挂一卷飞珠溅玉。

蓄谋已久的春水，茁壮山的腰线。左溪，唤出乳名。右溪，喂养乡愁。小蝌蚪，在水中练习走路和发声，为我预备稻花香。水草，摇动漂亮的笔杆，镌刻古篆体潜流。白云，拎一筐天空的蓝，从头顶走过。

一个烫金的村庄，长相，素朴。万安，双喜，金锁，叫出，窄窄石板桥。转动时针、分针和秒针，堆起村庄的年轮。身后，传来鹅卵石的打击乐。

古桥，山道，老宅。古墙，背影，阳光。仿佛，母亲温柔的目光，温柔地注视我。

荣一生，枯一生。谁衣锦还乡，回到祖先的土地上筑巢？杜鹃，抬出十里红妆。青藤，骑着竹马和摇晃的童谣。

一只鸟，靠近我。一群鹅，大摇大摆，从王羲之的宣纸逃逸，隐居。放牧流水，曲颈向歌。这憨态，可是玉水河畔，祝英台眼中的那一位。长一声，短一声，轻唤他的九妹？

千年的村庄算不算老？三百载爱情树，枝繁叶茂。一前一后。一左一右。

一高一低。朴树，向水而生，日夜兼程。输送眼泪的叶绿素。

鹅卵石。石砌墙。小木屋。倚水而立，枕山而眠。穿堂风，直抒胸臆。燕子的呢喃，转弯抹角，数着旧时的好。提刀老人，朝我点头微笑。兴衰枯荣，摆在脸上。编织的一生，也似竹子。一节一节，自带清香。

八仙桌，粗瓷碗，长条凳。大山子民，说话，就像弄堂里背竹子。你来，温一壶真诚；你回，送一句走好。词谓，不加修饰。

金冠，一个刻在石上的名字。用一粒盐，腌制日月。

山居者

披林而栖，抱石和眠。

秋光在扉页上绘声绘色。古典主义蝴蝶的出场，像打开一卷黄金册页。她的到来，让一切翅膀黯然失色。

秋千架，竹篱笆。可是芙蓉小姐的闺房？这位红粉佳人，窈窕故乡的封面。

这里，老玉米和红辣椒肯定找不到自己的座位。

南瓜圆，葫芦长。阳光，搬出梯子。在墙上，依葫芦，画瓢。

狗尾巴，弹出几粒晶莹。隔着山墙，鸡冠花递上一二句闲话。空灵。明媚。遥远的山谷传出回声。

草尖上，近距离捡拾星星遗落的旧梦，来不及把虫鸣和琴音打包，门前的溪水早已把石头唱老。

一杯清茶，捧起朴实，目光，闪烁留恋。

接下来的日子，将用文火慢慢熬制。

原载《散文诗》2021 年第 1 期

站在夜的原野［外二章］

王猛仁

聚首的日子倏忽而过。

寒夜，有一种彻骨的凉。我想借助一行铮铮的诗句，描绘出此时的心境。

虽然，这仅仅是一种错觉。

我依然会按照自己的判断，思索着完整的答案。

当我从密林的背后，听到你霞云似织成的召唤时，希望最后一束霞光，不要过早地审视月光下那行深深浅浅的脚印。

既然你想早一天用鲜亮的色彩，构思春天的诗篇和秋日的画卷，那么，我将永远带着深秋的花香鸟语，以易生易长的勃勃生机，轻轻地叩开你的柴门。

那时，你和你的茅屋，细数着夏夜的繁星；我和我的沃野，捕捉着冬晨活蹦乱跳的雪花。

我深知，大自然的声音和思想，均在点点滴滴、风声雨声之后，发着光，如同脚下的积雪，在阳光下组成碧绿的春水，滋润着娇弱的爱情。

恍惚之间，我看见浅绿色的甘露从草叶上轻轻滑落，而你却小心翼翼地梳理着散乱的发丝，一声不响地站在袅袅烟云间，出神地凝望着绿树后边晚霞唤起的淡淡炊烟……

我想在光彩熠熠的岁月升起一束火花，在朴实的颂歌声里，看甜花儿开。

水洗似的天空，浮游着大朵色彩不明的云，在一池碧绿的倒影里起伏，像极了一首奇妙的尚未诵读的抒情诗。

站在夜的原野，悄悄地斜视着，没有开口，而心里却异常通透、敞亮……

转眼便是凝止

我只想在大地长出许多斑斓的来去间，凿出一条清泉的流韵，用一颗沸腾的心，给脚下的田野与山冈，以不敢阅读的汹涌之势，隆升永恒的神圣。

在俯仰顾盼与飘摇恍惚之间，为苍白的天空投来一束淡淡的微笑，在没有人踏足的山外，圈一轮红日，给夕阳。

尽管我是茫然的。

在幻想与理性的追求中，远方有没有一个矫健的昭示，以万有引力，在天与地之间权衡自身的重量？

昔日浓烈的情焰已不能从哲学的高度照亮熟稔的呼唤。

窗外飒飒作响的西风又一次悦耳。

当年，我揣着一颗青壮之心，就是从这里去追赶那轮初升的明月。

凝望着重重叠叠的峻岭高山，能否从撒落一地的花瓣上找回原先失落的笑声？

我没有忘记月光笼罩下的竹林，萎靡而抑郁的日子，依然会忆起你那轻轻的叹息和飘忽、轻柔的面容。

异乡旷野的和风，常常会把空虚的心情紧紧裹起，不让它曲折地离我而去。

我会把薄雾、流云和月光下的一切，统统嵌进哑然的夜，剪辑成一卷细心挑选的晨光熹微，始终辉耀着你的梦境。

面对远方，我不想抖落身上的尘土，只想给历史留下没有说破的酸涩与甜蜜。

已经有雪花洗身了。

从飘飘飞舞的雪花中，分明看见了蓝蓝的凝视和粉红色的影子。

不只是微笑着

一树黄澄澄的叶子，像成熟的音符，在微风里沙沙作响。我微笑着，挥动着流霞，撩拨着晨光，去呼唤天际的长风。

我们在冬天寒冷的树林里走着，却做着春天向暖的梦。

此刻，旋律是最美的自由。

马兰花仿佛就站在河边，在晨风中梳理残缺的春梦。

你似乎未曾留意，那只血染的夕阳，一动未动，依旧沉吟在冰雪的回忆之中。

沉默，有时也是相互感染的。

午夜的风时常在痛苦的痉挛中，把蜜月和爱情诱惑，让一个女人的千般姿态，匍匐成一次湿热的松风，随波逐流。

我无意于浪得浮名。

我只想化成蓝天下的一朵流云，于晨光中飞作含泪的张望，在银河与圆月的会心处不住地抒情。

不料，命运之神却偏偏将我推向你的渡口，只有在金铜色铸成的春天，才能撞击着群峰扑面的浪花。

生活的翅膀已经展开。

我们何必再期待一场新的遗忘与搁浅？

我决定将你母性的柔和，以及你的纤嫩与斑斓，一并交给未来脚下踏跳的烟尘……

原载《散文诗》2021 年第 8 期

在一阕古词里复苏

杨　东

到哪里寻找一蓑烟云

——一蓑烟雨任平生（宋·苏轼）

到哪里寻找一蓑烟云？

春水早已覆盖南方。江山正值盛景，万物几无破绽。

一个人，正用所有的经历积蓄的力量，反复锤炼人世的因果。

你乘着古旧的木船离去。那载舟之水，在沉沦、隐退与复苏中承载了多少别离的背影。

此刻的一江春水，只剩下风雨中破碎的密纹，但我们彼此早已深知苦难萌发的悲欣。

平生无限事，多起伏于自我的荆棘。

暮晚的烟云中，时有旧梦如光明闪耀，时有星辰如怆然泪目，让我深谙了如何保持沉默的怜惜和从容。

而在一首未竟之诗里，你是我眼中从未走散的人，也是把孤独的余烬留给我的人。

我心底的山谷，仍一直驻扎着你身边翩跹的蝴蝶，舞蹈的蜜蜂和为生死而奔忙的蚂蚁，也有我们共同瞻望过的落日，披着丹砂的山峰和匆忙隐约的人群。

见境思境。当一个春天接近成熟，我将看到无数只眼睛，与落叶中的大地相对——我盼望我那时已具备自净自定的力量。

地平线上，正在革命的册页，期待所向的人心。

破墨的山水，置我于西窗，解构着所有的真实与虚幻。我是一个不虑心事、不寄知音、不对影茫茫的人。我知道，从所有的幻境中发现一道转徙的天梯有多么艰难。

而为了诠释离开即是抵达，某一个清晨，一辆时代的列车又载着你归来。

我不知该就此敛息于重逢的欢欣，还是重新起身，执意走向你。

到哪里寻找一囊烟云啊？都是离人，都是归人。

在你离开又抵达的间隙，除了你，我是我梦里见过最多的人，是最亲密的人，最无辜的人。偶尔也是最坏的人，最好的人。也是最熟悉的陌生人，最恨也最爱的人，是你久久不舍的人。

且不怕风雪，无论阴晴，竹杖芒鞋间，为了一颗完整的心，我们都还将在梦境与现实中遍读人间未见书。

让锈蚀的再生蓓蕾，腐朽的接近永恒，依然清晰的是彼此万古不变的信仰。

是的，我们一生小小的灯盏，也许能够点亮江湖夜雨的微茫。

在一阕古词里复苏

——光阴瞬息耳，忧悲亦何为（宋·张九成）

读一阕古词，字迹如初，似有苍老的铭文起伏，刻骨的火焰燃烧。

市井的马匹，蹄迹蹉跎。马背上的人，眼含离诀。蹄踏声中，犹有消逝的战火传来沉默的回响。

流水深处，桃花的朱唇，悬在斑驳的枝头。一年过了一年，童年的少女还在清流边濯洗衣衫，马蹄声里，她那回眸一笑饱含了多少深情？

怎样才能摘取她腮上的嫣红？一阕浪漫的书简？一杯星辰酿造的酒？一份突如其来的爱？

马蹄过后，古道印着消瘦的芒鞋。那是一个少年的身影，一步一回头。

山云满屋，月色当门。苦修的书生，体内纵横的翅膀渴望与飞翔重逢。而一道山门，守着戒律和清规。他在茫然中念叨：我怀揣的梦想，不过是愿随春阳和，不信人间老。

俗世中，山水的结界，困住了一枚骨笛恣意的长啸。听那高亢之声，正慢慢焕发出少年心中凛肃的烈焰。

落寞的闪电消逝于前朝，新的雷霆赶往来世。

敢于请命之人往往消逝在劫难的风雨中，仗剑的侠客与手持折扇的书生共同推演着浩荡的江湖。

尚无铁流的时代，一个人的清寂并不孤独。他仰望着头顶的大雁在季节轮回中往返于另一个世界。他在观察中洞见，在沉淀中澄明，在等待中望见时光的长河为他无限地延展。

我们都能够看清：从古至今，只有冲决的爱和恨，无所畏惧，穿越人间遍布的藩篱，一个个段落构成并不荒诞的长卷，让旧有的秩序解体，让新的篇章激情燃烧。

无论过去、现在，无论成功、失败，时间必然献出锋利的因果。

诸多如果皆可成为新的证词，如梦如幻，如沧桑的灵魂，也如砥砺人间难以焚尽的刀剑。

还有星辰，这大地唯一的证人，陪伴着古道中的瘦马，桃花中的马蹄，清流边的少女，月光中的书生，如一枚枚永不谢幕的灯盏，映照着草芥、城阙、子民，也光照着古老的不曾荒芜的国土。

今夜，读一阕古词，从不曾消散的文字与怆然的意境中唤醒另一个书生，既非隐喻，也非暗示——它只是让我学会重新写一首不一样的诗篇。

原载《十月》2021 年第 7 期

沉默者笔记

蒲素平

我想离春天近一些

我想离春天近一些。

冬天太冷了，我的爱情冻成了冰疙瘩。风也太像鞭子了，常常不小心就抽出血的痕迹。

我想离春天近一些。

冬天的树叶都落尽了，鸟都飞走了，我储存的白菜也要吃完了，再也没什么好留恋了。

我想离春天近一些。

我想像春天那样心里充满水，皮肤发绿，脚步变翅膀，年龄变得更年轻，这样，我就努力发芽，写一封长长的情书，让我的爱情解冻。

我想离春天近一些。

我就可以像蜜蜂一样，一边抒情，一边采蜜。

我就可以唱着歌，躺在草地，把委屈的泪水流光。

坐着高铁去看你

高铁在冷风里不要命一样钻，速度超过了一万匹马。

我钻在高铁的怀里，片刻的沉默之后，我宽恕了爱情也宽恕了自己。

高铁越跑越快，喘着粗气，我也喘着粗气，好像高铁坐在我的身上跑。

高铁越跑越急，钻过一个山洞时，还吼叫了一声，像一只老虎蹿下山冈。

我闭上眼，按住脉搏，慢点慢点，我安抚着自己，让一个动词转化成名字，让一个形容词变小，让剧本中的主人公失去台词。

我已经很努力了，我快要哭了。

又想起塞外

又想起塞外，想起张家口，想起矾山，想起燕王沟，想起住的小院，想起梅子，那个手指细长的女孩，想起山顶上的一场风。

一路想起，想起坐在小院梨树下，看冰雹豆子一样落下来。想起和国中坐在门口木头上抽烟，天黑下来，就这么坐着，谁也不说话。

月亮升起来了。

想起走在燕王沟曲里拐弯的小巷，大头鞋在风里发出清脆的响声，军大衣晃动，拐角处的石头凌乱着，坐在上面的梅子已回家。

想起梅子推门，冲我笑着说，去摘桃子吧，可甜啦。她好看的裙子在我眼前晃来晃去，沾染了光。

想起和梅子去五堡看电影，我抽着烟走在后面，路边的白杨树站着给我们鼓掌，我悄悄拉了梅子的手指。

梅子没有回头。

想起燕王沟葡萄的甜，想起燕王沟苹果的红。

想起燕王沟的风吹着口哨，想起一口气喝光一瓶啤酒的模样。

想起那年我 22 岁的青春啊。

想起我的青春没来得及有梦想。

瞧，这个在高空行走的人

瞧，这个在高空行走的人。我沿着别人的目光看到了自己。

我正在高空的导线上行走，我手抓导线，脚踩导线，我头上是天空，脚下是天空。

我被天空包围着，我成了天空的侵入者。

其实，不过是一种职业需要。光芒在高处，我就走在高处，电在高处，我就追着电的脚步。

三十米，五十米，一百米，不过是一个数字的变化。都是高，高空的高，我都得在上面劳动，都得越过鸟的翅膀，都得与生活达成一种平衡。

我也打破过平衡，翻身于导线下。我的脸冲着地面，地面上人影晃动，我的手还抓着导线。我得翻过身，让自己重新面对天空。

我咬着牙，一二三。除了我自己，没人能帮我，甚至没人看到我翻身向下了。

我咬着牙，一二三。我自己给自己咬牙，我自己给自己鼓劲。

我咬着牙，一二三。当我翻过来的时候，我首先擦了一把汗，然后我感谢我自己。

是的，这世界最值得感谢的是自己。

是的，这世界上能咬紧自己牙的，只有自己。

螺丝一头栽进土里

螺丝，独立坚硬。

一个人在高空组装铁塔，笨手笨脚地把螺丝翻来覆去也安装不进去，用了大、小撬棍仍无济于事。螺丝一生气，就从手里逃出来，从空中飞下来。

先是砸在铁塔上，发出清脆的响声，之后，一头栽进泥土里，不再露头。

我走过去，用脚把螺丝踢出来，擦去它们身上的泥土，装进工具袋里，让它们重新成为螺丝，开始新一轮的工作。

我给螺丝一个机会，也在给自己一个机会。

原载《星星·散文诗》2021年第7期

在声音之中

晓　岸

失眠症

半夜以后，未完成的建筑物里总传来一些奇异的响动。有女人的声音，偶尔也夹杂孩子的哭闹声，更多的时候是叮叮当当的炒菜和哗哗流水的声音。

早春的弯月像一根冰凉的香蕉。我取出头脑里的钟表，把咔咔作响的指针折断，随手扔在满地的香蕉皮上。

高大的杨树，好像它们也被建筑物里的声响惊动，突然之间停止了摆动。哦，这疯狂的树林，它们偷偷地恋爱了。它们被吻过的地方，在明天黄昏之前就会冒出羞涩的苞芽。可是今晚，它们突然克制了激情，把我一个人扔在那黑黢黢的窗口。

我梦游一般在建筑里游荡。每到之处，那奇异的声响就突然消失。它们会在另外的一个地方响起来，更换了另外一种节奏。我仿佛听见了关门声，可整栋建筑的门窗，都是空洞洞的水泥洞口。我还听见了他们日常起居该有的一切声音。

就这样，我被声音吸引着。每一层，我都能听见不同内容与节奏的声响。

是谁在隐形呢？

是谁，把生活，搬到了我梦游之中？

我没有丝毫的恐惧。那个被称为恐惧的野兽，已经被我头脑里的钟表困在无望的旋转中。

它在寻找回家的路。也许它要耗上所有的恐惧的总和，才能磨穿我的肉体，实践一次越狱。

而我，在后半夜的建筑群里游荡、寻找。

没有什么能给我暗示，那真正的声音的来源，是那些钢筋水泥藏匿起来的恍惚记忆，或者是你不愿放开的，那细细如烟火一般的纠缠……

寂静的下午适合……

寂静的下午适合回忆和思考。

或者夕阳刚好落在山巅，每一扇内向的窗子都敞开。一个人暂时撇弃虚构的命运，像一只蚂蚁，不停地搬运出肉体的阴影。

那些缓慢进行的章节，和陌生的人群中的某一个极其相似。不用修改，即可完美地演绎令他不甚愉快的生活。

如果他要靠近随意的一条河流，不可能像靠近某一个人那样。谨小慎微。他对河流始终充满敬意，源于少年时期对远方的冲动和梦想。仿佛敏感的风，在四月，在群山中随意地吹荡。

远离记忆的灰尘。他在城市中停止思考，学会妥协。

这个迅速建成的巨大场景，消耗着可能的一切。也许在未来的某一天突然间崩塌、瓦解、迅速消散，瞬间释放禁锢的灵魂。

可是面对那些珍爱的事物——在风中张望的女人、放学路上惹祸的孩子、午夜里没有合上的书本，以及在塔楼幽暗的走廊里突然间的一个拥抱——需要多么深的歉意？即使这广阔的时代的愧疚，也无法为这庸碌的人生辩解。

是的。无法辩解。

身体里丧失的风，无法辩解大地上人心的飘浮。

同样无法辩解为了躲避生活而一再妥协、放松的肉体。

就像秋天里一条松弛的河流。随意、驯顺、扭结，保持对河岸的抗拒。

在声音之中

每个人都会被一种声音笼罩一生，那些声音带着永恒的气息。

我们在声音的指引下来到人间。人群像树枝一样不断地展开，占据着阳光和风。

少女们歌唱青春的肉体，她们在爱情到来之前挥霍了泪水和生活，像花束一样瓣瓣展开，直到全部绽放，带着一种香味。

我们模仿惠特曼，踏步迈进每一个充满露珠的早晨。“爱情和金钱无关，但是婚姻和道德却是同床异梦。”

生活的流水突然拐了一个弯，岸边的石头纷纷醒来，滚落水中。

我们惊慌失措地关上朝向生活的门，窥视阳光流淌的街道。女人的坤包、口红、意大利皮装，闪烁着，像一只奇异的宠物。

灯光迅速地照射在我们的皮肤上。我们涂抹着油脂的皮肤劈开流水，与石头和游鱼一起回到梦里。

那一年的风如此隐蔽，在哪一刻能突然现身？

谁的脸，呈现出诧异的神情？低着头，涉过阳光的水域。

果子一一飘走，有的在枝头张望，等待秋天的到来。

坐在树影下，谁突然失声痛哭？

那声音像一张坚硬的丝网笼住我们的身躯。

我　们

当肉体死去之后影子开始站立起来。它并不是要取代我们继续呼吸，而是把我们的灰烬收藏。

这些是肮脏的。

被我们放弃的仍然继续存在。

多么艰难，我们惯于调情撒谎的脸，此时仍不忍腐烂。

弯曲的街道，蠕动的车辆，填充大地溃烂的肠胃。人类是无法命名的细菌，顽强地繁衍，把文明和毁灭精心地摆弄、装饰。

云朵是不幸的。它们无忧无虑地成长，凡是风能到达的地方都是它们的家乡。

它们呼吸。原始的鳃像巨大的网，在人类所到的地方开合，吸收梦想和死亡。像一柄小分规，用细小的足尖支住人类沉重而庞大的欲望。

灰烬死去了还有根须缠绕，根须死去了还有水生长。可是开花的肉体为何奔跑？像破碎的光晕，沉重的痕迹擦痛单薄的空气，在燃烧之后是比死亡更加冰冷的罪孽。

它们在嘲讽：看，这就是你们讲的生活，庸俗透顶的现实。

肉体没有权利发言。它只会滋生欲望阴谋，还有狡诈的智慧。

我们缺少一个魔瓶，那里有一个沉睡三千年的魔鬼。

我们缺少一面镜子：装满风月。

我们缺少一张空白的纸，它正在燃烧，但只是片刻它便回到了本身。

岩石的梦

岩石要在午后才能到达这里。它那小小的脑袋和粗糙的脸显然经历了你的双手。还有许多泛滥的欲望，它们不曾说出的疼痛和寒冷。雨季到来时，昆虫和腐草拥挤过它，因为它的坚持和硬度而被视为叛逆。在这块潮湿的荒芜之地它和生活分流而行，又沉陷在生活的拥挤之中。

内心的阅历使它体验了花粉、风声和微雨中遥远的吟唱：“多长的期待要算作期待？多少沙砾才能堆出一只岩石的眼……”

时光缓慢地转动，因为无垠，所以空旷才格外地叫人心悸。

落羽被风吹到草丛之中，怀念的力量使它无法扇动，带着岩石一同旋转。还有黑色的栗子，成熟带给它们香气和最后的道路。

岩石只是倾听了这一切，像一枚细小的枝尖在梦中轻轻滑过。

午后，岩石将沉默地进入阳光的中心，温暖使它呈现出怠倦的颜色。细小的河流在它的体内流散、逶迤，漂浮其上的梦想像闪光的鳞片。

时间加重了它们的分量。现在它们将继续在这样的水面上漂流，在上岸之前它们要切开河流坚厚的皮壳。

拒绝融化的冰

一块冰拒绝融化。

一块冰，有了自我意识，它要选择自己的命运？

我能理解，它不是在抗拒命运，它是想验证这世界的虚与实。

它不想放弃所触摸的一切。

譬如此刻。

每次梦醒时都发现在睡眠里遗落了什么东西，我又翻身入梦，沿来路去拾拣。

我爱这世界的混乱与有序，它们的天机从不示人。

万物如水。逝与示，只在一念之中。

生命如水。是与似，只在一字之间。

时间如水。过去与未来只在片刻的波光之下。

而现在，有一块冰觉醒了。一段凝固的水觉醒了。

它从无穷大的虚空里获得了形体，跳出无中生有的循环机制。它以停顿的力量截取了万物的去意，它逃出来，终得自由。

它经过的时光，在透明的色彩中虚浮，或者叫作无。它流淌过的事物，柔软的，或者坚硬的，带着密码和记忆在晶莹的折光里沉默，也许是在思考。

来从何来？

去将何往？

流逝是一种状态，停滞是不是也是一个时空？

这截留下来的世界里，有种子，有翅膀，有山川的魂魄，有光碾压的痕迹。

冰，拒绝融化，是在拒绝流逝，拒绝交出深藏的记忆，每一个凹陷的世界。

一块拒绝融化的冰，被我遗落在梦中。

当我翻身去寻找，它却消失，隐身在我的身体里。

原载《散文诗世界》2021 年第 7 期

暖冬的歌唱［组章］

张绍金

一

立冬时，北风徐徐吹拂着薄冰路的脸面，红色休闲上衣把风语缀在胸前。

那首因寒冷而寂寞的歌声与正暖的冬阳步步高升。

妈妈，那河面上怎么还没结冰？

循着梦的方向，妈妈凝视着扑面而来的节日的心跳，还未行走，心已在归途……

孤独寂寞是一种无声的自我沦陷。孤独是远行的背景，寂寞是繁星点点后将明的冬晨。

你不是只身前往，你的周围充溢出故土的味道，那一声鸟鸣就是唤归的清唱。

认识你，是从一首隔空如邻的歌开始。初冬的阳光温暖如雪，洁白洁白的温暖。

未见其人，先闻其歌，甜美的是一阵迎面扑来的刚打扫完秋实的微风……

爱是一种死心塌地遭遇无怨无悔，听者的感慨比唱歌人还多。

二

车轮向东，滚滚向东流，那一份希望一直跑在车轮的前面。

山村那条时而秀灵时而粗野的叫灌河的也是一直向东，入伙淮河，以更大的洪流浩荡而去。

那份情是碧水青山般清澈明亮，那份爱是山一般峻拔水一样曲悠。

那座城，是为谁而建造？那是一个纵横驰骋的马场。

突兀间来到，这座城还没做好准备，不知道怎么来接纳你，缤纷的色彩是为你绣出的精彩。

三

鹊鸟南飞的声音是唯一让冬日温暖的声音，是一种告别远离的仪式，抑或是出征前高举的手势。

注定，这个冬日是温暖的，恰如一山一山隆起的枫叶。

渐近的声音依然悦心润肺，渐远的阳光不再那么干燥，依旧那么青绿，那是冬油画般的外衣。

三十年前村口石拱桥上的那把花色的油纸伞，已长成岸畔的柳林，林子中流水咚咚。

沿河而弯曲的风声是季节深处倾诉的歌唱。

牛羊相间的蹄印是季节发自内心深处的浅吟低唱，赶趟儿的鸭群陪蓝天白云乘河流的方向东游。

当一段时光失去了疼痛知觉，接踵而至的愈久愈脆响的冰裂声，红红的，且泛透出青绿色的呼唤。

四

时光喜欢忆旧。忆旧把时光煮成一锅心灵鸡汤。

三十年来，家门前那条小河日夜哗哗歌唱着的总是以前的时光的痕迹。

与之形影相随的那个涉世未深、那个充满幻想的青葱笑容，把少女的梦想装扮得五彩缤纷。

春华，把河畔与倩影摄入清澈的水底；夏荫，乌亮的长发吹拂出一阵阵清凉的谷风。

秋茧专情于谷黄，汗水拧出果香并鼓动虫唱。

不善言谈的冬，用一袭白裙，把十七岁嵌进陡峭的冰峰。

五

唯一钟情的美丽，之于我而言，只能是来了又走，走了又来。

岁月已从牙齿上开始脱落，斑驳的记忆愈老愈清晰。

叶子上的阳光为什么享受被鸟儿衔来衔去？

岩缝中躲藏着的是一些并不隐私的物事。山谷里的富裕其实就是寂静空寥的鸟鸣。

我来了，就是以物事本身的倔强与岩石为亲，才避开阳光的不清不白，与红枫叶一起占领了山坡。

原载《郑州日报》“郑风”副刊 2021 年 1 月 25 日

高山访茶［外二章］

漆宇勤

到高山去访茶，到清幽处，寻找清幽的替补者。

采茶的女子，在诗经里美着，在袅袅云雾中美着。山水间舞蹈般移动的纤纤素手，轻盈而优雅，仿佛不愿惊动一片叶芽的梦。

有洁癖的人，坚持认为采茶的女子必须足够年轻，足够美，足够配以豆蔻年华的少女这个短语。必须着青花布衣，冰清玉洁，腰肢柔软。必须目不斜视，独自面对茶树眼底含春。柔荑是本义也是引申，植物初生的叶芽与女子柔嫩洁白的手有着互文般的美感。

现在，有谁在一个透明的杯中，窥探内心的欲望，或者禅思？

清风吹来，一小片嫩叶重新活过来，重新回到故乡。那些滋润肉身的药材和液体，它们也同样滋润着一个远乡人的梦。

在高山，它们被赋予了新的生命，它们有着相同的名字：绿茶，高山绿茶。

它们的故乡在最美的风景深处，那里有最古老的茶树。

在茶香里微醺的人，吞下一半的熹微，又趁纷飞的雨水注意到自己之前，趁缠绵的清明路过山冈之前，从草木的顶梢劫掠叶芽的柔嫩与清香。

一片，两片，三片。三片舒展的叶子还嫌太多太迟暮，我们只要两片叶，不，一片初萌的茶芽。嫩芽的心思，松针般细密，草木之香弥漫了整个高山。

此时，应该有一团火，一种力量，一双皮肤干燥的手，此时，应该有一场火，一场来自大地深处的火，让鲜叶在滚烫的铁锅中舞蹈，让青翠变得更青翠，让香醇变得更香醇。翠，就翠成绿茶谱系里不可或缺的一部分，香，就香成茶经里配得上最好泉水的一部分。

俯身，低头，让茶香自由进入嘴唇，留下草木的温柔和清芬，也留下水润的温暖与甘醇。

此时，举杯的女子，在清风里袅袅升起，如茶席上着古装的水汽。

她解世间所有人不同种类的渴。

接　受

春天到来，再看不到真实而丑陋的大地。它们躲藏了起来。

删繁就简的冬天已经过去，现在迎来绿色的新世界。绿色的装束将大地打扮整齐，像等待出售的礼品被重重包装。

在我的故土，我保持距离的村庄，阳光下万物按照古老的剧本进行演出。

一只公鸡巡视它的领地。小半个村子都是它的势力范围。它高昂着头看着树荫下、草丛里觅食的那些母鸡，不动声色。

看见形迹可疑的我出现在村子的中心，它对我充满了质疑和敌意。

夏天的末尾连着整个秋天。从树上采摘果实的时候我迟疑了一下。

植物学家没能准确地告诉我，那些草木的浆果，究竟是作为对帮助其种子旅行传播的一种馈赠，还是本应留给种子的养分储备却被我们强行夺取。

作为后来者，人们自认土地的主人，从来不征求植物的意见。而植物接受四季的变化，接受降临己身的一切，从不开口拒绝。

来　路

打马向后。

探问来路。

向一部族谱行进，向它前言的中间部分、开头部分行进。行到三百年、一千年、三千年之前……将来路看清楚，也将血液里不安分的那一部分抚慰平静。

我终于回到了一担箩筐的出发地，回到了一个家族打井汲水的山谷和平原。

古老的夜色里，有安定人心的火和先人的骨殖，等待认领。

所有的密码藏在姓氏的深处，藏在竖排繁体字意犹未尽的地方。

你不抵达，便无法打开。

你不抵达，便保持孱弱。

不将来路走一遍，不用脚步重新温暖久睡的大地，被遗忘的，便将永远被遗忘。

而失去来路的人，也找不到去路。

原载《星星·散文诗》2020 年第 11 期

马灯，在岁月中一直亮着［组章］

栾　聪

识读：即东县人民政府旧址

他们的英姿，多少年了，就这样站着，一直没有离开。

这些先驱，走在我们前面的勇者、智者，人是瘦的，心中，却有坚刚不可夺志的信仰；

他们走了，去了远方，那个人人不能回来的地方。

多少年了，我的心中，总有一个念头辗转不止：我，想来看看这里的天。

摸摸那段历史，看看那些乡亲，以及，探寻一下，那些风中，雪中，

血与火的岁月。

简陋的桌椅，老式马灯，曾经照亮过旧中国茫茫尘世的一角。

也照亮了，父老乡亲的心坎。

而今，镰刀锤头的旗帜，依然漫卷着春风，在这片大地上开着鲜花。

在风中，舞蹈着；在我们的心中，

翻卷着……

卧牛山的枪声

枪声响起来的时候，卧牛山发出了潮涌般的呼啸。

风卷硝烟，吼声震天。

每一棵树，都把积蓄了千百年的力量，交给了风。

每一声，迎面而来的呼啸，都在开辟着，通向未来和胜利的道路。

风看到了，天上的云看到了，烈士的血，受伤勇士的血，在这个四月，开成了鲜花……

现在，我仍不时听到，漫山遍野的波涛，像历史的潮涌，翻卷着；在岁月中，欢呼着……

张家村，想起辛铁甲

那天，风暖暖地吹着，连蒲公英，都摇曳着婀娜的身段，舞蹈着。

安宁，还有梦，就要碎了。

那天，日寇来了，这些强盗，闯到我们的家园里来了。

连 900 岁的挂甲树，都感受到了一种不安。

但是，你和你的战友，却举起了枪。

一颗子弹，又一颗子弹，呼吼着，开始了旅行。

一小片的洁白和明亮，不断壮大、扩张。

细细的雨，就这样下着，下着，无休无止。

之后的日子里，隐在沿岸民众心中的烽火啊，渐成燎原之势……

大埠岭上，周浩然

南风吹过岭尖，吹老一根根草木。

千万年来，年年萌发新枝。

雨下过，风刮过，多少雷电多少雨雪啊，馥郁着人的心坎。

狐穿越时，暮烟飘过时，麦香累累。

他，是从一片丛林中走过来的。他的心里，有太阳的闪光。

大地上，忽然间就有一种香，一种美，舒展翅膀，飞翔着。

他的心里，有一粒粒的火种，救亡图存的种子，在燃烧。

花落了，数万年的沧桑，刮过去了。

而他，用血与青春谱写的诗篇，正在这片土地上，生长繁荣、信念和希望。

袁家屯，袁超故居

白色的墙，黑边框的窗子。

在袁家屯鲜亮的阳光下，显得那样普通。

多少年来，我从他的门前经过，就像走在一个长长的梦中。

我一直在想：这么多年，这家的主人，他到哪里去了？

一次，忽然听说一个名字，似乎与他有关，听过之后，却忘记了。

一天，老屋忽然做了些许装饰，换了门窗，很有一点朴实农家的意味了。

门上有锁，像是主人外出，还会回来的样子。

一个即墨党史都不能忘却的人，一个打响即墨抗日战争第一枪的农家汉子，自此，重回民众视野。

我们脚下的这段历史，是他，是许多和他一样的先贤用血和生命写成的。

让我们记住他吧，这个即墨大地上打响抗日第一枪的勇士，记住一个共产党员的担当和勇敢，同时，也记住，某些人的怯懦……

雄崖所，西门

渊默的风，一直吹着，在我们的心中，吹了七百年。

吹过，即墨沿海，

漫长的日月。

今日，在黄海之滨，雄崖所古城，西城门外。

我看见你，用心，吹暖了一寸寸光阴。

吹亮了西城门的累累青砖、片石，吹绿了山川一角，一代代兵勇，卧冰沐雪的人生。

多少年过去了，千年万年的警惕，却依然在我们心中，扑扑地萌发新枝……

原载《青岛文学》2021 年第 10 期

第七辑

九张机［组章］

梅一梵

埙

在我即将消失的时候。

你来了。从泥土里夺眶而出。被一双温厚粗粝的手碾压，被古窑里磅礴的火舌越勒越紧。

时间凝固。土与火进行壮烈的交织。

土，赢得了火的芳心。土，将火吞下。

土，涅槃，出鞘，就成了七窍玲珑的埙。

一曲旷古凄厉的《楚歌》，让空谷幽兰的虞姬引剑断情丝，力拔山兮的霸王不肯过江东；一曲惆怅清丽的《杏花天影》，让莺莺燕燕的相思扣，哀哀婉婉的同心结，瘦了一弯新月的细眉。

夜浓了，古铜色的埙，用古铜色的心跳，无微不至地吹拂着我。

如果这样的吹拂是一场亘古的离别，那么，你先消失吧！

我独自在这里，多纠缠一会儿。

琴

隔墙有意。闻得一双柔荑之手，在流水的裙角，忐忑。

思绪温婉、目光清澈，如一盘白白的月亮，忽然间惹来红肥绿瘦的心事。于是，轻快莹润的水，形单影只的水，花开见佛的水，鲜衣怒马的水，在幽韵撩人的夜里，勇敢地潜入如梦令、浣溪沙、渔歌子。

盛唐之琴，丰肥浑圆，华贵雍雅，似一位执扇慵坐的唐代仕女，盛开着满月的额头。

南宋之琴，纤细伶仃，扁平狭小，如一瓣独上西楼的月亮，和羞走，却把青梅嗅。

古人弄琴，沐浴，更衣，焚香，于清绝处，借雨还雨，借愁还愁。风姿冷艳而高妙。

琴是伯牙与钟子期，山川江河泱泱汤汤；琴是流落在塞外的《胡笳十八拍》，低回凄婉，愤慨激越。更多的时候，琴一声声一更更，独坐幽篁里。

黛玉奏琴恰被妙玉和宝玉拾得。

然，那琴是弹给自己的。影影绰绰的夜，吹过她碧纱窗里，罗衫怯怯的露水和桃花。

笛

于是，它在软绵绵的杏花三月天，脚蹬红绣鞋，持一伞江南的水墨，从石桥的瞳孔里游出来。柳的粉腮，桃的细腰，在鸟儿脆生生的舌尖呖啭，在吴侬软语的田歌里摇呀摇。

于是，它在野茫茫的西部风吹草低，哒哒的春天，揉碎了可可托海的牧羊人；哒哒的马蹄，把九曲十八弯的信天游，一鞭子抽进壶口瀑布。

黄帝使伶伦伐竹于昆溪，斩而作笛，吹作凤鸣，是为竹笛；先民将飞禽胫骨钻孔吹奏，用声音诱捕猎物传送情报，是为骨笛；玄宗贵妃嬉玉笛，合奏仙乐紫云回，说的是大唐的美妙，爱情的美妙；羌笛何须怨杨柳，春风不度玉门关，说的是王之涣的冷峭，凉州的孤远。

一曲鹅黄色的柳笛，是小村，炊烟、磨坊。乡愁在一声牛哞里，滴滴答答。答答滴滴。

箫

由于心若磐石，它并不急着旋宫，并不急着转调，而是沿着大漠流沙妩媚的曲线，婀娜飞，款款飞。如美人的胭脂，吹着吹着，就消失在天长地久的楼兰。

然而，它没有迟疑，没有提防。

而是，如一口走投无路的深井，彻底将自己松开，让丝滑的夜，沿着它自由空旷的涟漪和微澜，婀娜吹，款款吹。吹得泉盈月满，苍苔含泪；吹得幽径深深，禅房深深，有人雪水煮茶，与此刻的自己盘腿对坐，说一两杯陈年旧话。

抑或，什么也不提。任越来越浓的细节，沿着若即若离的嘴唇，流向一个故事的源头。

夜，那么凉，那么薄，那么轻佻狂妄，绝无仅有，一滴一滴把桃花潭水击穿。

然而，它还是什么也不说。

任一管洞箫，把自己吹得呜呜作响。

二　胡

此刻，它身穿胡服，一个腾跃，将嘶鸣的草原撂上马背。

大地的骨骼，肌肉和鬃毛，在瓦蓝瓦蓝的鹰的翅膀上，辗转挪腾，自如翻飞。

此刻，他流放在天边，渴饮雪，饥吞毡，困顿劳苦十九载。他的牧场，羊群，白雪皑皑的节杖，被一弯上弦月磨得通红。

在它的僵持下，《梁祝》醒了，蝴蝶的花朵在蝴蝶的戏文里，修补蝴蝶的翅膀。《二泉映月》醒了，雨，打碎了江南。泉边的阿炳，被蓄谋已久的月光炮制，切割。

时间在刀锋上，久久默哀。

忽地，它一个猛子，从沉重的低音区挣脱。铁的鬃毛，在风中昂首，昂首；铁的缰绳，在风中顿挫，顿挫。《听松》活了，《大浪淘沙》活了。冰雪逃遁，砂石退避，千古风流人物的气节和傲骨，在一首赞歌里风吹稻花。

原载《星星·散文诗》2021年第4期

你在人间［组章］

王金明

等一场回家的雪

长长的严冬像干燥的井绳，全扔进井里也打不上水，去年离家出走的雪，至今未归。

炊烟探身瞭望，麻雀议论墒情，老人石碾般在地头慢慢打转，月色皎洁，撒下不能花的银两。

失踪的雪，杳无音信。节省了一辈子，乡下人知道，冬天不攒点雪，春天就会干渴，土地没有奶水，喂不了日子。

老人一夜夜睡不着，想起当年盼娶媳妇，盼儿孙延续，盼秋收粮食满仓，庄稼人好像一辈子都在盼。圈里的羊也睡不着，瞪着眼望天，躲在砖缝里的虫兀自呼唤，靠在墙边的犁铧心事重重，院子里的老树默默无语，整个村子都在盼着什么。

残忍的老天终究慈悲了，第一片雪花在最黑的黎明前飘落，桃树最先用干枯的手掌接住，羊和虫子笑声湿润，老树上昏睡的乌鸦和麻雀都起身围观，等了那么多日子的老人却睡着了，不过，他的梦里也下着雪，下着绵绵密密回家的雪，雪停的时候，门前躺着一串新鲜的脚印，好像是进城的儿孙留下的，大小和深浅，他都熟悉。

一位老人梦中离世了，苦了一辈子的脸，临走，带着微笑，大雪覆盖了一切，包括老人掩藏了很久的期盼。

买菜记

在城市生物链的底端，各种蔬菜辗转而来，像离开乡村进城打工的农民，它们排列整齐，沉默寡言，露出善良的笑容，等着卖个好价钱。

我拎着网兜转来转去，先是抚摸一个冬瓜和茄子，又拿起一棵大白菜反复打量，我一时恍惚，把它当成了乡下的一个兄弟。我问它今年的雨水咋样，村东三叔的儿子找媳妇了吧，我还问了老槐树和一头牛的情况，我的絮絮叨叨让卖菜大嫂烦了，她说：你到底买不买呀？便宜得很，两块钱一斤！

我拎着一网兜故乡回家，那些湿润的菜叶子上，水珠犹如泪痕，随着我的脚步摇晃。

老石碾

村东蹲着一盘老石碾，村西也蹲着一盘，村东的先看到阳光，村西的先看到月亮，它们一阴一阳，像一对最终也没能走到一块的夫妻，但也从没走远，只隔着一座村庄。

五哥住村东，但他爱到村西碾玉米，我家在村西，隔着院墙能看见那盘老碾。五哥来了，姐姐就慌，一会挑水，一会洗衣，像碾子来来回回转，后腰一扭又一扭，扭得后背土布上的小兰花一朵朵开放，扭得五哥直发狂，石碾子推得飞一样，反正他有的是力气。

父亲蹲到石碾旁抽烟，他想与五哥聊天，但只听见石头碾过石头，发出含义不明的隆隆声，好像远处滚过的闷雷。

父亲还是把姐姐嫁到了十里堡，彩礼可以供我上两年学，三哥四哥还没媳妇呢，五哥又能怎么样。姐姐出嫁那天，五哥又来推碾，父亲送过去一碗喜酒，碾盘上只有几把谷子，五哥还在拼命推，石头碾过石头像呜咽，那一刻我知道了，石头，也会哭。

后来五哥不再来了，毕竟村东的石碾近，村西的石碾越发显得孤独。再后来村里建了机器磨坊，两座石碾就像两个没事干的老人，一边蹲着晒太阳，它们保持着很多年前的姿势，保持着不说话的习惯。

风 筝

没有羽毛，没有心脏和血液，还不如一只鸟的标本更接近真相，但它有看起来不错的飞翔，这就够了，我们不是也有很多看起来不错的梦想。

每一年春天，我都蠢蠢欲动，把熏风当作白捡的邮票，寄出那些隐秘或者渺小的心愿，有时，我很想剪断风筝的连线，看一段平庸的命运，在天涯海角历险，哪怕像失联的飞机葬身波涛，或者像一块陨石，滑出近地轨道。

入冬了，老家村东边的电线上，还挂着许多年前我放飞的风筝，陈旧、肮脏，像一块破抹布，在风中不停地发抖挣扎，也像我的童年。

不知我是否该从时间里脱身，还是总陷在回忆里，我可能也是造物主手中的一件风筝，他把我放进尘世，放进春天，也放进风暴，他只是没有注意到，手中的线已经断了。

原载《星星·散文诗》2021年第1期

镜像［外一章］

谢新政

1

下午四点钟的阳光被屋后的山峦遮去了一半，另一半被对面山峰的多棱镜折射出七彩的光。

流水很细，你把流水搓得更细，穿过银质的针眼，在月亮上绣一棵桂花树。

校园里只有香樟和梧桐，春天落叶秋天也落叶。你捡起树叶夹进书本里，幻想当一名童话诗人。

2

在白纸上写下你的名字，再写下一些石头的句子，把字和词搭成积木的城堡。

这时，有个人从桥上走过，风把几片落叶像信件一样邮给你。

迎客松睁着眼睛，它的目光里有铁。白鹭尚在水的梦中，在词与词的空白处抬起了头，那是一片蔚蓝的天空。

3

迟到的总是叫雪花的孩子，她赤脚站在门外，一定是忘记了密码。

春天里，婆婆纳开细小的白花，她一手牵着婆婆，一手扶着烟雨中的门框。

我们在油菜花地里挖野菜，透亮的眼睛藏不住年少的秘密。我们都被树上的喜鹊逗笑了，它颤巍巍地在桑树枝上计算光阴。

4

在一首诗里读出七星瓢虫，读出蓝色的豌豆花，黑眼珠和薄薄的翅膀。

那条青色的蚜虫，把一片叶子咬成漏光的筛子。

我们走在去往寺庙的路上，那里有天葬台和穿红色衣裳的喇嘛。你点燃一炷高香，顶礼膜拜。

5

牵一匹马到月光下饮水，你就是那个放马的人，心里藏着一片草原。

木犀草年年开花。我宁愿你是真实的，焦灼的嘴唇燃烧着的空心火焰。

风从远处吹来，它会带来远方的海水吗？你是我的大海汪洋，在你生命的窒息里。

檐上瓦

诞生于泥土，经过火的烧制，变得坚硬。

站在村口的母亲手搭凉棚，望着远处灰蒙蒙的天空，寻找一只鸟的飞影。

父亲的腰有些弯了，像一片檐上瓦，有了弯曲的弧度。

雨水和汗水，汹涌着流下来。

初冬的早上，瓦上有一层薄薄的霜，就像父亲母亲的头上，下了一层薄薄的雪。

那一年，风吹乱了山冈上的茅草，吹乱了母亲的白发。寒风中，她爬上屋檐，取下一摞瓦，给父亲落枕。

檐上瓦，让劳累一生的父亲，落枕为安，像泥土回到泥土。

原载《河南诗歌》2021 年第 2 期

上升与下沉［组章］

陈　俊

上升与下沉

书房的灯光整夜不眠，给书籍点着眼药，给电脑泡着条陈，给一杯茶惺惺作态，灯光向一块黑石里下沉。

笔有了主人的姿态，懒散学会偷换概念。

书本拖出一道闪电，上升的人腰间都系上了安全带，下沉的人一无所有。

马尔克斯一直注视着融冰的变革预期；曹雪芹咬住红楼塌成墨水的味道；诗学论述穿过历史溶洞的沧桑。

要与一个不朽的灵魂对话，下沉几乎是不二法门。

那么，你先遣散盲目的跟风，让视觉与触觉互换。

属蛇的男人在仙草中游走，圆滑而固执，冬眠是迟早的事，但趁着夏盛，趁着秋气未成，吐吐口沫，用蛇信子刺探一下命途，必要时分出两支队伍，一支上升，一支下沉，在空气中不留滑过的气味。

破　壁

把阻隔放在那儿，有时看得见的，有时看不见的。

尘世的冷漠，做成坚硬的壁，碰得头破血流。

转念间却是纸糊的，他的魂灵已然出窍。他脱下身上的铠甲，掏空了灵魂的羞耻。

他割下语言的舌头，塞住万象的耳朵和感觉。

他从尘埃里返回，闭紧花朵的大门。

他把光线赶出门外，归于沉寂的枯坐。

焚膏继晷的生，兀兀穷年的死，在破壁一霎，皆化成两行热泪。

重阳日

世间多了一把光阴的斧头。

声势壮，砍一斧；舞台好，砍一斧；情意浓，砍一斧。

多了许多瘦削，陡峭，孤苦，恨离。

接收一束花乡间的电波，接受一段空泥塑的信号。

登高寻医，高处的霜像止痛片。草木经不住讯问，纷纷抽出身体里的黄，不是皇家的皇，不是黄袍加身的黄。

靠一靠温暖，摸一摸温暖，但不能解题。

寒意的一道试题测试了天下人心。多是答非所问。

陪你上山，陪你下山，陪不了你小轩窗取白发。

一抹斜阳是一瓶杀虫剂，远远地喷风鬟雾鬓的叙述。

隔着隘口，杀一杀镜框的虫子，杀一杀月光的虫子，杀一杀幽怨的虫子，隐约其词，终是自己的毒。无法与山那边的悬崖达成朝思暮想的妥协。

更多的人需要和落日坐在一起眺望。

请把流水抱过桥

那时候，桥墩腆着晨光的脸刚刚呈现意志的轮廓，天空还没有把溜须拍马归还，梅花在精进的雪境深呼吸，柳芽还在积蓄白鹭和燕子归来的征象之力。桥还没有心颤之态，桥上还没有烟火行人。

那时候，你身后空无一物，所有时光都在组装一面镜子，都希望成为光彩照人的镜面。而阴晴圆缺不肯藏在镜子背后，赶走虚假。

那时候，水珠明亮生辉，渴望把自己溅起在一匹飞马从石桥踏过的蹄声之上。渴望柔软的情怀被整箱整车装走。

流水来了，坐在谁的膝头，又被谁的手推开。

油菜花还没有开出一片连着一片滴着黄金的攻伐。

青春断流。爱恨击中一座桥的黯淡。影子踏入虚荣的深度唤醒死亡。

镜子容纳着旋涡，造出幻觉和缱绻，忽地就落入十面埋伏的围困之中。

请把流水抱过桥，今夜你必须这样进入梦境。

我必是你的流水，漏出你的指缝就不能回头。

请把流水抱过桥，我必将在你的前头奔逝。

原载《上海诗人》2021 年第 4 期

茶里的知音［二章］

熊加平

在梅岭

把绿交给春天。把倾斜的山坡交给茶。

把一座座大山铺展开来。把自己放进一幅画。

在梅岭，千亩茶山，东风约下的良辰，早有人先于抵达。

碧浪在瞳孔里起伏。

一只鹰，叩问天空的云朵。

一棵老树，独立于空旷处，像一杆经幡，守住大山的密码。

微小的，也是巨大的。

这些绿色的暴动者，学会蔓延，攻城略地。学会易容术，它们集体把大山喊醒。

没有人知道，一株茶树喂养的青翠，隔着多少场不甘心的夜雨。也没有人知道，鸟鸣从斜刺里飞出，蝴蝶与蜻蜓的翅膀，曾打湿多少带露的清晨。

种茶人早已和大山结为兄弟。他们捕捉清风、灯火，和日子里微小的暖意。

采茶姑娘轻轻喊一声，茶山便湿润起来。再喊一声，欢快的小背篓，金色的阳光，便四处荡漾开来。

遇见林恩茶

古琴曲高低起伏。遇见林恩茶，遇见茶一样的女子。

她的眼里，噙着一汪山泉。她轻轻扣动杯盏，像隔世的布道者。一方茶桌，是她素腕下摆弄的江湖。

高山流水，在一杯茶里拉长。梦里跳动的山河，曾撑起多少英雄的落寞。

浅斟、细品，空空的茶杯，像是谁呷下的余生。

回到风雨洗过的群山。回到一粒茶。

采摘、杀青、揉捻、烘焙……

每一道工序，都是锤炼，每一个沸腾的瞬间，都是重生。

忘掉一生的锋芒，洗去身上的细枝末节，杯中淡泊。

谁来为世俗解渴？

谁在众生中诘问因果？

每个人都暗藏伤口，像山坡一样倾斜。人间略苦，且在一曲琴声里停驻，身外的飘摇形同虚设。

举起这一杯甘露，来吧，我们做一回茶里的知音。

原载《剑南文学》2021 年第 1 期

地理写生［组章］

白土黑石

地下河

万千溪水汇聚的河流，神秘、洁净，心怀向往。奔流，是它与生俱来的渴念。

我听见水流的歌唱与呐喊。一些袒露于阳光下的追逐，世俗并习以为常。

大地托举了无数河流卑微的欲望，并将它们放逐，去往远方。

倾听河流的心跳，有一种更为隐秘，更为猛烈的宣泄，来自底下。

我看见了河流的另一种形态。

水以无比温柔的缠绵，下渗、溶蚀、扩大裂隙，形成落水洞，汇聚地下成河。

水流积聚动能，下切，拓进，以迂回，以直击，在泥沙与岩石间，奔突。

一条河流，在地下澎湃，在黑暗中，寻找光明。

所有奔赴，艰难的程度，一定难于地上的形态。

地下河曲折的旅程，从它偶尔露出地表时的“惊鸿一瞥”，可窥一斑。它行踪飘忽，神秘莫测，去向遥远的遥远。

在没有见到光明之前，地下河不停地奔跑，集能蓄势，一旦找到出口，就会爆发出激越的能量，以不可阻挡之势，奔泻向前。

难以估量一条河流的韧性，它穿越黑暗时的无所畏惧、勇猛与坚强。

地下河，在地表之下，开拓了一个喀斯特地貌的特殊生态系统，把人类的认知带进深邃与神秘。

地面之上和地面之下，一条河流呈现了不同的面孔，我歌唱光明之下的奔赴，但我更敬佩地表之下无言的奋进。

所有的隐忍和不屈，都是为了更加广阔，与自由。

地下河，它的远方在地下辽远。

地　缝

深入大地的肌理，直指地心。大地之缝，让人惊心、担心，而又赏心悦目。

是玉皇大帝鞭劈人间的鞭痕，抑或龙王遁走遗留的行迹？

留下幽深、孤寂，留下大地的伤口，留给人间一道天问。

地缝以悬崖绝壁、瀑布，藤萝崖树布景，镶进光，镶进绿，镶进瀑布流水，虫鸣与鸟叫。以朦胧，以清晰，交替。走进你的视野，拓展你的认知。

自成世界。是走兽飞禽的乐园，也是花草树藤的世界。流泉飞瀑，苔藓地衣，各自精彩。

地缝，吸引着人类不断深入探寻。

一条裂缝，是楚河与汉界，井水不犯河水的明示？

一条裂缝，是一颗心被伤害后留下的伤痕。流水哗啦的低鸣，是告白爱之深，恨之切？

地缝，两边各自独立，构成相互守望又相互对峙的永恒。

地缝，是地球美丽的伤痕，大地美丽的风景。

而人间需要的是风景。心与心之间，最好和谐，无缝。

龙卷地

山峰环绕，围拢成一片洼地。最低点是圆心，一个同心圆的世界，坐落在大地上。

圆心中央，平整的大地，是房屋、晒场、果园、菜园，围绕圆心平地，周围是一级又一级向上的梯田，仿佛涟漪荡漾，漫向远方。

俯瞰，这是山峰环绕的世界，像一只倒放的大钟，每天有鸡鸣犬吠，虫鸣鸟叫，声音弥漫钟内钟外；也有梵音飘荡，低处的寺庙，香火缭绕，清寂的时光，慈悲漫生。

站在洼地中间，环视四周，感觉这一方大地，又像敞口的大锅，周围山峰像锅沿，整个洼地，装在大锅里。锅内装着村庄、田野、河流、庄稼、草木，装着人间；锅内装着日月星辰，霹雳与彩虹；装着人间的悲欢离合，欢声笑语。

站在洼地中间，由近而远看，一级一级的田畴往上，直至远处的峰丛构成的天际线。这一方天地虽小，却是家园之根，和谐暖融。这一方天地虽大，却也有人无立足之地，漂泊天涯。

这一方天地，藏着大地的秘密，也藏着人间的真相。

数千年来，人们依恋于此，与它共荣漫生。

龙卷地，是大地的特异形态，它是动植物的天堂，也是人类的家园。

此刻，热爱，是我心底要说的唯一。

龙卷地，藏龙卧虎，蛟龙潜行。

梯　田

大山铺就的天梯向上延伸，像要攀上美好的天上人间。

站在山顶往下看，一匹长长的幔帐铺开，皱褶了大地。

一层梯田一层诗意。

每向上一级，就更上一层楼。

每向上一级，就多添一份来自天地的祝福。

梯田，始建的年代久远，一般依山而建，按等高或不等高分割建造成阶梯式农田，气势恢宏。

有的梯田还被古人冠名为景点，比如“原田膏润”“马岗欢舞”等。

梯田顺着山势努力攀爬。早造种植油菜花，晚造种植水稻。

春季三月的梯田油菜花全面盛开，金色波浪风情万种；夏季五月水满田畴，曲线妩媚银辉闪烁；秋季十月晚稻成熟，漫山遍野金黄满地。

重叠的美，重叠的张扬。无形的彩笔，涂抹出重重叠叠的釉彩。

有风吹拂，梯田呈现层次美，似涟漪，若波涛，一波一波荡漾。

有蜂蝶飞舞，彩色画幅之上，动感跳跃。鸟鸣滴落，天籁和鸣，大地生机盎然。

在这唯美的景致面前站立，感受花之气息，吮吸花之香气，深感唯美、浪漫、温馨。

梯田，是古代人民双手绘制的一幅农业画卷，是一部艰辛的生存史书，是祖先留下的无尽宝藏。

梯田，呈现大地之大美，无言；

岁月，见证梯田对人间之大爱，无声。

原载《诗潮》2021 年第 4 期

天　湖［外二章］

王忠民

高于大地和信仰，低于云端。

天湖，越城岭下一颗明珠，湘江之畔的一汪诗眼。

当目光与粼粼的波光相逢，我隐忍许多年的泪水，瞬间倾泻而下。那里有经年的尘埃，在碧蓝如玉的水波中洗濯再洗濯。

清风徐来，万物息声。体内的混沌莫名就寂静了下来。

卸去攀于足尖的紧迫，世间的烟尘退向身后。今天，我且把自己抛进你清幽的深蓝里。

多想就此融进这无边的明净与安详，悄无声息地栖身于执着的船桨。日复一日，看清风抬着浩渺，以水的姿态，无牵无挂，奔走天涯……

让所有的词语都攀附在鸥鹭的翅膀上，看它们，在我的仰望中，细密地描述，这一片属于它们的天堂。看它们飞来又飞走，看它们盘旋再盘旋……

石城黄昏

在石城的黄昏，我像坐在暖暖的怀里。

歌声在石城的额上生根发芽。

风儿轻拂我的脸庞，表达善良与温和。

梵安寺旁，乡亲们敬仰的千年凤尾草，也开始憧憬夜晚了。

青年男女信奉的千年铁树，也开始咀嚼情歌了。

隐在凤尾竹与槟榔林后，被黄昏搂抱着，我的情感静静地泊在贺江碧水中。

宽大的芭蕉叶诉说着思念，我想，今夜会不会有歌手来我的窗前弹琴。

千年石城外的黄昏总想使人去倾诉点什么，不会是别的，一定是质朴的乡愁。

我想，我该在南方诗意的黄昏时上路了。

我不会错过花满枝头的桂树。

更不会错过贺江边上此起彼落的歌声。

那一片竹叶泛着绿色的寂寞，是等我来恍然大悟吗？

那一方蛙鸣澄明洒脱的心境，是等我来枕梦入眠吗？

此刻，我的双眸，早长出了深刻的幸福。

哪怕是流浪千年，石城，依然是我灵魂依靠的家园。

爱上遇龙河

这是一条与爱相依相惜的河，这是一条与情魂牵梦萦的河。

遇龙河柔情似水，眸子闪着千般温柔。

遇龙河光彩照人，灵魂涌着无瑕透明。

遇龙河如一个素洁雅静的天使，从我记忆的边缘地袅袅娜娜地舞出来。

我们乘着竹筏，顺着遇龙河漂流而下，走进了静静流淌的鲜亮轻灵的生命之源。

那阳光下的白鹭翻飞，倏然飞入那片竹林深处，滋生绿海中的生动情愫。

那遇龙河的清波荡漾，灵巧的鸬鹚翻潜入水底，浮出水面的是情趣横生。

那湿地里的芦花飘逸，惊扰大榕树下缠绵相会，穿越红尘觅寻一生真爱。

就这样，我们的心与自然在这里做着最浪漫的互动演绎。

遇龙河，一幅幅定格在炊烟缥缈中的山清水秀泼墨图。

漂流遇龙河，能感知起伏的呼吸与沉吟。

漂流遇龙河，能触摸跌宕的脉搏与心声。

脉脉含情的秋水，泊在清莹莹的绿波中，与我们相望。

阵阵真诚的足音，伴着轻盈盈的氤氲里，与我们前行。

我想，爱上遇龙河，有爱的人，身躯不老；有爱的人，魂魄不衰。

原载《星星·散文诗》2021 年第 9 期

风物志［组章］

袁 伟

风 铃

春光走漏的消息，被一串风铃公之于众，清冷的丁零声中，藏有乍暖还寒的话外音。

风，就此驻足。

从远方跋涉而来的暖，被几声呢喃，请入屋檐下的燕子窝里——

做客。

音色往往代表一阵风的自我介绍，从哪儿来，到哪儿去。而风铃左右摇摆着耳朵，暗示着它的充耳不闻。

许多时候，风铃与风水之间，既扯不上正相关，也算不上负相关。燕子一口一口衔来的春泥，足以埋葬一切牛鬼蛇神之类的迷信。

一只狗对着铃铛声狂吠不止，一定是因为它威胁到了自己的地位。

在小山村，屋檐下的风铃，是祖辈们用寂静时光喂养的另一种伙伴。或者说，是他们为自己准备的一副耳蜗。

方便他们随时探听到大山之外的音讯。

受人所托，风从远方赶来，捎带着一封封口信。写信的人，曾用逃离的方式命名留守，却无法用蹩脚的普通话撕掉自己身上的标签。

但这并不妨碍，风铃对他们心声的阅读。

流浪猫

不能用你所理解的生活，为一群流浪猫的日子下定义。

幸福或悲惨，都是一种活法。

因为你无从知道，居无定所是不是它们的主动选择。毕竟，不是所有的生命都像你一样渴望并痴迷于安定。

穿行于草木之中，它们是夜晚的流浪歌手。无论是新词还是旧调，只要一开口，总会有热心的听众前来捧场。

他们手中的猫粮，是一张通行的门票。

其实，你也曾是它们的乐迷。未被驯化的叫声中，有一种狂野，是你从未听过的摇滚。

只是你的热情，超过了界定的温度。因而，爪印成了一个不那么痛快的误会。

直到一个失眠的夜晚，你独自坐在孤灯下的长木椅上，秋风在你的怀里打转，卷走你体温的存款。

那只误会你的猫，从一侧窜入你的怀里，喵了几声晚安。而后，你们在彼此的呼吸与心跳声中达成和解。

那一夜，你才是流浪街头的落魄之人，而一只猫收留了你的睡眠。

毛边纸

不光滑。

一支狼毫笔，才能利用摩擦力，抵消书写者的惯性。

带针的竖，带刀的捺，丝毫伤不到一张毛边纸。竹子的韧性，经过篾刀与淘洗后，早已进入纸的内部，成为它的生命底色。

提笔在手的时候，多半是内心的野马在奔腾。你得借助这片枯黄的草场，放牧半天。

黑色的汉字，在纸上留下蹄印。

而一旦踏出田字格，所有的蹄子，都将被美学终身圈禁。

毛边纸也有一种辽阔，至少能容纳你想要的落日、长河、炊烟和蒙古包。有那么一瞬间，你仿佛觉得自己就短暂地安身于这片草原。

一滴墨落在纸上，就是一次受孕。

只不过毛边纸诞下的是书香气，而火纸，却生出一笔阴间巨款。

其中的原因，只有笔才知道。

空酒瓶

倾囊相赠后，一只空酒瓶依然挺着大肚子，仿佛除酒以外，还能倒出些什么。

装入不同量的水，它们的孕身会显得更真实一些。用筷子轻轻敲击瓶口，兼具音乐性与故事性的音符，便从瓶肚子里顺产出来。

今夜，所有的情绪都是无痛分娩。

都说大肚能容，而空酒瓶只是微微挺着，也能轻松装下日月山河与风雨雷电。

所有流经喉咙的酒，都曾接受过瓶子的严格训练。热胀冷缩，是一种对分寸的拿捏，除玻璃外，酒精也必须学会。

如此，才能在酒至微醺的时候，变成空腹。

一只酒瓶空了，却依然可以继续发酵。无论怎么洗涤，酒分子始终紧贴着瓶身，像一个无痕的烙印。

戒酒的人，也是一只空酒瓶，当他与另一只瓶子互相打量时，眼神中全是惺惺相惜。

此刻，惜字多了一层无辜的释义。

打气筒

把追寻远方的勇气给了车胎，把精确制导的底气给了球类。

打气筒在停止工作之前，把最后一口气，给了我。用以填充我脊骨的中空，让它不再那么柔弱不堪。

如此说来，所有的车辙和弧线都来自打气筒。因而，它们得以在空气中克服种种阻力做功，抵达各自的目的地。

当然，我也才终于有了几分对枯燥乏味的日子说不的骨气。

有时候，泄气并不可怕，只要找到破漏的地方，所有的日子都将重新充盈起来。前提是，要敢于面对缝针的手术过程，以及轻微的阵痛。

久而久之，信念也会为体内的打气筒。

它能让一颗失败的心，迅速摆脱干瘪的状态，变得无坚可摧。

即使，这只是一种浪漫的遐想。

瓮

对于小山村来说，一只瓮是最原始的保鲜柜。腌制的日子，在人们的睡梦与劳作中持续发酵，进而焕发风味的第二春。

装满水，瓮里的天就只有圆口那么大，但白云与红日，依然喜欢在其中短暂歇脚。

一只土瓮，要经过多少度的烈火煅烧，才能装下滚烫的生活；又要经受零下多少度的冷眼，才能淡然看待自己受到的冷落？

它不会回答。

只有重新回到土中，回到它曾经待过的襁褓里，满满一腔的委屈，才能如水般溢出。

若干年后，如果有幸被人发现，它也能栖居于某座博物馆中，身前的铭牌上，写着它的生平和履历。

但，这是时间该考虑的事情。

一只热爱人间烟火的陶瓮，更在乎舌尖上的味蕾对它做出的评价。

它常把炊具，视为自己获得的最高荣誉。

原载《上海诗人》2021 年第 2 期

广安册页［组章］

鲁绪刚

巴人石头城石帖

没有谁可以称出它的重量。

这些石头以自己的方式活着，又被自己的命运伤害。

东指荆楚，南卫虎都，西连蜀汉，北望三秦，一片鸟羽的天空，在川东的锦绣里显得那么辽阔。

一块石头的内心，暗藏了比石头更柔软的心事与梦境，留下时间记忆的密码，靠着温暖和潮湿，把阳光折射进身体。

每一块石头都应该有一个坚强的生命，饮得下风雨，也咽得下灾难。

灾难让它们成为石头活了下来。

把懒散的时光收集起来，让露水、尘土、青草、城垣、碉楼和尸骨，都衰老在石头里；一座石头城，体现了广安、川东渝北的巴人石头城史，展现了巴人文化与宗教珠联璧合，演绎战争与和平的千古绝唱，让历史和我们的灵魂抬起了川东大地的高度。

时光早已埋下了伏笔，有时候，一块石头不仅是一个世界，还可以是一座城。更多时候，它们像活在这片土地上的人，就是一块普通的石头，并且顺从了石头的命运。

宝箴塞

一块石头老了，几千块石头站着，依然保持最初的姿势，从大清站到现在。

一定有一只鹰俯视过又先我远去。江山是时间掉落的羽毛覆盖的疆土，更远的江湖已成青苔，在这些石头上被沉甸甸的文字占领。

这些牙齿脱落仍然直着腰的石条，像活在这里的人，手拉着手，心连着心，站在四川盆地东部，成了擦不掉的风景，风雪一次次穿过它们的肉体，始终抽不走它们的灵魂和骨头。

宝箴塞是川东站立的风景，雨丝斜斜地打下来，我是被抛弃在历史之外的一块石头，正在接受拷问和抽打。

华蓥山宝鼎

宝鼎称灵岌，华蓥第一峰，用一记钟声牵出光明寺、黄龙寺、南宗堂的诵经，这不是我的本意。

就如寺庙前那棵枝叶茂盛的菩提树，是我不敢触碰的虔诚与纯净。

静静地伫立在华蓥山宝鼎，如一棵守望的树，“东朝宝鼎、西朝峨眉”，和远山一起静默，和以往的时光共归平静。

任人间的烟火，与大地缓缓地吐息，从寺院的香火中起扬起落。

我一直认为，天上有着每一位世人的寄语与期望，在永恒地流淌，那是贯穿人生的另一条河流。

我一直认为，华蓥山是女娲补天时遗落在川东的石头，透着神性与灵性。是飞鸟的翅翼抖落的星辰，让这座山以华鉴命名。

在这里我们看到花开，看到生机，看到苍凉，看到相依相偎的石头与树木，这片土地上发生的过往。

那些留不住的岁月脚步，就像被风吹走的树叶与桃花，就像华蓥宝鼎遗落的经卷，就像雨水在遗忘中走过，唤醒一朵梦中的睡莲。

羁押在历史与诵经声中的记忆，储存在莲的花瓣上，每一瓣花瓣都是上一世记忆的轮回。

从梦中离开，我把华蓥山宝鼎，一遍一遍翻阅。

天意谷

一滴泉水，一抹飞瀑，能否咬碎塞满岁月的石头。

时间沿川东渝北的脊背蜿蜒。

如此巨大的画卷经过时间的手呈现出层次，森林与瀑布以不变的承诺，为完成这幅画付出了青春。

这里的每一棵草，每一滴水，每一道飞瀑，像一个人的一生充满了跌宕，充满了惊奇和未知，丝丝缕缕的淡烟轻雾，像一个人在尘世昏暗和神秘，不知道会在哪一个路口走失。

而我选择了在这里揉洗浮躁的肉体和灵魂，风扬起的沙粒坚硬一如岁月的风刀，一刀一刀地砍掉了心中的柔弱和本质中的温软。

挂在峭壁上的惊涛与心悸，在天意谷纵横捭阖。一道道记忆的豁口露出岸边如弓的身影，又悄无声息地隐藏于这片辽阔而惊奇的水域。

远处，陶渊明曾经吟诵的诗句和描绘的山水，被时光拓展，成了今天的文化积淀，成为广安和修辞里的呼吸。

时间在这里是一堆废墟。

月亮是川东大地最奢侈的晚餐。水面上没有落叶和杂草，错落有致的天意谷，没有遮掩，也没有秘密。

天地之间，时间不吝啬，也不会厚此薄彼。

生命的循环往复，让沉淀的文字深邃目光，那些裸岩，雪山险峰，天然湖泊，瀑布群落，编织着不屈的图腾，让天意谷这幅画卷一路走来，纵横捭阖，敞开宽阔的胸膛，经受雨打风吹，在岁月中抱紧了骨头和命运。

原载《星星·散文诗》2020 年第 12 期

火车，在逐梦的路上飞奔［组章节选］

陈茂慧

1.

万里河山之上，火车，在飞奔。

火车的面孔，生动而新鲜，陌生且熟悉，模糊而又清晰。

火车的形象，有时伟岸，高调炫酷，有时却又普通平凡，低调内敛。

火车，有时沉寂，有时喧嚣。沉寂时坚硬、冷静、执着；喧嚣时柔情、热情、激情。

我们看见，火车，穿着绿色的衣裙，穿隧洞、过河流，在大地上蜿蜒。沉着地慢抒情："轰隆隆，轰隆隆……"

这一袭绿裙，经年不变。绿，安静、安宁、平和、安全。

火，消逝在时光的年轮里，消逝在岁月的烟雾里，消逝在长长的汽笛声中。火，曾经怎样深入一个少女的记忆，现在就会怎样在一个老人的回眸中浮现淡淡的忧伤。

汽笛，穿越激情，穿越时空，在时光的年轮中回响。

绿色不改，绿意不减，奔跑的事物却有了新的意义。转动的车轮，震颤的钢轨，喘着粗气向前冲的车头，它们，点缀在青山绿水间，和谐而美好。

山水吉祥，绿色的火车穿行在人间。飞鸟盘旋，欲与火车试比快。

2.

在生活的慢镜头里，我们坐在窗前，手捧一杯清茶，尽情怀想——

一段铁轨，几段枕木，几个孤零零的站台，一群陌生的路人。

他们，脸上有着幸福的笑容，或者平静的眼神。他们脚步匆匆，或者悠闲踱步，行李箱，伴随着他们走南闯北，布满旅途的尘埃。故事，在火车上演绎，又传播、延续到无尽处。他们，来自哪里，又将去向何方？

一列绿皮火车，缓缓驶进站台，缓缓靠站，伴随着车轮与铁轨铿锵的摩擦声，人影散乱，上车，关车门。然后，火车喘着粗气开向前方。

慢。花，开得慢，凋谢也慢；日子，过得不紧不慢，仿佛永无止境。思念也是慢的，仿佛，我们有从容的心境和长长的一生去等待、去浪漫。

绿色的火车，绿色的往事，绿色的梦想

——在一篇篇日记里，在一首首歌曲中，一部部影视剧情里。

火车，是最为浪漫又温馨的道具，是朦胧又清晰如昨的风景，是激情而温馨的青春岁月。然而，汽笛声渐渐走远，回荡在梦境里。

也回荡在现实中。

伸出双手，我们用文字、用信笺远握。

3.

时间是一列巨大的虚幻的火车，满载着一切，不断向前飞奔、飞奔。

我们，深陷其中。

抬头仰望星空，每一颗星辰都是明亮的。月亮支配着光，让大地展露朦胧的美好，树枝将手臂伸向高空，影子都有了动人的诗意。

铁道，冷凝的铁道

——从“除了月亮之外最神秘的地方”到平原，再到海滨，以静卧或流动，舒展的姿势，绕过城郭，以“近城而不进城”的原则延伸。铁道线，是在一个棋盘上布局，从“四纵四横”到“八纵八横”或者更多，令人目眩神迷。

铁轨，卧于泥土之上，安静、温柔而神秘。永远平行的两条线，若即若离，却又不离不弃，永远保持固定的距离，分毫不差。

此时的距离，如此美丽。

一条铁轨与另一条铁轨的靠近，谨慎、小心翼翼，从冰冷到冰冷，从智慧到智慧，从陌生到陌生。不需要语言，不需握手。彼此相望，并不亲近。

火车，有时擦肩而过，有时并行远赴。它们带动的气流，让铁道边的树丛和庄稼都忍不住内心的荡漾，露出羡慕的目光。

铁道，温暖的铁道

——轮对的坚固，车厢的稳固，门窗的牢固，座椅的舒适，一杯热水，一双温情的手，一个温馨的微笑，春天般的温暖。

信号灯、转辙机，石砟子见证铁轨的震颤；接触网，电缆线，旅客、货物，感受着的温度、硬度和韧度。一列列开往春天的火车，有着不屈的力量。

火车上的他们，面对或背对风吹。大风吹，吹不熄人间的真情和愿景。

4.

铁。一个生动的元素，一个永不生锈的词。它冷时是兵器，捍卫正义，热时是铁血丹心，映红了河岳山川。

坚硬与柔软，冷静与热情，是同一种爱的两个侧面。是铁的两种不同属性。

新时代的铁，有着新的属性和新的期待，他们，站在不同的声部唱着不同的曲调。不同的曲调形成壮美的和声，浩浩荡荡。

铁，就是兄弟姐妹，就是亲亲的亲人。

铁，就是火车的一部分。

站台上、铁道边，车厢里，都是铁。

一列奔驰的铁，装满了一群铁——火车头里的铁，他的眼睛紧盯铁道前方，手中的按钮，控制着速度和方向，嘴里的呼唤应答，脚下快节奏的轻踩如此和谐。

脚穿行在车厢的铁，步履矫健，手里捧着的是一颗火热的心、温情的话语与甜甜的微笑。在配电箱前的铁，手拿钥匙和试电笔，哪一丝隐患都不能逃脱。

扫地的铁，餐车做饭的铁，开锁车门的铁，检票的铁，安检的铁，引路的铁，卖票的铁，推餐车的铁……

按动按钮的铁，敲击键盘的铁，握笔的铁，戴肩章别胸牌的铁，拿烙铁、电笔的铁，铺床铺的铁。在与人谈笑间拿下业务合同的铁，在调度机前指挥千军万马的铁……

电视屏幕里放映的是铁的身影和故事，广播里播放的是铁的乐曲，车厢中来往巡视的依旧是铁。铁中有铁，铁外还有铁。

城市的天窗敞开，一双双眼睛闪烁着莲花样的佛光，在时光的交错中交相辉映。

啊，铁，长在火车的血肉里，与火车密不可分。

原载《中国铁路文艺》2021 年第 8 期

第八辑

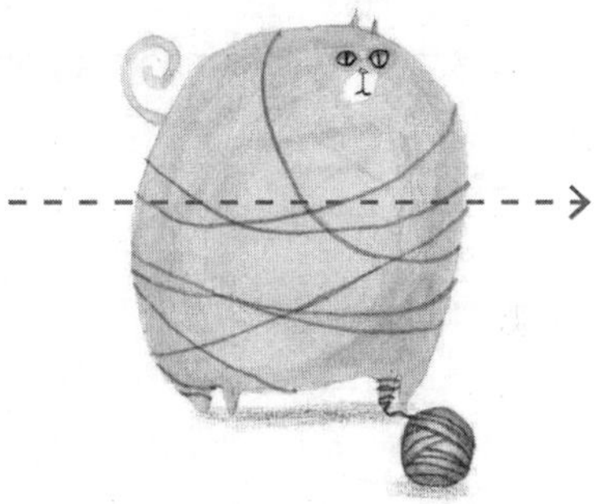

深度抒情

赵洪亮

1

春晖。一湖。

一场春事，仿若雪豹在暗处吼着若隐若现的雷声，又像一场恩怨在水岸握手言和，注定所有辗转而来的修辞不会扑空。

穿过木桥，几个两手空空的石墩还在那里静坐着，水面那条漏网之鱼居然领了一群小青鱼朝着四月游去。

请原谅我的冒失，打破白云和小蝌蚪相安无事的江湖。

那匹棕红色的小马绕过稻田，雨后的林子显得年轻有诚意，新发的嫩芽铺成松软的样子招来不少飞雀，一些落叶缤纷，很像距离我不远的笑声，那么多春枝摇身一变挂满了青果。

2

时光的慢，一慢再慢。

桃树林，注定要发生变化，以免跟丢那只灵光一闪的小兽，闻到花香的鸟语，都成了不食人间烟火的白粉蝶，越过低矮的灌木丛。

谁的六欲、七情都经不住诱惑，像染了花粉的介词总是想入非非。

风从东南方过来，有点甜，不像低头抄经的柳枝心事重重，阳光古老而又抒情，我像敏锐的狐狸做下记号等月圆之夜，约来同伴在星光下谈美。

3

桃花枕水，已经漂出诗经。

小满过后，再遇湖岸，恰好碰见灰喜鹊咬断一缕阳光落在荷花的额头。

夏风脱去雨衣，沿着水线喊出四五只野鸭钻出蒲苇荡，采薇也只是说辞，明明知道落花无情，还是害怕一阕词的红尘误解了美意。

一只白鸟趁势滑出一道优雅的弧线落在六月深处，湖面瞬间失去睡意，那些光阴还在下沉，只是几片浮萍、野菱轻易覆盖了一湖水的暗伤。

远处，鱼鹰喊出一叶扁舟，碰碎的涟漪纷纷朝着水岸躲避，不经意露出水柳几根淡红色的脚趾。

一纸光阴，闻风而动。

唯有湖西，三千朵蚀骨的荷花居然压低喊声，静默在宣纸上一动不动，而我经不起诱惑，那几只蜜蜂也是，顺着柳枝手指的方向掀开澄明。

是哦，我内心的少年欢快起来，这人间烟火赋予草木的寓意无非是简单明了，自恋的大地手绣一幅幅辽阔静美的刺青。

4

再来。秋深。

黄叶正覆盖真相，湖风一次一次吹薄湖蓝色的比喻。

暗处的虫子、小兽敏感而又警觉，总能在草木倾斜的根部听到若有若无的提示。

听说去芦苇荡能抓住翠鸟的鸣叫，但我还是希望喊住一只游往湖湾的秋词再停一停——

几位渔民还在白杨树下谈论草鱼的未来，谈论集市上最后一位买主的背影，烟卷里的光阴又短了半截，识相的柴狗撵着几只蝴蝶去了房后，气息里只剩下两只羽毛透亮的白鹅歪歪扭扭的喊声。

结局早已经划出疆域。

想必辨识度极高的蛙鸣还在暗处平仄填词。想必赶往南岸的白鸟正在完成一次交代。想必空旷的平原需要把孕育种子的勇气收敛一下，毕竟暮秋的拐杖递到了田畴。

大地垂暮。

一根粗大的竹竿横在路上，像田野与树林的分割线，枝条清瘦，卧进黑巢里的喜鹊像一粒打坐的禅语，和云端的天蓝描述一致。

5

村落。清雨陪飘过。

锦囊高挂，冷暖无须多言，悲观主义变得慈眉善目。

一湖水，未必是故乡臂弯仅有的秋天，散落在泥土里的陶片、碎瓦，未必全都标注祖先用过的痕迹。

每一个低头不语的谷穗饱含深意，而我只是一枚卑微的蠓虫，灵魂终究要从肉体抽身而去，太多深意不参也罢。

就像那个紧抓树干的蝉蜕，也仅仅是季节辞别留言里的一个标点，在意与否黄昏都要关闭城门，落日都要把自己的云彩归还给西天。

这深度抒情的一根断弦哦，在古老厚重的豫西平原，被淳朴的民风一一卷起收藏。

原载《散文诗》2020 年第 10 期

每条河流表面柔软的内心，都潜伏着一头咆哮的猛狮［组章］

杨启刚

大　水

每条河流表面柔软的内心，都潜伏着一头咆哮的猛狮。

风和日丽的两岸，牧童，炊烟，夏荷，他们仨正在水中无忧地嬉戏着前朝的月光。

小河像一条绿色的飘带，弯弯曲曲地绕着村庄，叮叮咚咚地唱着歌曲，向着远方流去——几十年的似水流年，小学生们仍然还在作文《我的家乡》中这样遣词造句，并且还将机械地继续下去。

我却不相信水中的童话，童话背后隐藏着恶毒的巫师。

在这个夏天，我看到的只有狼奔豕突的大水，肆虐着城市和村庄，吞噬着欲哭无泪的眼神。

浑浊的身躯之上，数不清的家园被淹没，数不清的新闻被头条冲击。

一匹水的汹涌与野性，无法用一条条河床来阻挡它的躁动。正如风平浪静之后，你永远不知道一条鱼的游向。

波光粼粼的水面，太阳的呼吸已经气喘吁吁。

急促的风声已经没有抵抗力。

关于一场又一场大水的落差，我还能够表达什么呢？

无助的双手里，土地已经被迫沦陷，城市的筋骨已经松动，我的眼眸已经被恐惧与战栗包围。

汪洋的世界里，呼吸被呼吸折磨。

已经干涸与失语的内心，任由任何一场大水的拍击，都不能泛起一丝怜悯的涟漪。站立在一栋楼的高处，满目所见均为一片泽国。

选择在黑夜里顶风突围，注定只能是无谓的牺牲。

选择暴雨之后的一朵白云作为装饰画吧，那也只能是一种蒙面的假象与羞辱。

大水，究竟是一种单薄的意象，还是一种挥之不去的梦魇？

将短暂藏在夜

没有什么童话可以在黑夜里生存。

就连穹顶上的星宿，也不会永恒。出手极快的，不是利刃，便是流星。

秋意越来越深，啼血的大雁喊破了白云。燃烧的黄昏只是一种意象，短暂而且仓促。山巅枫林一片血红，像极了一场早已算计的凶杀案，神秘而又残忍。

河流在退潮，江水回归原籍。傍晚的光晕忽明忽暗，萤火虫也找不到巢穴。窗外落日也只有几秒，群山小心翼翼地收藏流血的脐带，秋风已经把光阴吹远。

大地开始阵痛。城市的产床无处安放。伸手不见五指的星空下，天高地厚只能是泛黄的词典。唯有黑，包容一切，又否定一切。

一秒钟与一小时，又有什么本质上的区别？旧日的黑夜与此刻的黑幕，又是不是同一个母亲产下的儿子？面壁十年一场空，画壁上的飞天去意已决。反弹琵琶的那个女子，躲在了音乐的背后。掌声四起之时，空空荡荡的剧场里落寞而寂静。

一条没有思想的河流，永远没有回头之径可循。就是河床干涸的嘴唇，也享有夜色湿润的抚摸。哪怕只是温存的一瞬，也包容了一切幻象。

那些短暂而急促的时光啊，都不露声色地深藏在夜里。三更的窗外，还有阴影在摇曳，有人活着，也有人老去。也有人，疯疯癫癫的不是生，也不是死。

落日大道

末日或者沦陷，抑或涅槃，一切都不可预知。黑幕就要拉开，它包容一切，又否定一切。最后的光影里，已经包罗万象，不必言说。

脑残粉们只会狂欢，他们只关注表象，关注那些耸人听闻的虚词。

沉默者向来都是负重前行，不辩解，不申诉，落日的余晖也不过如此。

砥砺前行者，从来就不需要掌声与鲜花。

众生喧哗。落日总被黑暗所诋毁，大道总被小径使绊子。拥挤的大道站满了观望的人群。过滤的思想者，不为落日而流泪。尽管一路向西的负荆者，阳关上总是布满了陷阱、烽烟与战火。

你看到的所谓真相，不一定是真相；你所听闻的一切，道听途说的风声，难道是真正的风声？吃瓜人的嘴杂，你封锁不住他的嗜好。东家长，西家短，口蜜腹剑者，山巅的松树，它会用无声的冷眼与虬枝，来拒绝人间的倾轧。

怀揣落日上路的旅人，心胸开阔，天地无私，满身洒满阳光。

诅咒日落西山的路者，我也感谢他的心机。他的流言蜚语，只能让大道变得更加善于求索和笔直。

硕大的余晖里，我看到了落日熔金。踽踽独行的思想者，都是一个人决然上路。车流不息的岔道口，总是隐藏着心怀鬼胎的肇事者，隐藏着他们不知所措的阴影。

黑夜降临，这仅仅只是自然的更替，不必过多地去添加乌合之众的杂音。

道貌岸然者，内心的龌龊由来已久。不屑于与之为伍者，也不屑于揭开他们肮脏的谎言与黑纱。

落日大道，车流不息，我看到的是金，看到的是光；我看到的是，翌日的清澈与纯真，激情与鲜活。

终将，一切落下去的均为暮色，那些升腾而起的星辰，已经缀满海蓝的天空。

月光猎人

总是黑夜，你背负的月光太多。凄清的草原上，没有狼嚎出没。

一壶老酒，就暴露了你的身手。一匹孤狼，已经决定了它的走向。

江湖渐行渐远，墙上的佩剑锈迹斑斑。

猎人，猎物，还是猎枪？三千里江山，已经没有流水潺潺。

踉踉跄跄的目光里，满眼的月色溢满眼眶。

风吹过草原，箭矢要射向何方？

惨白的大地，是不是裹尸布呢？

高高的山冈上，经幡已经燃烧多年，它的灰烬里，还能提炼出闪亮的黄金吗？

那柄出土的猎刀，依旧锋芒毕露，寒气逼人。

有时，猎人者，也在狩猎自己。

白天的炫彩，是不需要装饰的；它自生，也会自灭。它招摇过市的风声，仍然会尽收眼底。

夜幕下的灵魂才能出窍。

躺在一地的月光下，自己已经宣布自己溪流的方向。

走到哪里，都是绕不过去的猎杀。

奔赴的疆场上，笼罩着死亡惨白的阴影。

圈套与陷阱之间，也仅仅只是隔着一条孤独的绳索。

那就酙一壶月光吧，放生一切所有的放生，放下一切爱恨情仇的绞杀。

今夜的金桂开得是如此的殇情，空气中总是弥漫着馥郁的暗香。

独自对月，畅饮三更，究竟会不会烂醉如泥？

河畔年老的彼岸花，为什么总是在深夜低声抽泣？

墙上的弓箭，已经沉睡千年。

浩瀚的星空没有情怀，布满了一步之遥的死亡游戏。

我是那个离自己最远的人

灵魂与肉体，我究竟该相信谁？太阳已经西沉，城市在沦陷，人格已经分裂。我是谁？我从哪里来？我又要到哪里去？哲学与生活的命题，从来就相互抵触，不曾完美地交集。生命的终极，它既是走向死亡，又将会涅槃重生。转世与轮回，又是不是一种自慰？在三维空间里，时光不能游离于液态。

我是那个离自己最远的人？这只是一个伪命题。当大海露出脊背，峰巅沉入黑夜，夕阳被后羿射落，我该选择离自己而去，还是留下蝉的躯壳，蜕下蛇的残皮，做一次逃逸？让挂在夏天树枝上的鸣叫，仅仅成为一种修饰与象征。

一边是自己的肉体，一边是如影随形的风声。前行或歧路，都别无选择。我唾弃的只能是软弱的流水，或者，抽刀断水水更流？花岗岩的脑袋们异常坚硬，但它又是否会被一枝柔软的玫瑰引诱？一切都不可预测，一切又恍惚尽在掌控之中。

当然，我无法做那个离自己最远的人。就像此刻，夜色把我紧紧地包裹，我挣脱不了它的桎梏。我要解救自己。我只能与自己的灵魂做伴，告老还乡。白昼的山冈，桦树林的眼睛既柔情又哀伤。孑然一身的小道上，早年气吞山河的理想，已经在远方被狗尾巴草悄然埋葬。

只有在某些时刻，某种场景，我才能远离自己，也必须远离自己。比如，舐舔情感上那道醒目的疤痕，在锋利的刀尖上求生，在子夜穿过疯人院灼人的目光。我只能用空气来黏合人间的重症，用麻木来封锁江山的另一种疾苦。

野草丛中，丢弃的躯壳在冷笑，它只能眼睁睁地看着灵魂漫无边际地游荡，找不到附体的思想。凄冷的月光从来就不会说话，它的脸部一生惨白。那些流传千古的绝句，也不过是一片冰心在人间，永远是那个离自己最远的人，或物，或者一只沉默不语的器皿，一条负重逆行的江流。

我想和你一起看夕阳

没有特殊的背景与音乐，来作为前奏的曲谱，一种意象而已。其实也没有什么可看的！

无非就是静下来，凝望着远方不说话；无非就是你倚靠在我的肩头，我听见你的心脏在颤动；无非就是，看天空的晚霞把苍穹烧熟之后，渐渐走向没有尽头的黑洞……

在一日三餐的奔波里，蹒跚的脚步踟蹰不前，民以食为天。生存的释义，早已清澈见底。泥沙俱下的灵魂深处，长满了一言难尽的蔓草。浪漫的日子啊毕竟不多！

阳就是我的油盐柴米酱醋茶，就是我的一碗白水煮青菜，就是侧耳倾听楼下的蟋蟀在私语，拉开窗帘看看，远处的龙山今日是否被大雾笼罩？

落日的时刻，并不是每天都有。夕阳西沉，月光升起，笑容与泪水一同隐入尘埃。是否一起看夕阳，并不重要。斑驳的秋声，开始在密林深处低声呼唤。青山如黛，沉寂不语。

我只想看沉睡已久的苍山是否已经被风唤醒，徐娘半老的枫树是否还举得起火红的旗语？半山的那座古寺，是否还有诵经的梵呗传来？住持大师的门楣上，是不是一定要落满了咯血的梅花？

我想和你一起看夕阳。或夕阳和你一起来看我吧。山岚起伏跌宕，松涛阵阵，晚秋的掌纹，已经把夕阳驮得越来越远……夜色即将启幕，彤红与漆黑，是两枚截然不同的果实。秋风过处，又顺带走了那条黄昏的流水。

此刻，山峦的阴影，终于被峭壁收藏。挥之不去的巅峰，早已隐入一场空寂。

风中鸟羽

轻于鸿毛。我什么也看不见。
干净的空气中，时间早就掩盖了一切。

一只鸟的世界里，没有三观不正。
它不屑于群居，与世无争，只是一种形而上的方式。
一枚鸟羽，死掉的是肉体，还阳的是出窍的灵魂。

风吹只是一种存在，它有别于众草喧哗。
仰望天空之外，没有一朵流云，来作为装饰人间的烟火。
它既是真实的存在，又是虚幻的吟诵。

我怎知你是随河柳

当然，我不知道。但黄河心知肚明。沉寂不语的只能是默契，它的泪光里没有消逝的流水。

我只知道，春风又绿两岸的时候，就会更加清晰地看见你袅娜的风景，看见你深深扎根淤泥的腰肢。当然，还有粉色的花蕊在风中摇曳，作为另一种形式存在的异数。

冰封的河面开始苏醒，暖阳的莅临，并不代表司空见惯的季节。我甚至私下怀疑，它是否专为这条大河而生？专为这条大河祈祷？

让我们为这个家族鼓掌。尽管这些掌声有些单薄而稀疏。尽管有些枝条羸弱得青筋毕露，秋风之后的鸟鸣仿佛迎面而下的泪滴。

在远离城市的黄河两岸，我们应该为自己的无知而感到愧疚。虽然它并没有一丝的责怪。虽然决堤的画面已经绝迹，金色的河流依然平缓或者咆哮地奔跑。

致敬。对于一条背负了太多历史与传说的河流。甚至，承受着唾沫星子的诽谤与诋毁。但是，它两岸的烟火，民谣，牛羊，仍然绵延不绝，与随河低调的柳树谦卑为伴。

泥沙俱下的一生，不仅有洪水，也有谎言。柽柳筑堤，不需要指手画脚。是非曲直，人间自有公正。与水为邻，才是它最终的本意。相敬如宾的背景墙上，它有时是兄弟，有时又是情人，相互搭台，相互补台。更多的时候，则只能是相互抱团取暖。

自然法则的相依为命里，惺惺相惜当然是一种淳朴厚道的美德。它让一条河流的出路，有了一帧凝固的腰封。它让一条河流的鲜血，成为报答土地的动脉。

两岸的柽柳与堤坝，早就已经把黄河紧紧地抱在怀里。它是作为另一个母亲而存在，默默地目送东流的逝水与孩子。

词语落在伞上，是清澈的水

必定是在烟雨蒙蒙的江南，春末夏初一个落雨的午后。

梅子成熟的季节，早已把风声鹤唳，阻挡在城郭之外。

江山如画，也只需要一个王者，来册封最初情爱的走向。

必定是油纸伞，才能让淑女的风情与旗袍，永远定格在一条石板古街的巷口，成为旅人再三回眸的景致。

她们的眼眸不需要描红，淡淡的素妆不需要向谁表白，也总是那么的亮丽，恍若一朵栀子，与另一朵栀子，在古瓷的暗香里相依相偎。

那些清澈见底的水，早已望不见人间的沉渣。就像词语轻轻地落在伞上，也听不见沾满尘埃的杂音。

如果五月的江南还有微雨，还有摇橹的船娘回眸一笑，那杏花的白，桃花的红，与垂柳的绿，必将成为这个雨季的另一帧封面。

小巷深处，一夜听雨的，是滴滴答答的屋檐在窃窃私语。北燕南归，谁家的紫藤已经长过了春天？谁家的玫瑰又半开半掩？谁家的门扉里，又传来天使降落在人间的喜讯？

有的时候，一个词必将被另一个词代替。一件事总会让另一件事轻易地放弃。唯有伞上的倾诉，才能将湿漉漉的烟雨江南侧耳告知。

一条洗尽铅华的清流，总是在鸟鸣的子夜里辗转难眠。一叶识破人间伎俩的小舟，疲倦地倚在窗前，在半梦半醒之间悄然泅渡。

所有的词语落在伞上，都变成了清澈透亮的水，它们不再需要草木葳蕤的隐匿之地。

只有缄默光洁的天空，仍有古琴的声音悄然划过，恍若一段传说即将启幕的开篇与前奏。

鲸落记

恍若潮汐汹涌的爱情。这最后一夜的挽歌。

我死亡前唯一的选择，只能是悄悄地寻找一片安静的水域，慢慢沉入幽深漆黑的海底，孤独地迎接最后的死亡时刻。

以此来作为报答世界的弘慈。

这里是温暖的产床，也是温柔的坟场。

生于海，而归于海。

凄美的海洋深处，静水流深。渐行渐远的呼吸声里，我已经看不见尘世的肮脏与丑陋。

水底的世界真好，独处的时光真好，知道自己最终死亡的过程真好。

我细数着鲸须，掐算着坠落的日子越来越近，计算着庞大的身躯，如何慢慢地禅修成一座海底孤岛，成为生物链中，最凄美最营养的部分。

不污染，不祈祷，不惊慌失措，就是最后渐渐下沉的身躯，也将全部捐献给大海，捐献给海里的兄弟姐妹。

就是最后只剩下一身骨架，也要回报大海的养育之恩，重新孕育深海之中又一个生命的绿洲。

我回报的只有这些，别无其他。

一鲸落，万物生啊。

当我眼里的生命之火渐渐熄灭，那些咸涩的，一浪高过一浪的海水啊，都是我眸子里无法抑制的、喜极而泣的往事和泪水。

我是海洋中落叶归根最好的诠释者，这何尝又不是一种极致的幸福。

当这堆支离破碎的残骸，最终在时间的沉淀下化作礁岩，这便是我献给大海，最后刻骨的温柔与岛屿。

原载《大沽河》2021 年第 3 期

田野的笔记［组章］

张少恩

1

菊芋、苣荬、牵牛花还在吟唱秋风词，它们坚贞，顽强，拥有浪漫的色彩。蒲公英按时令的约定，开始散发梦的种子，飘逸、轻盈，仿佛优柔的灵魂。泥胡菜长出了白的细羽，偶尔还有粉红的一朵，那是它们队伍里的奇才。而葎、蒿、劳豆和牛筋草则枯萎了，蜷缩的枝叶敛息。

天气不凉，可称为爽朗。

大地有圣贤之气——深邃、淡泊、超然。

田野仿佛完美的思想令人迷恋——“我们瞧不起沉醉于不完美地活着”。与世无争并不值得炫耀，消沉的意志比腐朽还可怜。

2

我在田野上总能找到乐趣，即使寒霜降，也能嗅到草木的芬芳。虫鸣的洪波退去，还有丝丝缕缕的涓流；粮食回到村庄，秸秆却仰天大笑，它们就地还田，拥抱沃壤，继续为大地的梦想助力，对一生做出圆满的交代。

我从庄稼的身上能看到不朽的思想，它们把果实贡献给人民，清气却留在乾坤里，夙愿被大地收藏。当春天再次回到田野，撒下的种子，栽下的秧苗在风雨中一跃而起，生命的力量令人称奇。

沉默啊沉默，所有的事物都有智慧，大道不躁，娓娓道来，所有疑惑的脚步都茅塞顿开！

秋天澄明，在一切宗教之上——迷茫的心总能获得启示和顿悟。

一只白鹭飞起，大地的思想张帆。

3

无名的藤虽枯却不撒手，紧紧地缠绕着它爱惜的事物。它们在秋风里哼唱着拉网小调。

时光有着复杂的结构，不是一块裸露的石头那么简单。当叶子落尽，繁荣而昌盛的大地就露出了它的脉络——严密的逻辑关系。

风吹来，细心地擦拭田野的寂静。

虫声明亮，空气亦是透彻的清醒。

风卷起了落叶、麻雀、浮云，但卷不走辽阔和生命的坚贞，卷不走大地的梦。

草叶黄黄，芦花皎皎，繁华落尽。

而我并不寂寥，抒情的心在玫瑰色的霞光里燃烧。

菖蒲袅娜的指尖抚弦。

风是一把蓝色的吉他染了乡愁。

4

天空，淡淡的薄云。

寂静像毛茸茸的灰泰迪。

我走在方格的稻田上，没看见一只白色的大鸟。昨天和昨天以前，这里总有它们亮耀的身影，仿佛翩翩的仙客相聚。

不见白色的鹭，却看见了一只灰色的大鸟。为什么换成了灰色的，且只有一只——孤独地盘桓？要不是它突然飞起，扇动了天空和大地，我不会发现它，因为它与泥土，与枯萎的草和云翳的色调很接近。

灰色的大鸟展开翅膀，像灰色的理论，不确定的信息。模糊的概论在天地间幽隐地转换，带着一种变化的指向。

风吹着田野，吹着水稻和坝上高高的芦苇，沙沙地响……田野比从前空旷、寂寥。

天道有常，季节转换插头——循环的本质。

哦，一只灰色的大鸟像踌躇满志的镰刀，在田野上空跃跃欲试。

大地发出收割的信号。

5

草木放下了叶子，只剩下茎秆和时光的梗概。大地化繁为简，清晰的线条勾勒寂静的轮廓。

芦花翩跹，镀银的歌喉闪闪。

庄稼收割了，土地露出了黑色的胡茬。

狗尾巴花还是乐观主义者，站在田头，眉开眼笑地迎迓。

枯败的草丛忽闪着苣荬菜花的亮眸。

蓬蒿和苘麻的腰上系着牵牛花的铃铛，紫嫣的小调唱出的却是爱情的玫瑰……

忠诚的土地再次被丰饶的果实证明，勤劳的脚步总能带来幸福的喜悦和丰衣足食的佳话。

是种子的荣归，又是期望的凯旋。风雨雷电训练出人民坚韧的意志和梦想成真的步伐。

我们行动的脚步需献上辉光的义务。“在我们苦痛之芒上，意识的晨光前行并沉淀它的沃土。”

我热爱的田野是共和国坚实的托盘，饱满的歌声是劳动者汗水的浇灌与哺育！

大地醒来，带着晶莹的露珠上升……

希望的光芒照亮它宽阔的额头……

6

坝上。

越野的风和满身琴键的白杨树都沐浴在夕照的柔辉里。金风振羽，翻阅大地的胸襟。

秋水长天的日子被晚霞铺排成锦绣的生活。

躯体中的血液涌动。匪夷所思透出幻想的绯红……

如果还有来生，我将择世间优异的女子独辟爱的蹊径，在大地幽远的角落开荒种田，生儿育女，续写人间男耕女织、举案齐眉的佳话，传承勤劳的美德。我可以引辽河之水，或聚拢潇潇雨烟，开一方水塘，养鱼殖蟹，育出游鳞的星辰、丰沛的月光。

馨风拂荡我绵绵的遐想……

原载《星星·散文诗》2021 年第 8 期

苍耳满衣裳

王　俊

苍耳满衣裳

一群小女孩唱着歌谣走在田埂上。路旁的苍耳以古老的诗句应和："采采卷耳，不盈顷筐。嗟我怀人，寘彼周行。"苍耳，你们在思念什么？

苍耳的叶片形似酒器爵的侧耳，果实像纺锤，钩刺密布其上。白天，苍耳收集阳光的金线，纺织着大地的蓬勃和丰盛。夜晚，它低眉，痴痴地盼着故人的归期。等啊等，时光渐行渐远，故人却始终不曾出现。苍耳满腹伤怀，对着清风明月，喝下一杯又一杯的烈酒——唯有酒，可抚慰"永伤"之心。

书上曰：苍耳，苦、辛，微寒。长风浩荡，苍耳将一生的苦情沉潜于茎脉和骨髓。

小时候，每次在放学途中，总有调皮的男孩采苍耳，往我们的头发或是衣服上投掷。

投吧，让苍耳沾满衣衫。

因为它凝结着尘世最美的时光。

木槿花开

木槿命贱。剪下枝条，随意朝地下一插，夏天便能开出红的、白的花朵。花朵一茬一茬地开，仿佛是天边飘落的云霞，缠绕村庄。

木槿花开，邻居家的小姐姐端来竹椅，坐在花下看书。一只蜻蜓斜着身子飞过来，翅膀扇动阳光。小姐姐放下书本，出神地看着。她那满头乌黑的长发，衬着木槿的娇艳，散发青春的热烈。

向晚时分，小姐姐用木槿挤出的汁液兑水擢发。夜色至她的发上一点一点漫出来，若木槿一般温柔，若木槿一般安然。

黑暗中的虫子，只待信风拂来，唱出它们的赞美诗。

韭菜兰

韭菜兰喜温暖。叶子长得像韭菜，开出的花却像幽兰。

学校宿舍大楼前有一个花坛，里面种着两棵桃树，一簇簇韭菜兰就跻身树底下。显然，韭菜兰与高大的桃树相比，太纤细柔弱，过于卑微。初春，我们从花坛经过，每天都在打探桃花的花期。似乎没有谁会为韭菜兰逗留片刻。

终于有一天，桃花呼啦啦地开了，铺展出某种春风得意的心情。我们站在树下，忍不住赞叹其华灼灼。岂料，它们才过了几天晴美的日子，便遇上了一场风雨，只能无声无息地凋落。花瓣纷纷零落成泥，哀怨地叹息自己的薄命。蓦然，一簇簇翠绿映入我们的眼帘。是韭菜兰！在斜风细雨中，生动着盎然的绿意，摇曳风情。

夏至，韭菜兰默默地在叶间开花。它是什么时候开花，什么时候凋谢，依然没有几人说得清。寻常事物，容易被人忽略，一如时光。

原载《散文诗世界》2020 年第 12 期

汉阳城笔记［组章］

乔书彦

序

垂落的花串是片柔和的光。

落在梅花上的雪轻盈，肯定是天空卸下了冬天的包袱。新的云朵在诞生，崭新的一场雨将会在春天降临，洗掉污浊和不堪。

月湖闪着光芒，仍有美丽的波动。湖中的卵石堆砌比文字更准确的诗意，硬质的身躯来自风的磨砺。鸟群散布树林。他寻找适合制造柳笛的树枝。凌霄花挂满露珠。

花木如变幻的彩云。

蝴蝶泉封藏了岁月的秘闻。

城市挺起脊背，晴川矶前倾的阳光喊开密布的乌云。铁质的话语在沉寂中爆发出穿透阴霾的力量，闪耀暖心的光亮。

空气敞开，花木比任何形容都真实。

晴川阁下

江风突兀，树木开始摇摆。

黄鹤楼定型数千年。

我常常坐在晴川阁，隔江遥望武昌城，其实根本看不清，我只是朝着那个方向，想着那里的热干面、豆皮、藕焖排骨、糊米酒。

兰花躲在角落，像在偷听。

阳光温暖了秋天埋下的那颗种子，破壳而出的是枝头的闪电。市民在准备年货，脚步穿过无数个晨昏，跟生活完美地融合。

两江交汇，是此生经过的一个场面。汉阳府接受了馈赠的乳汁。

朝阳的状态令人宽慰。

爱，是陪伴。

2020年2月

突发状况碾平春节的蛋糕。

超市和餐馆变得遥不可及。出城和进城，如措置的意象，卡在雾的缝隙。让我们以更多的耐心来面对不确定的生活吧。迫使我们安静的杂音不成调地扰乱合唱。

城已封。静止唤醒疼痛。

昨日的江汉路容纳了城的繁华，今日的阳光照耀空旷的街面，除了风声，滑向江滩的是几声寥落的鸟鸣。春暖花开后，我准备到蛇山走走，离白云阁很近的地方是王羲之牧鹅的池子。我爱我看见的一切。

寂静抵达城的最深处。

鸽群从南山坡飞起，如同好听的音符在梦里敲打。寂然面对步行街，足音又缩回内心。内心承载摆渡的启示。

我这样想着，暖风已吹开柳絮。

逆行者扛起责任和担当。

龟　山

龟山压低自己，凸出了晴川矶。

铁门关抬起自然的臂膀。

月湖析出炫美的涟漪，亮出山的指尖，拓宽城市的梦境，加深期待。总有某种确信的梦想，驱使我们去行动。

守望星辰，玫瑰不断朝深处用情。江水奔涌向海，水波永远属于自己。汉阳府内充满温情，星光熠熠，内心完整无缺。

冬夜淡化许多细节。

抵达思想的巅峰，龟山电视塔抬起头，没有藏起光的流淌如同花朵没有藏起色彩。既然在汉阳府感受到了爱，内心便像树一样强大。

足音点亮希望的灯。

内心的意愿与想法是行动的指南。

2020年3月

城市虽封闭，爱的暖意并未消融。

闹市中走来一个人，他身后跟着几个人。满城汉阳人，半城志愿者。他们说：阳光总在风雨后。他们的坚守是城市的定心丸。

两江交汇，亮出爱的节奏。

相互安慰，眼神是阳光的奏鸣曲。

跨越界限，跨越障碍，关于未来的期待不仅仅是花开，还有春燕的细语。龟山抱云而眠，汉阳城是楚国的肋骨。

时间的火焰暖了寒冬。

希望，是拉开通向明天的弓。

阳光照亮了伸出云朵的鸽羽，送来疗治伤痛的音乐，给予向前的推力。

涛声中，臂力更加强劲。

花朵照亮内心

樱花泄露了未来美好的期盼。

陡坡绿意盎然于充满欲望的植被。船舶借助江水隆起远航的美学。波浪抬起爱的高度。铺着星光的地毯，延伸完整的体系。

熔化的铜镜里蜜蜂在聚集。

江鸥飞翔在白云下，几乎与江风同步，临近彩虹桥时，身上洒满光辉。阳光燃起的火焰汇聚整座城的温度。花朵照亮内心。

沉稳走着的是相信春风的人。

迎春花爆裂的音符言说等待与坚守。

就在这时，龟山浮出江面，晴川阁出现在白云后面。江鸥带来的鱼汛是春天有意传达的现代文明成果，增加希望的体量。

足音古玉般温润。

晚　樱

抵达时，晚樱正浓。

花开是城最清晰的表达。

阳光的铃鼓于绿地边缘，响起，最朴素的饮料来自大自然果实的赐予。樱花树铆足了劲，在晾晒的衣物间，接近生活。往昔今夕的钟家村，是真诚与温度的港湾。

汉阳城与春潮共舞。

阳光柔和了内心的霹雳。

两江交汇，溢出的爱的力量越过龟山蛇山推向四方。把心抬高一点，离阳光就近一点。街道转弯处，流淌的叶绿素成了花朵的铺垫。晚樱如绣球，在灵魂的原野滚动。

色彩拥挤着。

抱紧阳光，暖了鹦鹉洲的涛声。

雨后晨空

晨光吞噬绿色火焰的鳃。

桃花和垂柳交相辉映。

回顾往昔时总有身影在月下独酌，向前展望时，看到江山就是一幅好字，悬挂在城市的前庭。踏上全新时光，音乐有足够旋律填充空白，温暖有足够褶皱抚平岁月。

汉阳城穿上鲜花的兜兜。

雨霁山樱红欲烂，谷莺迁，龟山竟然如洗了一般。天气预报说今天多云转晴而明天是个艳阳天。郎官湖里，荷花竞相唱和。

亭子里传出唱曲声。

旋转的风隐入鹦鹉洲，轻雾消散，阳光又温暖了家园。细碎的草叶子被清风吹起来，像吹起柔发，进入精神的深处。

龟山挺起铁质的色彩。

石榴花

群鸟交汇，石榴花崩裂。

纯银般的声音拥抱住汉阳城，阳光在山坡上加强深入的力度，梅子山在月湖里波动。喜悦的瞬间，是风入花瓣的吹拂。

色彩吞下自己的湖中影。

容身于闹市，转动的眼眸具体而实在。钟家村烟火味渐浓。甜美果子属于翻耕过的心。石榴花立于时光的站台。

雨打晨空，几只小鸟飞过晴川矶。

盎然绿意在充分的风声中自我表达。空白扉页被爱的词语填满。花朵撞击心灵。抽芽的山顶，小鸟圆鼓鼓，在喜悦的浪头漂流。

飞翔恰到好处，通道已敞开。

江鸥狂饮晨光的炽烈。

跋

沉迷于涛声，鱼群竟做了音符。

种子破壳，节奏坚定。

白鸽站在梅花中，如同落在尘世的一枚闲章。风的声音干净。翅膀沾上花粉。从错误中吸取教训，并吞下一碗汤圆。

玻璃、石头、苔藓，风来回地吹。

竖起衣领，倾听江汉潮涌，相信春暖花开，必有一群朋友，相聚晴川阁。山腰间的桃树将会是不可错过的故事。

蝴蝶泉的菱花镜里端坐千年老城。

我决定走到前面去，寻找被春风藏匿的兰。迎面而来的人偏爱这静美一隅。航船已启程。绳子串起梦想的珍珠。

风，吹散了江雾。

原载《散文诗年鉴选刊》2021 年上半年卷（总第 6 期）

粗瓷大碗

王　韵

女人如碗，盛得日子。

碗有多种，其一为粗瓷大碗，也叫海碗，就是罗中立油画《父亲》捧的那种，盛的是粗放的农家日子。

也就有粗瓷大碗的女人，也叫农妇，白天粗粗地与庄稼亲热，一头高粱花子两肩玉米的露水；黑夜粗粗地与男人亲热，一个热炕头两张烙熟的煎饼。

粗瓷大碗的女人不读诗。她轻蔑地说："什么湿（诗）呀干呀，还能当糊涂喝，干饭吃？"

她只挂牵地渴不渴，念叨碗空不空，还要记住天黑后炕头热不热。

但她的男人是个诗人。绿裙子似的玉米叶子随意地迎风摆弄了几下，就将荷锄发呆的他绿成了一个诗人，还是一畦绿油油的农民诗人。

农民诗人白天在阳光下流汗干活，捧着粗瓷大碗喝水。黑夜打着月光流泪写诗，抽着呛人的劣质烟，通宵达旦地捻亮一个个不眠之夜。

他歌唱粗瓷大碗的日子，也歌唱粗瓷大碗的女人，粗瓷大碗被他捧向了城市，介绍给了捧细瓷花碗的城里人，一不小心泥饭碗换成了铁饭碗。

有人说他不忘本，没丢掉粗瓷大碗的日子，不像有些人刚放下煎饼卷子几天就忘了本；也有人夸他不厌旧，没嫌弃粗瓷大碗的女人，不像有些人刚拿起白面馍馍几天就嫌弃了煎饼卷子一样的女人。

但进了城的女人却不领情，也不感激谁，白天没有庄稼亲热了，到了黑夜老是将男人想象成一株粗粗的庄稼，惦记着粗粗地亲热庄稼一样的男人。

因此当诗人躲进台灯里写诗时，她不细细地推敲，却粗粗地砸着紧闭的门，像砸着农村的柴扉，粗粗地喊着诗人的名字：“睡觉了！”

粗粗的喊声惊动了邻居们，大家瞧热闹似的撩起了窗帘或闪开了门缝，想象着喊声背后的情节。这让诗人有些羞愧，头一次觉得粗瓷大碗有了细碎的豁口和裂缝，该补上几个亮晶晶的黄铜锔了。

有一次，诗人与朋友在家里喝多了，红着眼睛摇摇晃晃地指着女人说：“这也算是女人吗？”

女人听了，心猛地一沉，手上的粗瓷大碗掉到了地上，摔碎了，像泪珠。

后来，诗人不再歌唱粗瓷大碗的女人，而改唱另一种女人了，就像一个歌手从民族唱法改到了通俗唱法。

就是那种细瓷花碗的女人，描着精致的金边和口红的色彩。

碗有多种，其中一种就是细瓷花碗。盛的，是细致的城市日子。

只是不知道，用上了细瓷花碗和娶上了细瓷花碗的女人的诗人还是农民诗人吗？

一穗麦子和一条黑狗回答了我。

原载《阳光》2021年第8期

河流·我·记忆

李　萍

1

一夜之间，河流被点燃了。

那条河我熟悉，是穿过童年记忆的一条河流。

狗鱼、石子、冰草疯长的河岸。丝丝缕缕漫过河的前世今生，以最年轻的姿态点燃着那条越来越瘦、越来越小的河。

是的，就是那条河，不知是我跟着河数着日子，还是河流追着我掐着时光，我们都走着走着不见了，走着走着走远了。

那是一条曾经丰满的河，属于我的河。

我这一生读着河岸行走。

有些情愫在生长，水草一样环绕行走的思绪。

其实，我是不需要转身的。如果我愿意，我就能从所有的记忆中抽离，当然，包括狗鱼、石子、冰草，还有河边的那个伙伴。此外，还有天空。

2

有些人走了，遥远如河的记忆。有些人来了，陌生推开乡音。所以，记忆更遥远了。

盛开的声音，不失河的风骨。

肝胆相照的记忆舒缓一些心疼。

如此，内心似乎很安静。

四野悄然，沉默着，穿过曾经的深刻。

村庄与河，暗恋的方式符合人设。

慢饮一壶茶，诗心更深了一些。记忆总是不按常理出牌，一切可以有黑无白，有往无返。归程里，有多少烟雨从唐诗宋词里迷蒙，漫漶出一个个字的神韵？

我站在琴声里。我分明记得自己打过水漂的石子，都比这河面要宽、要厚。

神的手指沾着时光之水，马蹄阵阵的烟尘里，大地卸下记忆。

于是，我顺势把自己交给一条鱼，一条有胡子的鱼，那是缺一根胡子的狗鱼，书本上找不到好听的名字的鱼。

3

明月如雪。

每一天都是灿烂的，每一天也是缤纷的。如此安慰心情，如此安慰目光，我的心，百毒不侵、刀枪不入久矣。

飞雪的冰冷与骄阳的炽烈，显现花言巧语暗度陈仓的一些薄凉，我还是喜欢被吴侬软语锻造的刀剑划伤。

月儿在林梢，月儿把借给别人的霓裳，挂在温情的檐下，时光渐渐晶莹。

轻抚一些看不见的伤，往事在某个隐秘的地方站立。

虚幻的深邃，在我来来往往的目光里……素笺已经铺开，依然痴迷一朵花开的声音。

空，很空。静，很静。

河边人家阿姐做的浆水面香气迷人，绿绿的香菜来自花盆，芦荟花静悄悄地开了，似乎形单影只，其实怡然自乐，因为，有香菜的香一直陪伴。

生活简单，人也简单了，所以，拒绝虚伪的交往，与芦荟一样，自得其乐，没有什么不可逾越。

人是要学会寂寞的，如同野花，哪怕孤独也要盛大绽放。

一些场景犹如时光的投影，不会轻易被穿透。

河流，波澜不惊地记录着尘世故事：遇见的景致，遇见的人，遇见的事。

人生就是如此简单。

沉默，是最美的懂得。

我懂，渡劫万千，然后静寂。把话语归还得彻底干净。

自此，与月色两不相欠，各生的欢喜。

原载《散文诗》2021 年第 3 期（上半月）

隐身于世界之外

——读阿多尼斯有感

文 榕

（一）

黑夜时而是一面旗帜，引领人走向意义的帆船，但他生存的奥义在帆船的两侧，梦之水里，或祈祷的风中。

阿多尼斯，苏菲主义者，或许我们也是。若经过高高的天香树，就迷失在它巨大的阴影中。此时，“光之手将开始为这个时辰点燃意义的火炭吗？”他的孤独于是繁庶……

当他要步入光明时，他在他的阴影中行走，他说，“自然的躯体”，“翅膀的记忆”……

云彩飘过，风吹走了他的草帽，他在寻找失忆的秋天。

（二）

昏黄的夜晚有昏黄的月光，思维，难堪一击的孤独枝叶，花园有隐秘的波涛和风雨。远走他乡的时光之鸟，黄昏许下诺言的悬崖……

他的忧思，几朵偶尔飘来的云。仅对这几片飘过的云影，他才静默低首。“隐身于世界之外，才感受世界的存在，”他又说，“向我袭来的黑暗，让我更加闪亮……”

恰似我们的面孔，“一侧在白昼，一侧在黑夜”，意义的羽翼，永远停留在月亮的背后。

注：阿多尼斯，叙利亚著名诗人。

原载《星星·散文诗》2021年第1期

清明，总有一朵花开在心里［外二章］

刘凌军

总有一朵花，开在内心深处。

总有一个人，在心里默念成依依惜别的情。

柳树的枝条上，一定珍藏了去年那颗抹不去的泪。在春雨里，滴落了那么久。

春风十里扬州路。

走过了人来人往，看惯了花落花开，任谁也难以抚平那些涟漪般的愁绪。有如一颗落水的小石子，在水面漾出圈圈往事。

清明时节，斜燕双双飞过村西池塘。那里蛙鸣传来，清脆声此起彼伏，在心里绕来绕去，像一个人内心孤独的演奏。

而听者，是小花小草、斜风细柳和雨丝缠绵。

清明雨

这一滴雨水，是清澈的。

它可以照见人心里的身影。也就那么几个，那么真，那么远，一直就在心里想着，隔着一层尘埃，漫过悠悠四季。

这一滴雨水，是混浊的。

一如母亲腮边的泪，在夕阳下有了颜色。出秋入春，总有父亲离别时的背影，比相框里的清晰。

这一滴雨水，是飘着酒香的。

近乡情更怯，这是一种无法释怀的选择。酒，你可以不饮。清明的雨，你却无法拒绝。大江两岸，会飘着回家的呓语。

这一滴雨水呀，落在路上和行人脸颊上，是一颗又一颗思念的种子，开始在春天发芽。

折柳条

柳树发芽了。

我一直想一棵柳树的来龙去脉。

从柔软的枝条到汲水的虬枝干，哪一个年头不是走过来的。就像垂手而立的老人，听风，听雨，望远，再到枯木逢春。

东风的雨水，轻轻拍了拍柳树的肩头。

一些绿的小芽芽就钻了出来。它们娇小、细嫩、鲜亮，像一个个春的眼睛，忽闪忽闪的。柳树常常舞起细长而柔软的胳膊，在春的门前，宣告一种幸福。

柳树发芽了。

这是一个挂着我童年歌谣的时刻。

我们可以折柳条，编柳条帽戴在头上，吹着用柳枝条做的喇叭，飞跑在那个时代的春天里，像一只只自由的小鸟。

柳树发芽了。

我们也会把它折来，插在门的缝隙里，好像年久失修的木板门，也长出了新的芽。

原载《湖州晚报》“散文诗月刊”2021年4月29日

拥抱春天［组章］

东方惠

踩着谷鸟的叫声走进春天

踩着谷鸟的叫声走进春天，走进苦苦菜和小根蒜撑起的阳光。走进田野，一不小心就会踩上冬天的尾巴。阴沟里的雪，依然盘算着如何翻过整个大山。

布谷声声，是春天最深入人心的一次歌唱。唱着唱着树就绿了，小草就疯了一样爬满了山坡，而站在山坡上的母亲和牛，把饱含思想的种子埋进土里，等待长出新的希望和收成。

布谷引来了绵绵春雨，一滴一滴，把春天的日子数成艳阳，数成大地的一片片新绿。一直把我们数成农事里最感人的诗句，春光就会摇身一变，成为母亲盼望收获的那个季节——

裁一缕春风吹过你的心灵

没什么礼物可以送你，只想裁一缕春风吹进你的心灵，带上我用真情酿制的美酒。

先给你斟上一杯，喝下去就会有鲜花在心头开放。一朵是我的热爱，一朵是我的祝福，一朵是伴你走过万水千山的绵绵情意。最好让音乐与你同行，你会舞出最美的旋律。

如果能把你内心的阴霾交给春风，那就好了。我会看到一朵微笑，大步走来，让你在享受春光的时候，也能尽享一场春雨带来的风景。

一片映山红开在路边

一片映山红开在路边，妖娆了春天的许多细节。是春风吸引了映山红，还是映山红挡不住春风的诱惑，让自己矜持不住打开了相思的翅膀？

让春风忘了回家，守在身边尽情地殷勤，尽情地和它们一起嬉戏。一起在春天的大地享受温馨，享受快乐。

这是第几次走进映山红的怀抱，我已无从记起。看着它们火爆地开着，我的心里也燃起一团篝火，但我的热情无法点燃春天，只能点燃我生命的激情。

春天，欣赏一片映山红的开放，心里也走进来一个春天，在它日渐走近的脚步声中，我总能听到一个熟悉的声音，一个能烦劳我日夜牵挂的声音。

在一朵朵杏花的红里

在一朵朵杏花的红里，我抽出一小部分，染我的表情。也让自己成为杏树的一部分，或者一片花瓣。这样，我走到杏树下，就有了到家的感觉，就有了花香抚摸我的那种温馨。

我不在乎春风能把我与杏花的关系传扬多远，也不在乎春雨的絮絮叨叨中有没有我和杏花的故事。我只想用心处好我与杏花的那种感情，一直等到杏树结果都不改初衷，都会一如既往地把情感融进每一颗果实里面。

这样，我的心就会安宁，也会在安宁中发现杏树与我共有的那种品质。决不因自己满身果实就得意忘形。

以春风亲近花朵的方式

以春风亲近花朵的方式，亲近你。扶着阳光一步一步走近故乡的门，然后在门外喊一声我回来了，但已经躺在田里的母亲，却再也听不见儿子的喊声。

这时，才发现故乡已离我很远很远。因为故乡就是母亲口中的一声乳名。母亲没了，乳名也就成了一片凋谢的花瓣，被春风越刮越远，没了踪影。

以春风亲近花朵的方式，亲近一次故乡，而故乡却开始以陌生的眼光看我。看我走进故乡的每一步路，都无比的陌生……

误将杜鹃喊成梅

风，轻唤着你的名字，一转身，春天就到了。春风把大片的杜鹃花涂成粉红色，山脚下，小溪旁，到处都是杜鹃的故乡。伸进我眼帘那一枝，把春天的日子扮靓。

雨后的杜鹃花，牵出我多年的往事，每一片花瓣，都是一段讲不完的故事。我从中提炼出一瓣热爱，融进一根蜡烛点亮的相思。直到误将杜鹃喊成梅，才悄悄隐进鸟的歌唱。

原载《吉林散文诗》2021 年第 2 期

后　记

感谢广大的散文诗爱好者及发表散文诗的园地，在今年的散文诗年选征稿过程中，你们都给予了热情的关注与支持，所以能够有一个广阔的选取空间。

自然也增加了阅读量。选编的过程费了不短的时间，着实精心做了一番取舍，尽管还是会有不少遗珠之憾。

散文诗是一个十分特殊的文体，因其特殊，所以难写，这个难写，指的是难出好作品。写起来容易，写成功难。成功就是受到多数人的肯定，让人亮眼跳心。

很多人不知道或者说不了解散文诗，实际上这支队伍十分庞大，群体内很热闹。这是一个好事情，文学的表现是多方面的，创作形式也是多种多样的，无论何种形式，只要是写出的文字能够打动人、感染人，就应该被认可。这也是我长期关注散文诗的一个理由。

每年的散文诗年选的征稿，我会通过有关平台及微信公众号“王剑冰写作坊”发布，请散文诗爱好者在所要求时间段尽快惠赐作品，因为还有出版社的程序，由此错过了时间只好表示抱歉。选本出来后没有收到样书和稿酬的作者，可直接同漓江出版社联系。

王剑冰

2021 年末

2021年选系列封面绘图画家介绍

黄菁 广西艺术学院美术学院教授，中国美术家协会会员，广西美术家协会理事，漓江画派促进会理事，中国南方油画山水画派研究院研究员，北京当代中国写意油画研究院理事。

《兴坪的山》 黄菁　80 cm × 70 cm　油画

黄菁画作短评

（黄菁）不会把自己设计在一个既得的视觉符号里，以此换得所谓风格的建立，即便建立了符号或图式，他也会在有新鲜视觉到来时搁置它而另开新局。因为黄菁忠实于自己的感受，相信作品的独立价值。他认为每个画家都有一定的概念惯性和思维，这其实是风格、特点确立的基础。然而好画家却往往是在建立概念后，打破概念，再建立概念的循环渐进中确立自己并找到快乐的。因而黄菁选择一个题材一种画法的时候，也会很在意它是否可持续发展，是否有开拓专题的前景。

——刘新（广西艺术学院教授）